Immortalité

Immortalité

Gillian Shields

Traduit de l'anglais par
Joanna Gruda

ADA
éditions

Éditeur : François Doucet
Traduction : Joanna Gruda
Révision linguistique : Féminin pluriel
Correction d'épreuves : Carine Paradis, Catherine Vallée-Dumas
Conception de la couverture : Matthieu Fortin, Mathieu Caron Dandurand
Photo de la couverture : © 2009 Jamie Chung
Mise en pages : Sébastien Michaud, Sylvie Valois
ISBN papier 978-2-89733-024-8
ISBN PDF numérique 978-2-89733-103-0
ISBN epub 978-2-89733-104-7
Première impression : 2013
Dépôt légal : 2013
Bibliothèque et Archives nationales du Québec
Bibliothèque Nationale du Canada

Éditions AdA Inc.
1385, boul. Lionel-Boulet
Varennes, Québec, Canada, J3X 1P7
Téléphone : 450-929-0296
Télécopieur : 450-929-0220
www.ada-inc.com
info@ada-inc.com

Diffusion
Canada :   Éditions AdA Inc.
France :   D.G. Diffusion
                Z.I. des Bogues
                31750 Escalquens — France
                Téléphone : 05.61.00.09.99
Suisse :   Transat — 23.42.77.40
Belgique :   D.G. Diffusion — 05.61.00.09.99

Imprimé au Canada

Participation de la SODEC.
Nous reconnaissons l'aide financière du gouvernement du Canada par l'entremise du Fonds du livre du Canada (FLC) pour nos activités d'édition.
Gouvernement du Québec — Programme de crédit d'impôt pour l'édition de livres — Gestion SODEC.

Catalogage avant publication de Bibliothèque et Archives nationales du Québec et Bibliothèque et Archives Canada

Shields, Gillian
    [Immortal. Français]
    Immortalité
    (Série Immortalité ; 1)
    Traduction de : Immortal.
    Pour les jeunes de 13 ans et plus.
    ISBN 978-2-89733-024-8
    I. Gruda, Joanna. II. Titre. III. Titre : Immortal. Français.

PZ23.S54Im 2013   j823'.92   C2013-941458-4

À Brian

« Car certainement nous mourrons, et nous sommes semblables aux eaux qui s'écoulent sur la terre… »

— 2 Samuel, 14,14

Prologue

Je ne crois pas aux fantômes. Je ne crois pas non plus à la sorcellerie, au Ouija, à la lévitation, aux cartes de tarot, à l'astrologie, aux sorts, aux cristaux, à la seconde vue, aux vampires — ni à toutes ces pitreries en lien avec « l'Autre Côté ». Bien sûr que je n'y crois pas. Je suis Evie Johnson ; intelligente, saine et sensée. Les filles de mon genre ne se laissent pas attirer par toutes ces âneries paranormales.

C'est du moins ce que j'aurais dit avant mon arrivée à l'école de l'Abbaye de Wyldcliffe. Maintenant, plus rien n'est comme avant. J'ai eu un aperçu de son monde à *elle*, et je ne pourrai plus jamais redevenir la fille que j'étais avant.

Imaginez un paysage sauvage et désolé où les landes s'élèvent en rudes replis verts, bruns et violets. Des moutons parsèment les coteaux, résistant patiemment au souffle glacial du vent. Quelques arbres ont bien réussi à pousser, mais ils sont nus et rabougris. Les landes entourent un petit village perdu au cœur de la vallée, tels les murs d'une ancienne prison.

Bienvenue à Wyldcliffe.

C'est le lieu qui hante mon présent, mon passé et mon avenir. En supposant que j'aie un avenir. S'il le permet. S'il ne me détruit pas avant.

Elle est à mes côtés, comme une sœur, mais il est dans mon âme.

Il est mon ennemi, mon bourreau, mon démon.

Il est mon amour.

Un

Je n'ai jamais voulu fréquenter un internat. Me retrouver parmi des enfants de riches dans une école huppée n'a jamais fait partie de mes souhaits. J'aimais bien mon ancienne vie, quand je me trouvais seule avec moi-même. Je n'étais peut-être pas heureuse, mais j'étais satisfaite. Puis, par une journée douce et triste de septembre, ma grand-mère, Frankie, est tombée gravement malade.

Elle n'avait jamais été ma grand-maman, mais plutôt mon adorée Frankie, ma mère de remplacement, ma meilleure amie. Stupidement, j'avais cru qu'elle resterait toujours la même. Mais personne n'est immortel, pas même les gens qu'on aime. Frankie était malade, et je devais préparer mes valises pour aller à l'école de l'Abbaye de Wyldcliffe pour jeunes filles. La vie est parfois sans pitié.

Je travaillais fort pour considérer cela comme un défi.

Le voyage en train vers le nord jusqu'à Wyldcliffe me parut durer des heures. Je le fis seule. Papa avait voulu m'accompagner, mais je l'avais convaincu que je pouvais me débrouiller sans lui. Je savais qu'il voulait profiter de chaque instant de son congé pour rester auprès de Frankie à la clinique avant de retrouver son unité militaire outre-mer. Je lui avais donc dit que je pouvais très bien passer quelques heures assise dans un train sans finir par avoir mon affiche de personne portée disparue... «Vraiment, papa, j'ai 16 ans, je ne suis plus une enfant...» Il n'avait pas été si difficile de le convaincre.

La vérité, c'est que je pensais qu'il serait plus facile de lui faire mes adieux à la maison. La dernière chose que je souhaitais, c'était que les petites snobinardes de Wyldcliffe me voient pleurnicher en regardant mon papa s'éloigner. Non, il n'y aurait pas de «pauvre Evie», cette fois. J'en avais eu assez à cause de maman. Des gens qui chuchotaient à mon sujet dans la rue. Leur air apitoyé dans mon dos. Ce ne serait pas comme ça, cette fois. J'allais leur montrer que je n'avais besoin de personne. J'étais forte, aussi forte que l'immense océan vert. Personne ne me verrait pleurer, à Wyldcliffe.

À la tombée du jour, je changeai pour un petit train de banlieue. Le train traversa des paysages que je ne connaissais pas, avec leurs collines recouvertes de fougères et de bruyères. Dans les profondeurs de ma souffrance, je sentis naître une pointe de curiosité. Quand j'étais petite, Frankie me racontait des histoires au sujet de Wyldcliffe qu'elle avait entendu raconter par sa mère, des histoires de landes sauvages, de fermes isolées et de cieux menaçants du nord. Je n'avais jamais visité ce lieu, mais j'allais bientôt y être. Je mis de côté mon magazine et mes écouteurs, et, par la fenêtre, je jetai un coup d'œil au crépuscule.

Une demi-heure plus tard, le train s'arrêta dans une petite gare à l'extrémité d'une vallée profonde et étroite. Au moment où je hissais mes sacs dans un vieux taxi déglingué, une rafale souffla une petite pluie. Je dis :

— À Wyldcliffe, s'il vous plaît, et nous partîmes.

Je tentai d'entretenir la conversation avec le chauffeur de taxi aux yeux chassieux, mais c'est à peine s'il grogna une réponse. Nous fîmes le trajet en silence.

Entre les nuages, j'apercevais le soleil qui se glissait derrière les landes comme une traînée de sang. Le ciel de plomb semblait s'écraser lourdement sur le paysage. J'avais toujours vécu près de la mer, et ces collines sombres me donnaient un sentiment d'oppression. Malgré toutes mes braves paroles, je me sentais soudain très petite et seule. Comme j'avais été idiote de ne pas laisser mon père m'accompagner… Puis la voiture tourna, et le clocher de l'église ainsi que les immeubles de pierre grise du village de Wyldcliffe apparurent.

Le chauffeur se rangea devant un petit magasin général sur la rue noircie par la pluie.

— On va où, maintenant ?

— À l'abbaye. Vous savez, l'école.

Il se retourna et me regarda d'un air furieux.

— Je ne vous conduirai pas à cet endroit maudit. Vous pouvez descendre et marcher.

— C'est que… protestai-je. Je ne sais pas où c'est. Et il pleut.

L'homme parut hésiter, mais il grogna de nouveau.

— Ce n'est pas si loin, à pied. Vous pouvez frapper à la porte de la boutique de Jones. Il vous y conduira, lui, mais pas moi.

Il descendit de la voiture et déposa mes valises sur le pavé mouillé. Je le rejoignis.

— Mais où est l'école? Dans quelle direction?

— L'abbaye est par là, répondit-il en désignant l'église à contrecœur. C'est à moins d'un kilomètre du cimetière. Dites à Dan Jones que c'est là où vous allez.

En un instant, sa voiture quitta le village dans un vrombissement, me laissant derrière comme un paquet oublié. Je n'arrivais pas à croire qu'il venait de m'abandonner sous la pluie battante. Je frappai furieusement à la porte de la petite boutique, dont l'enseigne indiquait «D. Jones, magasin et bureau de poste de Wyldcliffe». Personne n'ouvrit. Il était tard, en ce dimanche pluvieux, et tout le village semblait fermé pour la nuit. Je marmonnai un juron. Il ne me restait qu'à marcher.

Le soleil était couché et la lueur de la lune menait une chaude lutte pour se libérer des nuages. De grands arbres noirs et des pierres tombales inclinées s'entassaient autour de la petite église. Au moment où je passai, le croassement des corbeaux dans la nuit tombante me fit sursauter.

Je me secouai avec colère. Je n'allais pas me laisser impressionner par quelques oiseaux et une église minable. On aurait dit un décor de pacotille pour un mauvais film d'horreur. En jetant un coup d'œil à la ronde, je vis une vieille enseigne avec le mot «ABBAYE» écrit dessus. Je pris le petit chemin en soulevant mes valises pour ne pas les tacher de boue. Mes cheveux roux dégoulinaient de pluie et mes mains étaient blanches de froid mais, à l'intérieur, je bouillais de rage contre toute cette injustice : d'abord ma mère, puis Frankie et, maintenant, cet internat perdu, ce chauffeur de taxi débile et cette pluie tellement idiote...

Perdue dans mes ruminations, je ne vis pas le cheval — ni son cavalier — avant qu'il ne soit trop tard.

Il y eut une bousculade de sabots et de flancs rutilants, et le tourbillonnement d'un long manteau. Je levai les yeux et restai figée, incapable de m'écarter devant un cheval noir qui fonçait droit sur moi. Puis il se cabra, poussa un hennissement, et quelque chose me heurta le côté de la tête. Tout ce dont je me souviens, c'est une chute... une chute dans les ténèbres.

Quand je rouvris les yeux, le cavalier était descendu de sa monture et était penché au-dessus de moi. Ce n'était qu'un garçon, de quelques années mon aîné, mais il semblait venir d'un autre monde, un monde de chevaliers, d'elfes et de princes comme ceux que l'on décrit dans les livres de contes. Sa longue chevelure foncée encadrait un visage pâle et délicat avec des pommettes saillantes et des yeux bleus brillants. Il me regardait avec une telle intensité que je me sentis mal à l'aise.

Tout cela était irréel. Je n'étais pas le genre de fille à entrer en collision avec de beaux garçons. Je me relevai, tremblante.

— Je suis... désolée, balbutiai-je. Je ne t'ai pas vu.

— Tu n'étais pas censée me voir.

Il semblait fatigué et tendu, et les ombres sous ses yeux étaient comme les talures d'une prune mûre.

— Je suis désolée, répétai-je bêtement.

J'attendais qu'il s'excuse. Mais le jeune homme me regardait fixement.

— As-tu arrêté mon cheval délibérément ?

— As-tu foncé sur moi délibérément ? répondis-je avec colère.

— Tu n'as pas de blessure, mais je ne peux en dire autant de mon cheval.

La grosse bête tremblait et suait, secouant la tête et roulant des yeux comme si elle avait vu un fantôme.

— Oh ! je suis désolée ! dis-je sèchement. Là d'où je viens, les humains sont considérés comme plus importants que les chevaux.

— Les humains ont envahi le monde, tels des rats, mais j'ai rarement trouvé un cheval avec qui je m'accordais aussi bien.

Son expression était aussi froide qu'une mer d'hiver. Il murmura quelque chose à l'animal tremblant, ses longs doigts examinant ses flancs tachés de boue. Puis il me regarda d'un air un peu moins hostile.

— Par chance, il n'y a pas vraiment de dégâts.

— Super. Le cheval va bien. Je suis soulagée. Je croyais qu'il risquait d'avoir des ecchymoses ou d'être couvert de boue après s'être fait renverser et, oh ! en retard pour sa première journée dans un horrible internat, c'est tout. Mais non, le cheval se porte bien. Alléluia !

Je me dépêchai de ramasser les choses qui étaient tombées de ma valise. Mais pour qui se prenait-il, ce frimeur prétentieux, avec ses longs cheveux foncés et son long manteau noir ? Pour une sorte de voleur de grand chemin romantique ? Pauvre petit crétin. Je bourrai ma valise avec rage et aussi vite que possible. Un pull bleu était tombé dans une flaque d'eau. Je l'attrapai, puis je poussai un cri :

— Aïe !

Le pull se déplia, laissant apparaître un cadre avec une photo de ma mère. Elle était si belle sur cette photo, regardant l'objectif en riant par une journée d'été ensoleillée. En faisant précipitamment mes valises, j'avais enveloppé le précieux souvenir dans ce pull pour le préserver. Mais la vitre du petit cadre s'était cassée et m'avait coupé la paume de la main; une goutte de mon sang ornait maintenant le visage de ma mère.

J'eus un mouvement de recul. Je n'avais qu'une envie : m'asseoir sous la pluie et hurler de rage.

— Regarde ce que tu as fait! dis-je avec colère en tentant de retenir mes larmes.

Le garçon lança les rênes de son cheval sur une branche basse, puis plia délicatement le pull autour du cadre cassé. Il chuchota rapidement quelques mots avant d'enfoncer le paquet dans ma valise.

— Cette photo est importante pour toi, dit-il brusquement.

Il me regarda d'un air étrange, inquisiteur, comme s'il s'apprêtait à en dire plus. J'avais le souffle coupé. Il était vraiment hors de l'ordinaire, si pâle, calme et intense.

— Ne pleure pas, dit-il. Je t'en prie.

— Je ne pleure pas.

J'avalai ma salive, puis je me relevai en suçant la coupure sur ma main.

— Je ne pleure jamais.

— Je le vois bien, dit-il l'air moqueur. Mais il faudrait panser ta blessure, et il semble que ce soit moi qui doive m'en charger.

Il enroula rapidement un mouchoir blanc pour en faire un bandage et l'attacha autour de ma main pour arrêter le saignement. Un étrange frisson me parcourut au moment où sa main frôla la mienne.

— Voilà, dit-il en me regardant avec plus de douceur. J'ai amplement compensé cette petite escarmouche avec mon cheval en te sauvant la vie. J'ai empêché que tu ne meures au bout de ton sang.

L'ombre d'un sourire traversa son visage. Je remarquai la courbe de ses lèvres et l'arche de ses sourcils noirs. Il tenait toujours ma main dans la sienne, et je sentis un nœud se former sous mes côtes et me tirer vers lui.

— Ne sois pas ridicule! répondis-je en forçant pour retirer ma main de la sienne. Cette toute petite coupure ne peut être dangereuse.

— As-tu la moindre idée des dangers que l'on peut rencontrer sur ce chemin?

Le jeune homme s'approcha de moi et m'examina de son regard extraordinairement brillant. Je sentis son souffle froid sur ma joue. Puis il tendit la main, toucha une mèche de mes cheveux mouillés et chuchota :

— Que sais-tu de ce qui attend une fille du bord de mer dans cette vallée?

Je tremblai sous sa main, ne sachant quoi répondre. Comment savait-il que je venais de la mer? Qui était-il? Et pouvait-il — ou allait-il — me faire du mal dans ce lieu isolé? M'écartant de lui, je me raidis et commençai à me creuser la cervelle pour y trouver tout ce que je savais en matière d'autodéfense. Le jeune homme sembla lire dans mes pensées.

— Ne t'en fais pas, tu rentreras saine et sauve ce soir.

Il sourit et monta sur son cheval.

— Mais nous nous reverrons, je te le promets!

Il repartit vers le village au galop. *Nous nous reverrons.* J'écartai cette pensée dans un lieu enfoui de mon esprit, ne voulant pas m'avouer que je souhaitais que ce soit vrai.

La pluie battante me fit retrouver mes esprits. J'attrapai mes choses et continuai ma route vers l'abbaye. Je finis par arriver devant un portail de fer fixé dans un mur de pierre. Une vieille enseigne était accrochée sur le côté du portail.

WYLDCLIFFE

E N T R E

OU FIL E

Pendant un instant, je fixai les mots avec horreur, puis j'eus un faible rire. Je relus l'enseigne, remplissant les espaces où les lettres peintes étaient écaillées.

WYLDCLIFFE

INTERNAT PRIVÉ

POUR JEUNES FILLES

J'étais enfin arrivée.

Deux

Je n'oublierai jamais la première fois où je vis l'abbaye. Je descendis tout le chemin, tournai au bout, et ma nouvelle maison m'apparut : Wyldcliffe, morne et grise dans toute sa splendeur gothique.

C'était un endroit sombre, écrasant et mystérieux. Des tours et des remparts s'élevaient dans le ciel, et des rangées de fenêtres à larmiers nous fixaient comme des yeux vides et aveugles. Une lampe se balançait dans le vent au-dessus de l'imposante porte d'entrée. J'avais l'impression d'être retournée à une époque révolue. Je restai là, bouleversée, puis un groupe de filles apparut au coin de l'édifice et elles montèrent à toute vitesse les marches pour se cacher de la pluie. Elles avaient rompu le charme, et je me précipitai derrière elles.

Arrivée au sommet des marches, je poussai une porte en chêne sculpté. Aucune trace des filles. Elles avaient disparu dans le bâtiment caverneux. Le hall d'entrée faiblement éclairé était vide et silencieux. Des trophées scolaires décolorés étaient exposés dans des vitrines, et une flamme tremblotait dans un immense cœur. À l'autre bout du hall, un large escalier de marbre s'enroulait vers les étages supérieurs. Un palier entourait chaque étage, et quand je regardai vers le haut, j'en eus presque le vertige. Cet endroit ne ressemblait à rien de ce que j'avais vu auparavant, sauf dans des musées. Je marchai sur le sol fait de carreaux jusqu'à la cheminée et tentai de me réchauffer.

«Ça y est, pensai-je. C'est ma nouvelle vie.»

J'étais dans le célèbre internat de l'abbaye de Wyldcliffe. Ce n'était pas ce que je voulais, mais j'allais essayer d'en profiter. Je n'allais pas me plaindre, j'allais travailler fort et rendre mon père fier.

— Vous êtes sûrement Evie Johnson.

La personne qui venait de parler avait l'accent de quelqu'un de riche. Je me retournai et vis une grande femme élégante sortir de l'ombre.

— Oui, c'est moi.

Je souris en lissant mes cheveux mouillés. Je pensai que les bonnes manières devaient être très prisées à Wyldcliffe, alors je tendis la main et dis :

— Comment allez-vous?

La femme ignora ma main tendue et mon sourire. Elle s'arrêta et examina mon visage attentivement, puis fronça les sourcils.

— Vous êtes en retard. Nous ne tolérons pas les retards, à Wyldcliffe.

— Oh! je n'ai pas...

Son air m'incita à me taire. Je me sentis fondre sous son regard froid, comme si elle avait su que je m'étais attardée sous la pluie avec un étranger.

— Je suis désolée.

— Que cela ne se reproduise plus, répondit-elle froidement. Je m'appelle Celia Hartle et je suis la directrice de cet internat. Maintenant, suivez-moi. Laissez vos valises ici. L'intendante s'en chargera.

Elle était donc la directrice. J'espérais que les autres professeurs seraient un peu plus humains.

Elle me conduisit vers la gauche, le long d'un couloir sombre, puis s'arrêta devant une porte où était accrochée une enseigne qui indiquait en lettres noires «Directrice». Nous entrâmes dans un bureau élégant aux murs lambrissés, décoré de livres, de tableaux et de meubles antiques. Madame Hartle s'installa derrière un imposant bureau, et moi sur une chaise à dossier rigide lui faisant face. Elle m'examina de nouveau avant d'annoncer :

— Je n'étais pas d'accord pour qu'on vous accepte à l'école.

«Super», pensai-je.

Elle ne voulait pas de moi. Cela commençait très bien.

— L'année est déjà commencée et il sera difficile pour vous de rattraper les autres élèves étant donné le niveau avancé d'éducation qu'on offre dans les classes supérieures. Il vous sera encore plus difficile d'apprendre nos manières, nos traditions. Wyldcliffe n'est pas comme les autres écoles. Nous ne nous intéressons pas seulement au succès scolaire, ici. Nous éduquons les jeunes filles pour qu'elles puissent se tailler une place de choix dans la société. Au fil des dernières années, nous avons beaucoup réduit les places de boursières.

Elle fit une pause, et je savais qu'elle s'attendait à ce que je dise combien j'étais reconnaissante, que j'allais être gentille, humble et docile, la parfaite petite fille pauvre dans une école remplie de jeunes dames. J'avais envie de lui répondre avec fureur : « Je ne veux même pas rester dans votre école minable. Je veux rentrer chez moi ! »

Mais je restai silencieuse.

Madame Hartle soupira et continua :

— Toutefois, les membres du conseil d'établissement ont considéré qu'étant donné votre situation nous ne pouvions vous refuser notre aide.

Papa m'avait dit qu'il y avait une vieille clause dans les règlements de l'école qui stipulait qu'il fallait « prendre les mesures appropriées pour aider les filles des officiers des forces armées de Sa Majesté qui sont dans le besoin ». En d'autres termes, il fallait recevoir gratuitement une orpheline de mère dont le père travaille pour l'armée et qui n'a pas beaucoup d'argent.

« Effectivement, je suis dans le besoin », pensai-je avec un sourire en coin.

— Vous avez eu la chance d'obtenir une bourse. Il vous faut maintenant la mériter.

Elle m'observa avec dédain, s'attardant sur mes vêtements couverts de boue et mes cheveux mouillés et plaqués sur ma tête. Ses yeux s'attardèrent un bref instant sur le mouchoir taché de sang qui était toujours enroulé autour de ma main, puis s'arrêtèrent sur la chaîne en argent que je portais au cou.

— Les bijoux sont interdits à l'école.

Instinctivement, je serrai la chaîne que Frankie m'avait donnée lors de ma dernière visite au centre de soins où elle se trouvait. Elle l'avait glissée dans ma main, incapable de parler, le visage tordu par l'accident vasculaire cérébral qui avait failli lui coûter la vie. C'était un petit bijou passé de mode fait d'argent délicatement travaillé, avec un cristal brillant au centre. Je ne croyais pas qu'il ait de la valeur, mais Frankie voulait que je le prenne, et cela l'avait rendu précieux à mes yeux.

— Mais Frankie, ma grand-mère me l'a…

— Je suis certaine que votre grand-mère voudrait que vous respectiez les règles de Wyldcliffe, m'interrompit madame Hartle.

Je camouflai rapidement mon collier à l'intérieur de mon chemisier.

— Voilà qui est mieux. Je dois aussi ajouter qu'il est interdit de se servir de téléphones personnels, de radios et d'autres trucs du genre. Nous ne désirons pas, à Wyldcliffe, que les jeunes filles soient envoûtées par les accessoires de ce que l'on appelle la culture populaire, ni qu'elles soient dépendantes des abrutissantes habitudes de communication modernes. Vous devez me laisser tout appareil de ce genre, que je rangerai en lieu sûr et que je vous redonnerai à la fin des classes.

À contrecœur, je lui remis mon téléphone et mon précieux iPod. Je commençais à détester madame Hartle et toutes ses règles.

— Comme vous êtes malheureusement arrivée très en retard, les filles sont déjà parties dîner. Vous n'aurez pas le temps de vous changer avant de les rejoindre. Suivez-moi !

Elle se leva brusquement, et je déduisis que de m'envoyer au réfectoire dans cet état était ma punition pour mon retard. Je frissonnai, mais ce n'était pas de froid.

Madame Hartle me conduisit dans un dédale de couloirs aux murs lambrissés ornés de tableaux lugubres, et nous finîmes par arriver au réfectoire. C'était une pièce voûtée et froide où étaient installées de longues rangées de tables et de bancs en bois. Sur une estrade, les professeurs étaient assis à une table d'honneur. La majorité était des femmes, et la plupart d'entre elles portaient une toge. Tout cela était déprimant et donnait l'impression d'avoir remonté le temps d'une centaine d'années.

Le murmure des conversations cessa dès l'arrivée de madame Hartle. Les élèves se levèrent. Elle formait une masse de jeunes filles privilégiées, âgées de 11 à 18 ans. Elles portaient toutes l'uniforme scolaire gris foncé et bordeaux — une sorte de rouge sang fadasse — et se ressemblaient toutes, avec leur chevelure lustrée et leur teint clair.

— Merci, jeunes filles, fit madame Hartle. Asseyez-vous, je vous en prie. Mais avant de vous laisser continuer votre repas, j'aimerais vous présenter une nouvelle élève. Elle s'appelle Evie Johnson, et elle se joint à nous en tant que boursière.

Elle aurait aussi bien pu avoir placé devant moi une enseigne où on aurait écrit : « ELLE NE PAIE PAS SES ÉTUDES ; ELLE N'EST PAS VRAIMENT DES NÔTRES ». Je levai les yeux vers les rangées de jeunes filles à l'apparence impeccable, sentant mes cheveux dégoutter sur les carreaux du sol.

— Salut.

Ma voix ressemblait à un écho perdu. Les 200 élèves me regardèrent en silence, me jugeant, m'évaluant, me rejetant. Un faible ricanement se propagea dans leurs rangs proprets.

— Je suis certaine que vous ferez un gros effort pour bien accueillir mademoiselle Johnson, ajouta la directrice avec douceur. Bonne nuit, jeunes filles.

Elle sortit de la pièce d'un pas vif. Après ce qui me parut une éternité, une fille aux cheveux bruns frisés se leva et dit :

— Il y a une place, ici.

Je descendis les longues allées de filles qui m'observaient et me glissai avec gratitude sur le banc en face d'elle. Quand je fus assise, une rumeur s'éleva.

— Silence, je vous prie ! gronda une voix rude et grave.

Je levai la tête vers la table des professeurs et vis une femme mince, au visage long et aux cheveux tirés vers l'arrière. Elle frappait des mains pour rappeler les filles à l'ordre.

— Nous ne mangeons pas comme des voyous. Je vous demande de continuer votre repas dans le calme.

Le bruit se transforma en conversations chuchotées. Je pris une cuillérée de quelque chose dans un plat de service sur la table même si je me sentais trop fatiguée pour manger. La fille aux cheveux frisés qui m'avait appelée me fit un sourire engageant. Je lui souris à mon tour et tentai d'avaler un peu de nourriture.

— Salut, Evie, me dit-elle. Je m'appelle Sarah. Sarah Fitzalan.

— Salut, Evie, je m'appelle Sarah, se moqua la fille assise à côté d'elle.

Elle ressemblait à une princesse des glaces, avec ses traits parfaits et ses cheveux blonds et lisses. Un indéfinissable air de richesse flottait autour d'elle.

— Tu veux agrandir ta collection d'orphelins, ma chère Sarah ?

— Oh ! ferme-la, Celeste, répondit Sarah.

La fille prénommée Celeste me regarda et dit d'une voix aimable :

— Est-ce que tu arrives toujours à l'école couverte de boue ?

Deux jeunes filles blondes de bonne famille assises de l'autre côté de Celeste ricanèrent comme si elle venait de dire quelque chose d'amusant.

— Je me suis mouillée en arrivant de la gare, répondis-je avec calme.

— Oh ! bon Dieu ! fit Celeste l'air faussement étonné. Tu es venue en train, vraiment ?

— Il y a des gens qui utilisent les transports publics, Celeste, fit Sarah. Ce n'est pas tout le monde qui se promène dans des monstres énergivores conduits par un chauffeur.

Celeste tourna le regard vers Sarah et dit d'un air innocent :

— Vraiment ? Ce doit être horrible. Fais-moi penser de ne jamais essayer ça.

Une sonnerie stridente retentit, me faisant sursauter. Les filles terminèrent rapidement leur repas, puis se levèrent. Sarah me fit signe de la tête de les imiter. La professeure au visage allongé récita une longue prière. Après avoir répondu « Amen » consciencieusement, les filles commencèrent à sortir de la salle à la queue leu leu. Je les suivis, espérant que Sarah allait me montrer où aller. Au moment où j'atteignis la porte, j'entendis une voix perçante crier mon nom.

— Evie Johnson !

Je me retournai. La professeure qui avait récité la prière me faisait signe de la rejoindre. Sa toge noire paraissait trop grande sur ses frêles épaules. Cela lui donnait une allure de religieuse sévère, prête à bondir sur chaque petit écart de conduite.

— Euh... qu'est-ce qu'il y a... mademoiselle... euh...? balbutiai-je.

— Mademoiselle Scratton, répondit-elle. Je suis responsable des finissantes. J'aimerais vous présenter quelqu'un. Helen!

Je regardai autour de moi et vis une grande fille blonde de l'autre côté du réfectoire qui était en train de placer de petites tasses à café sur des plateaux. Quand mademoiselle Scratton appela son nom, elle se dirigea vers nous à contrecœur.

— Cela fait un an qu'Helen est à Wyldcliffe. C'est notre autre élève boursière. Vous serez dans la même classe et dans le même dortoir.

— Salut, dis-je.

Mais Helen ne répondit pas.

— Peut-être ne le savez-vous pas, Evie, mais les boursières doivent effectuer quelques petites tâches en témoignage de leur reconnaissance et de leur dévouement à l'école. Vous aiderez Helen à placer les plateaux à café pour les professeurs après le dîner, à ranger les hymnaires après la répétition de la chorale, ce genre de choses. Helen vous montrera quoi faire.

Je la regardai avec surprise. Je ne savais pas que j'aurais des tâches à faire. Je comprenais maintenant pourquoi les filles avaient ri. Pendant un bref instant de folie, j'eus envie de dire : «Vous pouvez vous mettre ma bourse où je pense» et de sortir. Mais il n'y avait rien qui m'attendait à la maison. Pas de père. Pas de Frankie. Pas de maison. Rien que la grande étendue bleue de la mer.

— C'est bon, dis-je en mentant. Bien sûr. Pas de problème.

— Parfait, fit mademoiselle Scratton brusquement. Quand vous aurez terminé ici, vous irez directement vous coucher, car on sonne la cloche tôt, le dimanche soir. Mettez-vous au travail tout de suite, Evie, et assurez-vous de bien le faire. À Wyldcliffe, il n'y a pas de place pour les fainéantes.

Mademoiselle Scratton s'éloigna rapidement, sa toge noire tourbillonnant derrière elle.

Je lançai un regard à Helen. Elle avait des cheveux si blonds qu'ils étaient presque d'un blanc argenté, des traits délicats et purs, et des yeux pâles. Elle semblait si frêle qu'une bourrasque aurait pu l'emporter, mais elle avait un air fruste et renfrogné. Peut-être était-ce de la timidité, pensai-je. Nous étions dans le même bateau, peut-être pourrions-nous devenir amies.

— Merci pour ton aide, Helen, fis-je en souriant. Que dois-je faire ?

Elle ne me rendit pas mon sourire.

— Pose les tasses sur les plateaux. Les professeurs viendront les prendre plus tard. Il faut des cuillères, de la crème et du sucre. Et ne casse rien.

Sa voix était basse et rude, comme si elle n'avait pas l'habitude de parler.

— Alors je suis dans le même dortoir que toi. C'est bien.

Silence.

Je fis un nouvel essai :

— Tu ne crois pas qu'elles exagèrent, avec ces tâches à accomplir? blaguai-je en faisant s'entrechoquer les tasses et les soucoupes sur mon plateau. Tu sais, comme Cendrillon, sauf que nous avons 200 demi-sœurs. Que vont-elles nous demander de faire d'autre? De dormir dans la cave?

— Je voudrais bien que ce soit le cas, répondit Helen avec une colère à laquelle je ne m'attendais pas. Ce serait mieux que…

Elle me lança un drôle de regard. Était-ce de la sympathie… ou de la pitié? Puis elle parla d'une voix monocorde :

— Ce sont les règles. Il faut t'y faire.

Je soupirai. Je me dis que j'allais souvent entendre parler des règles au cours des prochains jours. Quand nous eûmes terminé de préparer le service du café, Helen se dirigea rapidement vers la sortie du réfectoire.

— Attends-moi, criai-je en courant derrière elle. Tu ne vas pas me montrer où se trouve le dortoir?

— Ah! d'accord, répondit-elle de mauvaise foi. Suis-moi.

Elle partit à grands pas dans le couloir désert. Nous ne vîmes personne, sauf quelques professeurs en toge noire. Le couloir nous conduisit vers le hall et l'escalier de marbre. Cet escalier m'intriguait. Le marbre devait être particulièrement lourd, et pourtant, l'escalier semblait s'élever en d'élégantes courbes. Je posai la main sur la rampe de fer et levai le regard.

— Les dortoirs sont en haut?

— Oui, au troisième étage.

Nos pas résonnaient sur la pierre froide pendant que nous montions les marches. Arrivée en haut, j'étais à bout de souffle. De chaque côté des marches, un long couloir orné de lourdes portes s'étendait. Je jetai un œil par-dessus la rampe pour voir le carrelage blanc et noir du hall d'entrée. Comme il serait facile de tomber et d'aller s'écraser en bas comme une poupée.

— Allez, viens, fit Helen en avançant.

— Sommes-nous au dernier étage, ici ?

— Il y a aussi un grenier, mais il est fermé.

J'entendis des voix résonner derrière les portes lambrissées. Je lus les enseignes accrochées aux portes : « Drake, Nelson, Churchill, Wellington… » C'étaient des noms à la consonance étrangement guerrière pour une école huppée pour jeunes filles.

— Ce sont les noms des dortoirs ?

Helen acquiesça de la tête.

— Voici le nôtre. Cromwell.

J'étais contente que la journée soit enfin sur le point de finir. Tout ce que je voulais, c'était me glisser dans un lit et dormir. Je ne me doutais pas que d'autres épreuves m'attendaient.

Trois

Je suivis Helen dans la pièce, regardant par-dessus son épaule pour voir si Sarah n'était pas dans le dortoir. Je ne la vis pas, et mon cœur se serra quand je reconnus Celeste qui se prélassait sur un des lits.

Helen se dirigea vers son lit et se laissa tomber dessus. Elle sortit un petit livre de sous son oreiller et se mit à lire, ignorant la présence des autres filles.

Je regardai autour de moi, hésitante, me demandant quel lit était le mien. La pièce était plutôt nue et froide, même si l'on sentait qu'elle avait déjà été plus majestueuse, avec sa grande fenêtre surmontée d'une arche et ornée d'une banquette sophistiquée.

Les deux filles qui étaient assises à côté de Celeste au repas étaient lovées sur la banquette. L'une d'elles avait des yeux bleu pâle et un regard enfantin, et l'autre semblait froide et peu avenante.

— Je vous présente Sophie et India, fit Celeste d'une voix traînante et agitant la main paresseusement dans leur direction. T'es-tu amusée à travailler pour les professeures, Evie ? N'est-ce pas charmant qu'Helen ait enfin quelqu'un pour l'aider à frotter les carreaux ?

Je remarquai qu'Helen se faisait de plus en plus petite sur son lit.

— Ouais, répondis-je d'une voix traînante moi aussi. Nous nous sommes bien amusées. Bon, quel est mon lit ? J'aimerais défaire mes valises.

— Oh ! nous nous en sommes chargé, fit Celeste avec un sourire innocent.

Les filles près de la fenêtre se regardèrent avec un sourire satisfait.

— Ton lit, c'est celui dans le coin.

Il y avait cinq lits, avec des rideaux fins qu'on pouvait tirer autour du lit pour avoir un peu d'intimité, comme dans une chambre d'hôpital. Comme les rideaux du lit du coin avaient été refermés, je m'avançai pour les ouvrir. Je reculai avec horreur.

Le lit était enveloppé dans de la soie noire et entouré de grands cierges funéraires. Des pétales de rose, comme des gouttes de sang pourpre, jonchaient l'oreiller, et une photo d'une adolescente aux grands yeux était suspendue au-dessus du lit, me fixant. Mes vêtements avaient été éparpillés sur le sol. Je me retournai pour affronter Celeste.

— C'est quoi cette histoire ?

Son sourire disparut.

— C'est l'histoire d'une fille qui doit savoir qu'elle n'est pas la bienvenue. La dernière personne à avoir dormi dans ce lit, c'est ma cousine Laura. Elle est morte. J'imagine qu'on ne t'en a pas parlé ?

— N... non.

— Tu es ici seulement parce que son départ a laissé une place libre dans l'école. Les imbéciles qui s'occupent de l'internat voulaient donner l'impression qu'ils remplissaient leur devoir de chrétiens en t'acceptant à Wyldcliffe, mais si Laura n'était pas morte, tu ne serais pas ici.

La voix de Celeste tremblait de colère.

— Juste à te regarder, j'en ai la nausée.

— Mais ce n'est pas ma faute. Je suis vraiment désolée pour ta cousine, mais je pense que...

— Je me fous de ce que tu penses, Johnson. On ne veut pas de toi ici et on va tout faire pour que ton séjour soit le plus court possible. N'oublie pas que tu dors dans le lit d'une morte. Et j'espère qu'elle va venir te hanter, à chacune de tes respirations.

Celeste sortit de la pièce suivie par son petit groupe. J'avais le sentiment d'avoir été giflée. Pendant un instant, je restai figée, en état de choc, puis la colère monta en moi.

— Quel délire...

Une sonnerie retentit dans le couloir. Helen se leva et se dirigea vers la porte, tenant contre elle une petite trousse de toilette.

— Tu devrais aller te changer. Ce sera bientôt la deuxième sonnerie, qui va annoncer l'heure d'éteindre les lumières.

Elle évita mon regard et sortit précipitamment.

Bouillant de colère, je saisis les chandeliers et les mètres de tissu noir et jetai le tout sur le lit de Celeste. Mais je ne parvenais pas à décrocher la photo du mur.

«Oh! merveilleux, pensai-je, maintenant, je vais dormir toutes les nuits avec l'affreuse photo d'une fille morte qui me regarde.»

J'avais vraiment besoin de ça.

Je n'en revenais pas que ma première journée à Wyldcliffe se soit passée aussi mal. Celeste était follement injuste. Je savais, bien sûr, que le chagrin pouvait avoir de drôles d'effets sur les gens, mais c'était quand même très dur pour moi. Je pris une grande inspiration et tentai de me calmer. Je pouvais presque entendre dans ma tête la voix de Frankie qui disait : « Pauvre Celeste, nous devrions être gentilles avec elle. »

Frankie savait ce que c'était, vivre un deuil. Elle avait perdu son unique fille, Clara, il y a 15 ans de cela, par un cruel matin de printemps. Clara Johnson. Ma mère.

Elle s'était noyée quand j'étais encore bébé, nageant dans les vagues noires de l'Atlantique qui déferlaient sur la rive devant la maison. Les gens qui avaient connu ma mère disaient que j'étais comme elle, avec mes longs cheveux roux, ma peau pâle et mes yeux bleu-gris. Je n'avais aucun souvenir d'elle, même pas le son de sa voix, et ma chère Frankie avait fait tout ce qu'elle pouvait pour remplacer sa défunte fille auprès de moi. Et maintenant, j'allais peut-être perdre Frankie. J'avais une idée de ce que Celeste pouvait ressentir.

— Je te le promets, fis-je tout bas. Je vais essayer d'être gentille avec elle.

Mais mes paroles étaient vides. J'avais beau vouloir sympathiser avec Celeste, je savais que nous ne serions jamais amies.

Je commençai à ramasser mes vêtements froissés. Mon vieux pull bleu était toujours enroulé autour des morceaux de verre de la photo de maman. Je défis le paquet soigneusement pour ne pas toucher le verre cassé et regardai avec émerveillement.

La photo était dans un cadre intact. Le verre était en parfait état, comme s'il n'avait jamais été abîmé, et la tache de sang sur le visage de ma mère avait disparu.

Pendant un instant, je pensai avoir tout inventé : le chemin sombre, le garçon, le cheval... mais ce n'était pas possible, car je portais toujours son mouchoir comme pansement. Je le défis, et c'était toujours là ; une fine marque de sang séché qui ornait la paume de ma main. C'était la preuve. Je m'étais réellement coupée. J'avais vu le verre cassé. Et maintenant, le verre n'était plus cassé.

Impossible.

Helen revint dans la pièce. Elle tira les rideaux autour de son lit, se coupant de moi et de tout le reste. Je décidai de faire comme elle.

Je me couchai et j'entendis Celeste et ses amies revenir ensemble de la salle de bain, riant et chuchotant. Puis une sonnerie retentit, et les lumières s'éteignirent. Encore quelques chuchotements, et tout le monde s'installa pour la nuit. Mais je n'arrivais pas à me détendre.

Impossible, impossible, impossible...

L'emportement de Celeste n'avait plus aucune importance. Ce n'était pas ses menaces qui m'empêchaient de dormir, ni l'image de la fille morte, Laura, qui me fixait. Je pensais au garçon dont l'existence avait brièvement croisé la mienne. Avait-il mystérieusement réparé le verre ? Non, c'était absurde, ridicule.

Mais je ne pouvais m'empêcher de penser à lui. Qui était-ce ? D'où était-il arrivé ? Tout en essayant de m'endormir, je revoyais son regard intense, son sourire, les ombres sous ses yeux... Je me rappelais la douceur de sa main quand il avait effleuré mon visage et la fraîcheur de son haleine sur ma peau. J'avais beau faire de grands efforts pour l'écarter de mes pensées, je pouvais entendre sa voix dans ma tête, son rire. *Nous nous reverrons... nous nous... reverrons.*

Je finis par trouver le sommeil, mais pas le repos. Je fis des rêves macabres, troublants, jusqu'à un dernier songe dans lequel une terrible mer grise s'élevait au-dessus des landes et, d'une seule vague immense, engloutissait Wyldcliffe.

Je me réveillai et me levai d'un seul coup, haletant et en sueur. Pendant un instant, je luttai pour savoir où j'étais. Évidemment. À l'école. Dans le dortoir. Les quatre filles endormies si près de moi. J'écartai les rideaux blancs pour avoir un peu plus d'air et je dus étouffer un cri. Du coin de l'œil, j'avais vu une fille aux longs cheveux roux dont le visage pâle semblait effrayé. Je me retournai pour la regarder, puis je me laissai aller sur le lit, tremblante. Que j'étais idiote ! C'était simplement mon reflet immatériel dans un long miroir fixé sur le mur opposé. Je fermai les yeux de toutes mes forces, mais je n'étais pas capable de me rendormir.

Je sentis monter en moi, comme un brouillard qui se lève, le sentiment que j'étais observée. Il y avait quelqu'un d'autre dans la pièce, à part les quatre filles et moi ; j'en étais certaine. Je tendis l'oreille. Il y avait le faible écho d'une personne chantant une berceuse ; comme si cela venait de loin et d'une autre époque. J'entendis un faible bruit de pas, une toux, et des pages qu'on tourne. Il y avait quelqu'un, caché dans l'ombre de la nuit.

Impossible, encore une fois. Je tentai de ne plus y penser. J'étais juste nerveuse, perturbée par ce nouvel endroit étrange. Ce devait être quelqu'un dans un autre dortoir, ou sur un autre étage. Dans ce genre de grands bâtiments, les bruits sont déformés, c'est normal.

Cette première nuit, tout ce que je pus faire, c'est mettre tout cela sur le compte de mon imagination. Cette première nuit, je ne savais pas qui veillait sur moi. Je ne savais pas que sa vie était entremêlée à la mienne. Elle, ma gardienne, ma sœur, mon autre moi. Je ne pouvais imaginer que j'allais apprendre à la connaître, découvrir ses secrets et même lire les pages de son journal intime.

Je restai étendue et éveillée le reste de la nuit, jusqu'à ce qu'un pâle soleil apparaisse, tel un fantôme sortant d'une tombe.

Quatre

Ma nouvelle aujourd'hui est que ce cher S. est enfin revenu, après des mois à voyager à l'étranger avec son tuteur, monsieur Philips. Nous ne nous attendions pas à le revoir avant Noël, mais il est revenu au manoir la nuit dernière, et est arrivé ici ce matin avec l'attelage de son père. Cela a été une magnifique surprise dans notre train-train quotidien. J'ai l'impression que la vie m'a attrapée par les épaules et secouée, et que maintenant, je suis prête à relever des défis.

C'était si bon de revoir mon ami d'enfance ! Au début, j'étais un peu intimidée. Il est maintenant très grand et beau, et je me sentais comme une petite enfant en écoutant ses récits sur Paris, Constantinople et Vienne — moi qui suis rarement sortie de la vallée de Wyldcliffe. Mais très vite, nous nous sommes mis à bavarder comme des pies. Il a toujours le même air enthousiaste, le même désir de tout partager avec moi, le même regard bleu et intense. Même si nos mères ne sont que lointainement apparentées *par alliance, il est plus près de moi que tous mes cousins ; c'est le frère que je n'ai jamais eu.*

Il semblait fatigué, toutefois, sous ses sourires. Je n'ai pas été surprise d'apprendre qu'il avait été atteint d'une fièvre au Maroc et qu'il s'était trouvé affreusement malade pendant plusieurs jours. Maintenant, il souffre d'une toux qui le fatigue et il est plus mince qu'il ne devrait l'être, avec des cernes foncés sous les yeux. Sa maladie est la cause de son retour hâtif.

Je ne puis m'empêcher d'être égoïstement ravie de son retour forcé. L'année 1882 a été jusqu'ici si ennuyeuse, si longue et monotone sans lui. Je n'avais jamais remarqué auparavant combien ses conversations et ses idées, ses livres et ses poèmes égayaient mon existence. Même les randonnées dans les landes n'étaient plus aussi plaisantes sans sa compagnie. Mademoiselle Binns ne pouvait le remplacer, et je crois qu'elle est aussi heureuse que moi du retour de mon compagnon. Il n'ira pas à l'Université d'Oxford avant la nouvelle année, ce qui lui permettra de reprendre des forces, et moi, de l'avoir à mes côtés pendant plusieurs semaines de bonheur.

La pauvre mademoiselle B. se faisait du souci à mon sujet, ces derniers temps. Elle ne comprend pas ma soif d'étudier, même si elle n'est pas une mauvaise femme, et je suis reconnaissante envers papa d'avoir su me trouver une gouvernante aussi bonne et douce. Mais qu'est-ce que l'étude du français, de la musique et des dates des règnes des rois et des reines d'Angleterre a à voir avec une réelle éducation à notre époque moderne ? Si seulement on pouvait m'envoyer à l'école ! J'ai demandé à maman si je pouvais aller au Collège pour jeunes filles de Londres, sur lequel j'avais lu quelque chose, maintenant que j'avais 16 ans, mais elle a répondu que c'était hors de question pour une jeune fille de mon rang, et qu'il ne fallait surtout pas que j'oublie que j'étais Lady Agnes Templeton, et non une simple petite fille qui aurait à utiliser son intelligence pour gagner sa vie.

Je dois admettre que la vision de ma mère me rend folle. Quel lien y a-t-il entre le rang dans le monde et la soif de savoir ? De nos jours, il y a de nouvelles idées dans chaque domaine, et je veux avoir ma place dans ce monde nouveau ; je ne peux me résigner à n'être qu'une petite poupée joliment décorée.

Au cours des derniers mois, je me suis sentie transformée. Au début de l'été, mes saignements mensuels ont commencé. Maman m'a serrée contre elle quand je le lui ai dit et elle a pleuré un peu, puis elle a séché ses larmes et a dit que j'allais bientôt devenir une épouse et une mère. J'ai peur qu'elle ne me trouve un jeune homme qui bégaie et qui n'a en sa faveur que le fait d'être le fils d'un quelconque duc, et qu'elle me force à l'épouser. Je ne pourrais jamais être la femme de quelqu'un que je n'aime pas vraiment, même si c'était un prince. Ma mère semble avoir une autre vision de la question. Je pense que si elle connaissait le fond de ma pensée, nous aurions de nombreuses disputes. Je dois veiller à ce qu'elle ne tombe jamais sur ce journal.

Je sens… je ne sais comment l'exprimer… qu'une force inconnue et invisible monte en moi, et je rêve de me libérer de tout ce qui me paraît petit, ennuyeux et superficiel. Mes rêves sont pleins de feu et de couleurs, que je dorme ou que je sois éveillée. Il y a un rêve en particulier que je fais souvent ces derniers temps. Je suis dans une profonde caverne souterraine où une grande flamme brûle en se tortillant. Je m'avance vers cette colonne de feu et j'en recueille un peu dans ma main. Les flammes dansent comme des feuilles aux couleurs vives dans le vent, sans jamais me brûler. J'ai peur, mais je suis euphorique…

Chaque fois que je fais ce rêve, je me réveille avec un sentiment d'agitation et je sors me promener dans les landes à la recherche d'un peu de liberté. Je m'étends dans l'herbe, avec la terre sous mes os et l'air sur mon visage. Et je sens encore la flamme brûler et danser en moi.

Si seulement j'avais quelqu'un à qui parler, une amie ou une sœur. Il m'est arrivé d'imaginer cette amie avec tant de force que, je le jure, je pouvais presque la voir. Maintenant, au moins, il y a ce cher S. qui est revenu. Je ne peux me sentir seule quand il n'est qu'à quelques kilomètres d'ici, au manoir. Son père lui a donné une nouvelle jument noire, alors il m'a promis que nous irions faire de nombreuses promenades ensemble dès qu'il sera reposé. Je devrai me satisfaire de recevoir mon éducation de lui et de découvrir le monde par ses histoires. Et pourtant, je sais au fond de mon cœur que je suis capable de faire quelque chose d'utile, et je ne me reposerai pas tant que je n'aurai pas trouvé ce que c'est.

Je suis là, avec mon enfance derrière moi et mon destin devant, comme si j'étais en suspens sur la crête d'une vague qui me transportera à toute allure vers un rivage lointain et inconnu.

Cinq

La sonnerie matinale résonnait comme une alarme d'incendie. Je me traînai hors du lit et parvins à trouver la salle de bain. Il y avait deux ou trois cabinets à l'ancienne munis d'une douche de style vieillot où on pouvait voir un enchevêtrement de tuyaux de cuivre. J'entrai dans le premier et verrouillai la porte.

J'avais un mal de tête causé par le manque de sommeil et je n'arrivais pas à me défaire d'un sentiment d'angoisse. En me déshabillant, je remarquai qu'il ne restait plus de la coupure sur ma main qu'une fine ligne rouge foncé ; cette coupure qui serait venue de nulle part. Cela n'avait aucun sens. Si seulement j'avais quelqu'un avec qui parler de tout cela.

Mon père et Frankie me manquaient tellement que j'en avais mal.

Debout sous la douche tiède, je souhaitais que l'eau puisse me laver de tout cela.

«Oublie ça, pensai-je. J'ai dû mal comprendre.»

En fait, le verre ne s'était jamais cassé. Je m'étais sûrement éraflée sur le coin du cadre en laiton, tout simplement. Ou peut-être que quelque chose de pointu était tombé dans le pull quand je l'avais ramassé à la maison. Il n'y avait pas de mystère. Et personne ne m'observait. Cela ne se pouvait pas.

Impossible.

Je devais me concentrer sur ma vie à ma nouvelle école, sur des choses simples comme apprendre à m'y retrouver, travailler fort en classe et éviter Celeste. Je devais effacer cette affaire de ma mémoire. Et, plus que tout, je devais oublier le garçon aux cheveux noirs et au regard envoûtant.

Je revins au dortoir et enfilai mon uniforme : la jupe gris foncé, les bas rouge sang, la cravate démodée. Je regardai dans le miroir suspendu au mur et j'eus de la difficulté à reconnaître la fille qui me regardait.

Celeste, India et Sophie revinrent de la salle de bain en se bousculant.

— Eh! comme c'est mignon, fit Celeste. Elle admire son uniforme. N'est-ce pas désolant de savoir qu'elle ne le portera pas longtemps?

Je me rappelai ma résolution de demeurer tolérante, et ravalai la réponse cinglante que j'avais envie de lui envoyer. Ce fut un effort immense.

— Viens, Evie, fit Helen. C'est l'heure du petit déjeuner.

Je la regardai avec surprise. Je ne m'attendais pas à recevoir du soutien de la part d'Helen. Reconnaissante, je sortis de la chambre derrière elle, mais, alors que les autres filles descendaient vers le hall d'entrée, elle ne se dirigea pas vers

l'escalier de marbre. Elle m'attira plutôt dans un renfoncement du couloir partiellement caché par un rideau. Au fond,
il y avait une porte en bois. Helen tira un verrou et ouvrit la
porte.

Il y avait là un sombre palier dissimulé où un escalier de
bois en colimaçon descendait vers les ténèbres. Helen
tâtonna derrière la porte, puis ramassa une lampe de poche
qu'elle alluma.

— Je la laisse ici. Allez, viens. Officiellement, c'est
interdit de passer ici, mais je vais te montrer le chemin. Ça
nous évitera de croiser Celeste et sa suite.

— Mais... où allons-nous ?

— Nous pouvons descendre par ici, c'est l'ancien escalier des domestiques.

Helen referma la porte derrière nous et éclaira l'escalier
en spirale avec sa lampe. Il était si étroit qu'il semblait
avoir été inséré dans un espace entre deux murs, comme
une échelle installée pour descendre au fond d'une trappe.

— C'est une blague ?

Je ne voulais pas l'admettre à Helen, mais j'avais toujours eu peur des lieux clos et sombres.

— Je ne veux pas descendre ici.

— Il n'y a aucun danger. À moins que tu préfères y aller
avec Celeste ?

Elle se mit en route, la lueur dansant devant elle.

— Helen ! attends !

Je m'engageai à sa suite dans l'escalier tortueux, faisant
un effort pour ne pas imaginer que les murs se refermaient sur moi. Après avoir tourné quelques fois, nous arrivâmes sur un autre palier sombre.

— C'est l'étage du personnel. On continue.

Nous finîmes par arriver à l'étage du bas où nous prîmes un passage désert, froid et humide. Helen balaya les murs couverts de toiles d'araignées du faisceau de sa lampe.

— Où sommes-nous, maintenant?

Peu importe où nous nous trouvions, j'espérais que nous allions en sortir le plus vite possible.

— Les domestiques vivaient ici, à l'époque où l'abbaye était une maison privée. La porte qui est là mène à l'édifice principal de l'école, près de l'escalier de marbre, mais si on prend ce passage dans l'autre direction, on se retrouve près des anciennes cuisines et on peut sortir vers les écuries. J'aime cet endroit. Je te montrerai, si tu veux.

Visiter des pièces dérobées que personne n'avait utilisées depuis plus de 100 ans était la dernière chose dont j'avais envie, mais Helen semblait adorer ce lieu. Je n'avais d'autre choix que de la suivre pendant qu'elle s'enfonçait dans l'aile anciennement réservée aux domestiques. Tout était peint d'un marron foncé déprimant et recouvert d'une épaisse couche de poussière. J'étais certaine d'avoir entendu un grattement de souris dans les murs. C'en était assez. J'étais sur le point de demander à Helen de faire marche arrière quand j'aperçus une rangée de vieilles cloches dans un cadre en acajou. Sous chaque cloche, on pouvait voir des lettres décolorées : «Salle de séjour», «Salon bleu» et «Salle de billard».

— À quoi servaient-elles?

— On sonnait les cloches quand on avait besoin d'un domestique dans une pièce. Les bonnes devaient monter et descendre l'escalier des centaines de fois par jour. Certaines étaient plus jeunes que nous. Évidemment, elles n'avaient pas le droit de prendre l'escalier de marbre. Il ne servait qu'aux Templeton.

— C'est qui, ces gens ?

— Les propriétaires de la maison.

Helen ouvrit la porte qui menait à une cuisine abandonnée.

— C'est ici que travaillaient les domestiques.

Elle fit le tour de la pièce du regard.

— N'entends-tu pas leurs voix ?

Elle commençait vraiment à me donner la frousse. Je n'avais aucune envie d'entendre les voix de défuntes bonnes de l'époque victorienne, même si Helen semblait envoûtée par tout cela. J'eus l'impression que mon cœur ralentissait et, de nouveau, l'étrange sensation d'être observée m'envahit. Des chuchotements et des secrets résonnaient dans ma tête…

Soudain, une sonnerie retentit au loin, me faisant sursauter. Helen cligna des yeux.

— C'est la cloche pour le petit déjeuner. On ne doit pas être en retard !

Elle se précipita dans le passage qui menait au bâtiment principal.

— Allez ! dépêche-toi !

J'avais du mal à suivre le rythme de ses longues jambes. Quelques instants plus tard, nous étions de nouveau à côté de l'ancien escalier des domestiques. Helen ouvrit une porte qui menait au couloir principal, près de l'escalier de marbre. Le bruit de pas dévalant les marches vers le réfectoire résonnait à notre gauche. Nous nous dépêchâmes pour les rattraper, mais c'était trop tard. Quand nous entrâmes dans le réfectoire, les joues rouges et à bout de souffle, les filles étaient déjà debout le long des tables. Madame Hartle était à la table d'honneur en train de réciter le bénédicité. Helen, l'air épouvanté, attendit nerveusement près de la porte. J'aperçus Celeste, douce et pure comme un ange, ses lèvres formant un sourire mystérieux.

La directrice termina sa prière, puis me regarda froidement.

— Evie Johnson est encore en retard ? Il faudra vous aider, vous et votre amie Helen, à ne pas oublier que les retards ne sont pas permis à Wyldcliffe. Mademoiselle Scratton, deux cartes de démérite, je vous prie.

Mademoiselle Scratton s'avança vers nous et nous donna chacune un carton rouge. Elle fronça les sourcils au moment où nous les prîmes, et je compris, en voyant l'air malheureux d'Helen, que c'était un grand déshonneur. Encore une autre tradition débile de Wyldcliffe.

— Ceci est pour vous rappeler l'importance d'obéir aux règles, fit mademoiselle Scratton. Et peut-être serait-il bon que je vous explique, Evie, que lorsqu'une fille a reçu trois démérites, elle doit se présenter chez la directrice pour une retenue.

Je trouvais que l'on s'énervait pour peu, mais Helen parut tressaillir en tenant son carton. Je me rendis compte avec étonnement qu'elle semblait avoir une peur bleue de madame Hartle. Je pensai qu'Helen était un peu bizarre. Je ne pouvais m'empêcher de lui en vouloir de m'avoir causé des ennuis à ma première journée d'école. Pourtant, elle avait tenté, à sa façon, de me protéger de Celeste. J'étais encore en train d'essayer de la comprendre quand la sonnerie marquant la fin du repas et le début des classes retentit. Nous fîmes la file pour sortir du réfectoire, et je me retrouvai avec Celeste à mes côtés.

— Eh bien, Johnson, c'est tout un début. Un démérite dès le premier jour. Ce doit être un record. C'est ce qui arrive quand on traîne avec une ratée comme Helen.

Je tentai de ne pas m'énerver.

— Ce n'était pas la faute d'Helen.

— Tu la protèges? Oh! comme c'est mignon. Mais ne t'attends pas à ce qu'Helen soit une véritable amie. Elle est complètement folle.

— C'est faux, répondis-je avec entêtement, même si je n'étais pas loin d'en penser autant. Elle est juste... nerveuse, c'est tout.

— C'est comme ça que tu appelles ça, toi?

Le visage de Celeste paraissait soudain très pâle sous son hâle.

— Et elle était trop nerveuse pour parler à la police, même si elle est la dernière personne à avoir vu Laura vivante? Elle était trop nerveuse pour nous dire ce qui s'est vraiment passé, ce soir-là?

Les larmes lui montèrent aux yeux.

— Ne me parle pas d'Helen Black et ne te mêle pas de choses auxquelles tu ne connais rien.

Elle s'éloigna, sa chevelure blonde voletant autour de sa tête.

— Venez ici, Evie, fit une voix brusque derrière moi.

C'était mademoiselle Scratton.

— Vous ne voulez pas être encore en retard. C'est moi qui vous enseigne, ce matin. Suivez-moi.

Elle poursuivit avec un flot monotone de renseignements au sujet de mon horaire et de la façon de trouver les différentes salles de classe, mais j'arrivais difficilement à me concentrer. Pourquoi Helen aurait-elle dû parler de Laura à la police? Je m'étais imaginé qu'elle était morte dans un horrible accident de la route, mais il semblerait qu'elle soit morte ici, à Wyldcliffe. Était-elle malade ? Et pourquoi avoir fait appel à la police ? Et encore plus étrange, Celeste semblait croire qu'Helen savait des choses à ce sujet.

— Les murs épais et les plafonds bas vous indiquent que cette partie du bâtiment est beaucoup plus vieille que le reste..., me disait mademoiselle Scratton comme nous marchions côte à côte dans un énième couloir. C'est une partie du couvent original, qui date du Moyen Âge. Il est possible que cela ait fait office d'hôpital à une époque.

Je m'efforçai de rester concentrée.

— Oui, oui, très intéressant, murmurai-je.

Elle me conduisit jusqu'à une salle de classe. On y voyait des murs blancs, des rangées de pupitres et une grande bibliothèque. Une grande affiche encadrée montrant les sorcières dans une mise en scène de *Macbeth* était suspendue derrière le bureau de mademoiselle Scratton.

— Choisissez-vous une place.

Il y avait une vingtaine de filles, dans la classe, et je fus ravie de voir Sarah assise au fond. Cela faisait au moins un visage amical. Elle me fit un petit sourire, mais les autres filles jetèrent un coup d'œil au carton rouge que je tenais toujours, puis elles se retournèrent comme si elles ne voulaient pas être associées à mon déshonneur. Il y avait un pupitre vide à côté d'Helen. Je m'assis et fis comme si j'étais très occupée avec mes cahiers et mes stylos.

L'atmosphère était très studieuse et rigoureuse, ce qui était très différent de la vie facile et libre à laquelle j'étais habituée à la maison. Mademoiselle Scratton enseignait l'anglais et l'histoire, et, malgré sa voix ennuyeuse et monotone, elle était très bonne. Au bout d'un moment, je me surpris à prendre plaisir à suivre ses discussions et ses théories. C'était un soulagement de me plonger dans le travail et d'oublier tout le reste. Je me penchai sur mes livres, absorbée dans ma lecture. Et quand je relevai la tête, j'eus la plus grande surprise de toute ma vie.

La pièce avait changé.

Je ne parle pas des murs peints à la chaux et des fenêtres à petits carreaux — ils n'avaient pas bougé. Et la pièce était toujours une salle de classe. Mais au lieu des rangées de pupitres de bois et des filles en uniforme foncé, je voyais une grande table polie sur laquelle étaient éparpillés des feuilles de papier et de gros livres. Des meubles d'une autre époque décoraient la pièce et un grand globe terrestre trônait sur un guéridon. Une femme ronde d'une cinquantaine d'années avec des joues rouges et une robe trop décorée montrait du doigt quelque chose sur le globe à son unique élève, une fille vêtue de blanc.

Les yeux gris de la fille brillaient de concentration, et ses boucles auburn étaient attachées avec un ruban noir. L'image floue de la fille que j'avais aperçue la nuit précédente dans le miroir me revint à l'esprit. Cette fille-ci était réelle, toutefois, ce n'était pas un reflet comme une vision d'une sœur perdue depuis longtemps, dans une vie dont on se souvient à peine... Mais je n'avais pas de sœur; je n'avais jamais eu de sœur... Comme je la regardais, j'entendis soudain le ronflement du feu et je vis l'éclat éblouissant de flammes blanches. Je criai, puis je me sentis disparaître dans le néant.

Quand je revins à moi, j'étais affalée sur mon pupitre, et Helen était penchée sur moi. Les autres filles l'écartèrent.

— Qu'y a-t-il ? Elle s'est fait mal ? Pourquoi a-t-elle crié comme ça ?

Une voix basse coupa court à leurs questions fébriles.

— Evie s'est évanouie pendant quelques instants, c'est tout, dit mademoiselle Scratton. Ne restez pas autour d'elle. Retournez à vos places, les filles, et replongez-vous dans votre lecture.

Mademoiselle Scratton fronça les sourcils en prenant mon pouls.

— Avez-vous déjà perdu connaissance ?

Je pensai confusément à ma rencontre avec le jeune homme et le cheval, mais je secouai la tête. Je ne savais plus ce qui était vrai et ce qui n'était que rêverie.

— J'ai eu un étourdissement, c'est tout, marmonnai-je.

— Vous feriez mieux de sortir, alors. C'est étouffant, ici.

Elle jeta un œil à Helen, hésita une fraction de seconde, puis dit :

— Sarah, sortez avec Evie et faites-lui découvrir les lieux. L'air frais devrait lui faire du bien.

— Viens, Evie, fit Sarah. Allons nous promener.

Son amitié toute simple me toucha, et les larmes me montèrent aux yeux. Je clignai pour les faire disparaître. Je sortis de la classe derrière Sarah, repensant à la promesse que je m'étais faite. Personne, à Wyldcliffe, ne me verrait pleurer.

Six

Nous nous assîmes sur une botte de foin dans l'écurie chaude et poussiéreuse. Sarah sourit et m'offrit un sac de pommes.

— Je les garde pour Bonny, mais elles sont tout à fait correctes, surtout si tu n'as pas beaucoup mangé au petit déjeuner.

Je mordis dans une des pommes jaunes. C'était bon et doux. Ce qui décrivait bien Sarah, pensai-je, avec sa riche chevelure brune et ses taches de rousseur. Elle avait l'air de faire partie de tout cela, des champs et des forêts. Pendant que je mastiquais ma pomme, Bonny, son robuste petit poney, essayait de me la voler de ses lèvres aspirantes. Sarah rit, puis me regarda avec curiosité.

— Alors ? Dis-moi, que t'est-il arrivé, au juste ?

J'évitai son regard. Je n'en étais pas certaine moi-même. Tout ce que je savais, c'est que ce n'était pas la première chose bizarre qui se produisait depuis mon arrivée à

Wyldcliffe. Mais comment aurais-je pu raconter à Sarah toute cette affaire étrange de beau jeune homme sur un cheval, de verre cassé qui ne l'était pas et de fille rousse qui ne pouvait être là? Sarah semblait être la première personne sensée que je rencontrais ici, et je ne voulais pas qu'elle me croie complètement folle. Je décidai que ce devait être l'effet du stress. Rien de tout cela ne se reproduirait.

— Un étourdissement, c'est tout, fis-je en haussant les épaules et en me relevant, bien décidée à changer de sujet. Aurais-tu envie de me faire visiter les lieux, comme l'a proposé mademoiselle Scratton? Je n'ai encore rien vu.

— D'accord, dit-elle en souriant. Au revoir, Bonny, ma chérie. Je reviendrai plus tard. Impossible d'imaginer que c'était une petite bête décharnée il y a à peine quelques mois, non? Mes parents m'ont aidée à la sauver de gens qui ne connaissaient rien aux chevaux et qui la maltraitaient. Maintenant, elle est aussi grasse qu'un cochon. Mon autre poney s'appelle Starlight. Viens, je vais te le montrer, Evie. Ensuite, je vais te montrer tout le reste.

Je suivis Sarah vers une autre stalle où un joli poney gris poussa du museau contre sa main et accepta avec joie une pomme.

— Heureusement que Wyldcliffe nous permet d'amener nos chevaux à l'école. Je passe tout mon temps libre avec eux. Je serais perdue, si je n'avais aucun de mes animaux ici. À la maison, j'ai trois chiens, deux chats et un âne, et ce sont tous des animaux rescapés…

Sarah continua à bavarder, et je me souvins de ce que Celeste avait dit au sujet de sa «collection d'orphelins». Eh bien, j'en faisais désormais partie.

Nous continuâmes à nous promener dans la cour de l'écurie, qui était attenante au bâtiment principal. Je remarquai une porte d'un vert délavé qui me donna l'impression de ne jamais servir. Je me dis qu'elle devait mener aux anciens appartements des domestiques qu'Helen m'avait fait visiter ce matin. Un chat noir traversa la cour. Nous le suivîmes et arrivâmes dans un potager où poussaient des rangées de haricots et de cassissiers.

— On peut avoir un petit carré de jardin, ici. J'aime faire pousser des trucs, creuser la terre et regarder une nouvelle vie apparaître. Et j'adore les écuries, aussi. Les parties principales de l'abbaye peuvent paraître vieilles et sinistres, mais ici, je peux facilement m'imaginer à quoi cela ressemblait quand tout le domaine appartenait à une seule famille, avec des jardiniers, des attelages, des chevaux et des chiens. Mais c'était il y a plus de 100 ans, quand Lady Agnes était en vie.

Elle me regarda et fronça les sourcils, comme si elle essayait de se rappeler quelque chose.

— Qui était Lady Agnes ? demandai-je, essayant de paraître intéressée.

— C'était la fille de Lord Charles Templeton, qui a reconstruit Wyldcliffe au milieu du XIXe siècle. L'abbaye originale, où vivaient des religieuses à l'époque médiévale, a été presque entièrement détruite il y a très longtemps, mais Lord Charles trouvait que ces ruines avaient quelque chose de romantique, alors quand il a voulu construire une nouvelle maison pour sa femme et sa fille, il en a gardé toutes les pierres. Viens voir !

Nous sortîmes du potager et nous nous retrouvâmes sur une terrasse en gravier située derrière le bâtiment principal.

De la terrasse, un grand terrain gazonné descendait jusqu'à un lac. La partie basse était densément recouverte d'arbustes verts, et, un peu plus loin, telles des sentinelles marchant autour de l'enceinte de l'abbaye, s'étendaient les landes sauvages. La vue était imposante, mais autre chose, dans ce paysage, me coupa le souffle.

Sur le bord du lac, les ruines de l'ancienne chapelle de l'abbaye s'élevaient du sol. Des arches mornes et abîmées étaient suspendues telle une dentelle pétrifiée se découpant sur le ciel gris. Des tas de pierres effondrées s'amoncelaient au pied des murs médiévaux, et là où se trouvait auparavant le maître-autel, il y avait un monticule vert et lisse. Tout se reflétait dans les eaux du lac, comme si une cathédrale sous-marine rêvait sous leur surface lustrée.

— C'est extraordinaire, non? dit Sarah.

— C'est… indescriptible.

Un étrange frisson me parcourut l'échine.

— Mais je ne sais pourquoi, ça me paraît si triste.

— Alors, tu connais l'histoire de Laura?

— Celeste m'en a parlé.

Je ne sais trop pourquoi, mais mon cœur se mit à battre très fort.

— On l'a retrouvée ici, dans le lac. Elle s'est noyée.

Exactement comme ma mère. J'avais la nausée et je me sentais chanceler.

— Ça va, Evie? Je ne veux pas que tu t'évanouisses une autre fois.

Elle m'aida, moitié me traînant, moitié me soutenant, vers un siège qui surplombait le lac.

— Désolée. Ça va. Parlons d'autre chose. Parle-moi de Lady Agnes.

— Ça non plus, ce n'est pas une histoire joyeuse, répondit Sarah à contrecœur. Il y a eu une sorte d'accident, et elle est morte jeune. J'ai lu quelque chose là-dessus. C'est comme ça qu'on a transformé ce lieu en école. Après la mort d'Agnes, ses parents ont fermé l'abbaye et sont partis à l'étranger.

— Pourquoi?

— J'imagine qu'ils ne pouvaient plus voir tout ce qui leur rappelait leur fille. Quand ils sont morts, il n'y avait plus personne pour hériter de Wyldcliffe. Le bâtiment est resté vide pendant un certain temps avant que l'école le reprenne, et les gens du coin racontent toutes sortes d'histoires selon lesquelles il serait hanté. J'imagine que c'est facile de croire ça. Une grande maison vide avec une chapelle en ruines… pas besoin de beaucoup d'imagination pour arriver à des histoires du genre, non?

— Effectivement, répondis-je en fixant les ruines.

L'histoire de Sarah expliquait le comportement du chauffeur de taxi, le soir de mon arrivée. Cet endroit maudit. Je ne pouvais l'en blâmer, en fait. Moi-même, je n'arrivais plus à maîtriser mon imagination, à Wyldcliffe. En regardant ces pierres effondrées, je comprenais pourquoi les gens avaient inventé des histoires au sujet de ce lieu. Il était hanté… hanté par toutes ces vies qu'il avait connues. Et ces mêmes collines sombres surplombaient cet endroit lors de chaque drame, et le même vent glacial chantait à travers les herbes…

— Est-ce que ça te plaît, ici? demandai-je.

Sarah éclata de rire.

— Comment peut-on aimer un endroit rempli de snobs arrogantes comme Celeste? Honnêtement, je ne sais pas combien de temps l'école et ses traditions survivront encore. Le monde a changé, mais pas Wyldcliffe.

— Alors, pourquoi les gens envoient-ils encore leurs enfants ici?

— Wyldcliffe prépare les jeunes filles à se faire une place dans la société, pas seulement à la réussite scolaire. Avant moi, trois générations de ma famille sont venues ici.

— Mais est-ce que tu voulais venir ici?

— J'imagine. L'endroit est vraiment spécial... tu sais, avec les ruines, les landes et la vieille maison. Je dirais que j'adore Wyldcliffe et que je la déteste en même temps. Et toi? Ça te plaît?

— Mmm, je n'en suis pas sûre.

— Alors, pourquoi es-tu venue ici, Evie?

— Ma mère est morte, et mon père est dans l'armée. Son unité est déployée à l'étranger, en ce moment, dis-je d'un ton le plus détaché possible. Ma grand-mère, Frankie, s'est toujours occupée de moi. Elle est malade, maintenant.

— Je suis désolée. Je sentais... je veux dire, je trouvais que tu avais l'air malheureuse.

— Ouais, bon, c'est comme ça, c'est tout.

Je ne voulais pas être prise en pitié. Mais cette fille n'était pas menaçante et me donnait envie de parler. Je ravalai et continuai.

— Papa avait entendu parler de cette école parce que la famille de Frankie a habité dans la région, il y a très longtemps de cela. Il a appris l'existence de la bourse et a tout arrangé très rapidement. Je sais qu'au fond, j'ai beaucoup de chance.

Puis j'ai éclaté.

— Mais je ne crois pas que je puisse me sentir à ma place, ici. Ça fait des générations que ma famille ne fréquente plus des écoles de ce genre.

— Ça ne change rien. Pour moi, du moins. De toute façon, c'est vraiment de justesse si ma famille est parvenue à entrer dans cette école.

— Que veux-tu dire ?

— Ma grand-mère, Maria, a été adoptée d'une famille de Tziganes quand elle était bébé. Si ça ne s'était pas passé comme ça, tout aurait été très différent.

— Pourquoi ? Que s'est-il passé ?

— Ses parents adoptifs étaient de riches propriétaires terriens qui voulaient désespérément avoir un enfant. On raconte qu'ils ont aidé le père de Maria quand il a été faussement accusé d'avoir fait du braconnage sur un domaine situé près de chez eux. Quand la mère de Maria est morte en la mettant au monde, ils ont convaincu son père de leur laisser élever l'enfant. C'était une entente plutôt inhabituelle, tant d'un côté que de l'autre, mais ils adoraient Maria et voulaient qu'elle puisse avoir le meilleur en toutes choses : les vêtements, les voyages et l'éducation, ce qui signifiait aller à Wyldcliffe.

— Pourquoi ? Qu'est-ce que cette école a de si spécial ?

— Elle a toujours été considérée comme l'école la plus huppée d'Angleterre. En d'autres termes, incroyablement snob et chère.

Sarah éclata de rire.

— La directrice de l'école avait fait un scandale au sujet de Maria et ne voulait pas qu'une sale petite Tzigane souille le sol sacré de Wyldcliffe. Mais ses parents adoptifs ont donné une énorme somme d'argent à l'école, et ça a réglé l'affaire. C'est pourquoi je suis ici.

Elle prit un air pensif.

— Je pense souvent à elle. C'est drôle d'imaginer qu'elle a déjà foulé le sol sur lequel nous nous trouvons maintenant. Parfois, il m'arrive de me dire — ça va sûrement sembler idiot — qu'elle veille sur moi.

— Tu veux dire… comme un fantôme ? fis-je en tentant de blaguer tout en me sentant émue.

— Oh ! je ne sais pas, en fait. Mais je me pose souvent des questions sur elle, je me demande s'il lui arrivait de penser à sa vraie famille, si elle regrettait de ne pas vivre la vie des Tziganes. Il m'arrive de penser que j'aurais aimé vivre ainsi, dehors, avec les chevaux, en communion avec la terre, consciente de l'héritage de mes ancêtres.

Sarah cessa de parler et sourit.

— Ma famille a encore des tonnes d'argent, ce qui est utile. Mais ne va surtout pas croire que je suis du même type que Celeste et ses amies, parce que je ne le suis pas, d'accord ?

— D'accord. Je ne crois pas du tout que tu leur ressembles, je te le jure.

— Je suis contente que ce soit clair, fit-elle en souriant. Allez, on ferait mieux de retourner en classe si tu te sens mieux. Sinon, mademoiselle Scratton risque de ressortir ses cartons de démérite.

Elle me tira pour m'aider à me relever. Je n'avais pas vraiment envie de m'éloigner du lac. C'était la première étendue d'eau que je voyais depuis que j'avais quitté ma maison au bord de la mer et je me sentais attirée par ses

vertes profondeurs. Pourtant, c'était un lieu de grande tragédie... une fille s'y était noyée.

Je ne voulais pas y penser. Je me détournai du lac et
regardai en direction des landes. Peut-être le garçon que
j'avais rencontré était-il là, à cheval, dans les collines. À ce
moment-là, un nuage cacha le soleil et une rafale traversa la
pelouse, me faisant frissonner de froid. Je me mis à courir.

— Hé! attends-moi! cria Sarah.

Mais je ne m'arrêtai pas avant d'être à l'abri dans la
sinistre maison.

Sept

Journal de Lady Agnes,
le 17 septembre 1882

Je ne sais que penser de l'enthousiasme qui semble avoir envoûté mon cher et unique ami. Tout ce que je puis dire, c'est que cela me trouble, que j'ai même peur pour lui. Je ne me sens plus tout à fait en sécurité.

Hier, S. m'a apporté beaucoup de cadeaux ramenés de ses voyages. Le médecin lui avait ordonné le repos complet, mais il a dit qu'il ne pouvait rester une minute de plus dans son lit, et a marché du manoir jusqu'ici sans en informer personne. Il a marché! Mais bon, il a toujours été entêté, une fois sa décision prise, et il avait tellement hâte de me montrer ses cadeaux... Il y avait des écharpes et des châles, des sculptures et des babioles de toutes sortes. Je l'ai réprimandé pour son extravagance, mais il a ri et a dit que cela ne lui avait coûté que quelques sous dans des bazars. Puis il m'a offert un paquet enveloppé dans du papier de soie argenté.

— C'est le plus beau de tous les cadeaux, a-t-il chuchoté. Le cadeau de la connaissance.

C'était un livre qui paraissait vieux, avec une reliure de cuir vert foncé. En lettres à peine visibles, effacées par le temps, était écrit La Voie mystique. *J'ai relevé le fermoir argenté et j'ai ouvert le livre. Une odeur sèche de renfermé s'est élevée de ses pages. L'écriture était épaisse, noire et en pattes de mouche. Une partie était en latin et le reste, dans un vieux français. J'ai lu à voix haute :*

« Lecteur, si tu es impur
Retiens ta main et ne lis pas plus loin ;
Les Mystères anciens ici divulgués
Ne doivent jamais par le mal être profanés. »

J'ai levé la tête et j'ai éclaté de rire.

— Quel est ce conte de fées que tu m'as ramené ici ? Ne sommes-nous pas trop vieux pour ce genre de balivernes ?

— Ce ne sont pas des balivernes, Agnes ; c'est la chose la plus importante que j'aie découverte au cours de mes voyages ! Tu dois le lire !

Il semblait tendu, et ses joues étaient rouges. Je me suis demandé s'il n'était pas fiévreux. Il m'a pris le livre des mains avec empressement et s'est mis à lire :

« Les philosophes nous apprennent que les quatre éternels éléments, le Feu, l'Air, l'Eau et la Terre, forment l'essence de la Vie. Et que le Feu est le plus grand des quatre, car il est issu de la Flamme sacrée de la Création. Il faut savoir que ces éléments sont la clé de nos Mystères. Ce serait une grave erreur de croire que ces éléments ne sont que matière physique ou substance organique. Le Grand Créateur n'a pas conçu un corps, mais ce qui possède son essence ou son esprit. Car qu'est-ce qu'un corps sans l'esprit ? Il n'est rien, car le corps peut se décomposer et pourrir ; mais l'esprit, lui, vit éternellement. Il est aussi vrai que toute matière physique a en soi un esprit invisible. Ainsi, l'Air, la Terre, l'Eau et le Feu ont leur propre esprit, dans lequel se trouve caché leur grand pouvoir. »

Il m'a regardée. Ses yeux brillaient.

— Entends-tu cela, Agnes ? Un grand pouvoir. N'est-ce pas ce que nous cherchons tous en ce monde ?

— Je ne sais pas, lui ai-je répondu prudemment. Qu'y a-t-il d'autre, dans ce livre ?

« Nous, dans notre condition humaine, sommes faits de ces quatre éléments : la Terre étant notre chair, l'Air, notre souffle, l'Eau, notre sang, et, enfin, le Feu, nos passions et nos désirs. Ainsi, on peut penser que nous sommes liés, subtilement, avec les Esprits éternels des éléments. Et c'est ici que repose notre grand objectif : les personnes qui se donnent totalement et vertueusement à l'étude de *La Voie mystique* peuvent apprendre à exploiter le pouvoir des éléments... »

S. m'a regardée de nouveau ; ses yeux brillaient comme deux flammes bleues.

— Et si nous apprenions à exploiter ce pouvoir, Agnes ? Imagine ce que nous pourrions faire.

— « *Imagine* » me semble le bon terme, en effet. *C'est une fable, c'est tout, pas plus réelle que les contes des* Mille et une nuits *que nous lisions ensemble quand nous étions enfants.*

— *Non, tu as tort. J'ai parcouru ces pages et ce que j'y ai trouvé m'a fasciné. On y présente des rituels, des enseignements qui permettent de comprendre les mystères sacrés…*

— *Sacrés ? Ne seraient-ils pas plutôt remplis de superstitions impies ? Laisse-moi voir.*

Il m'a passé le livre, les mains tremblantes, et j'en ai parcouru les pages. Mon regard a été attiré par ces mots :

Mais il faut mettre en garde les imprudents ; il ne faut pas jouer avec la Terre et l'Air, le Feu et l'Eau. Les quatre grands éléments de la vie peuvent nourrir et protéger, mais ils peuvent aussi détruire.

— *C'est tout un avertissement. Où as-tu déniché ce livre ?*

— *Je te le dirai, mais cela doit rester notre secret.*

Il m'a attirée vers lui sur le sofa.

— *Je me promenais dans le bazar de Marrakech avec Philip quand nous avons remarqué un petit stand entouré de tentures brodées où de vieux livres poussiéreux s'entassaient. Le vendeur, un vieil homme qui portait de longues robes et n'avait presque plus de dents, nous a fait signe d'entrer et nous a montré sa marchandise. Il y avait des rouleaux et des livres dans toutes les langues possibles qui s'amoncelaient en un grand tas. Nous nous apprêtions à continuer notre chemin lorsque le vieil homme m'a attrapé par la manche et a crié : « Anglais ! Jeune maître anglais ! Anglais ! » Il continuait de répéter ces mots et ne voulait pas me lâcher, me faisant de grands signes de le suivre dans sa petite boutique, qui était cachée telle la caverne d'Aladin derrière son stand.*

Tout cela ne plaisait pas beaucoup à Philip, mais j'étais décidé à entrer et à voir ce que le vieil homme tenait tant à me montrer.

Quand nous sommes entrés dans la partie arrière de la boutique, le vendeur a ouvert un vieux coffre en bois noir sur lequel d'étranges emblèmes étaient sculptés. Avec un air de profond respect, il en a sorti ce livre et a dit : « Voici ce que vous cherchez, jeune maître ; cela est pour vous. » Je lui ai demandé combien il demandait, mais il m'a glissé le livre dans les mains en disant : « Rien, rien. C'est le moment, cela est votre destin. » Alors, Agnes, qu'en dis-tu ?

— C'est une belle histoire. Je suis surprise qu'il te l'ait donné. J'imagine que tu lui as offert un beau cadeau pour sa peine ?

— Je te l'ai dit, m'a-t-il répondu avec impatience, toussant un peu avant de pouvoir continuer, il ne voulait rien prendre. Il avait une raison de vouloir que je le prenne, j'en suis convaincu. Je crois qu'en suivant ces rites anciens, nous pourrions faire des merveilles, ensemble. Ne m'as-tu pas souvent dit que tu voudrais apprendre de nouvelles choses pour te libérer du monde de ta mère et de mademoiselle Binns, et de toutes ces contraintes qui t'emprisonnent tels les murs d'une prison ?

Son regard s'est adouci et est devenu suppliant, puis il a posé doucement sa main sur mon bras. Un frisson m'a traversée ; je ne pourrais dire si c'en était un de plaisir ou de douleur.

— Alors, voici quelque chose de nouveau. Je t'en prie, Agnes. Essaie, au moins.

J'ai baissé le regard vers le gros volume sur mes genoux. Il s'est ouvert en plein milieu, comme de son propre chef. Chaque page était ornée d'étranges symboles, et mon cœur s'est mis à battre très fort pendant que je lisais les différents en-têtes imprimés à l'encre rouge et à demi effacés :

Pour faire venir la pluie. Pour calmer le vent. Pour faire une amulette contre les éclairs. Pour enrichir la terre avant les semailles.

— *Pense à tout le bien que nous pourrions faire, m'a-t-il dit avec empressement.*

J'ai continué à lire, transportée.

Pour guérir une maladie dangereuse. Pour apaiser l'esprit des ténèbres et du chagrin. Pour trouver le désir de son cœur. Pour exploiter le Feu sacré.

À cet instant précis, mon vieux rêve familier m'est revenu, encore plus net que jamais. Je me tenais comme toujours devant une colonne de flammes incandescentes. Mais cette fois, le feu semblait brûler en moi, et je n'avais qu'à tendre le bras pour saisir tout ce que je voulais.

— Non ! ai-je crié en refermant le livre. Je ne veux rien savoir de tout cela. C'est dangereux. C'est mal.

— Tu veux dire que mademoiselle Binns ne l'approuverait pas, ni ce vieux pasteur scrupuleux à l'église du village, ni tous ces réactionnaires qui ont des palpitations à chaque nouvelle découverte ? Je croyais que tu ne voulais pas te contenter de rester à faire de la couture avec ta gouvernante comme une poupée en peluche qui n'ose ni penser, ni respirer, ni vivre.

— Ce n'est pas la question, lui ai-je répondu d'une voix mal assurée. Je suis heureuse d'adopter tout ce qui est nouveau et bon à notre époque moderne. Mais ça, ce n'est pas le progrès. C'est le retour vers la noirceur.

— « Il est en Dieu — d'aucuns le disent — une profonde, mais éblouissante, ténèbre. » As-tu oublié ce poème ? Crois-tu que

le Tout-puissant est limité à ce que nous connaissons et approuvons sur cette petite terre, à cet instant précis ? Bien sûr que non ! Et nous non plus.

Il a saisi ma main dans la sienne et m'a attirée vers lui.

— Ne tourne pas le dos à cette aventure. Nous pourrions créer quelque chose de bien qui durerait éternellement. Partage cela avec moi, Agnes.

— Mais ce n'est qu'une suite d'absurdités.

Il m'a relâchée dans un éclat de rire, et la passion avait disparu de son visage.

— Dans ce cas, nous ne pouvons faire aucun mal, excepté nous rendre ridicules. De plus, nos intentions sont pures, comme il est dit dans le livre. Rien de mauvais ne peut résulter de ce jeu qui me permettra de traverser ma convalescence. Pourquoi ne pas jouer encore une fois, comme lorsque nous étions enfants ?

Il m'a souri comme si j'étais la seule personne au monde à compter pour lui. J'ai senti un nœud se former dans mon ventre et m'attirer vers lui. J'ai détourné le regard, mal à l'aise et incapable de parler.

— Très bien, ai-je dit. Jouons, alors.

Ainsi, ce sera un jeu. Rien de plus. Et j'espère de tout mon cœur que, comme dans nos jeux d'enfant, la fin en sera heureuse. Mais si ce n'était que de moi, je jetterais ce livre dans le lac et le laisserais s'enfoncer dans ses eaux profondes pour que plus jamais on ne le retrouve.

Huit

Je nage dans de grandes vagues, chez moi, au lever du soleil. La lumière sur la mer est comme de la nacre, et je déborde de joie ; je pourrais nager et nager encore sans jamais me fatiguer. Puis je sens quelque chose me frôler la cheville. Je tente de m'en défaire, pensant qu'il s'agit d'algues à la dérive, mais c'est une main froide qui m'attire sous la surface, en profondeur, de plus en plus loin, trop loin. Me tortillant de panique, je vois Laura, morte et horriblement pâle, sa chevelure flottant autour de son visage sans vie, des orbites creuses de ses yeux. Elle m'attire à sa suite dans les noires profondeurs. Je veux crier, mais je me débats pour pouvoir respirer, je ne peux plus respirer ; je suis en danger... Quels sont les dangers qui attendent une fille de la mer ? Je ne peux plus respirer...

J'ouvris les yeux et écartai les couvertures qui m'étouffaient. Cherchant ma montre à tâtons, je vis qu'il était 3 h du matin. Mon cœur battait à tout rompre, et je dus me lever du lit pour me libérer de mon cauchemar. Je me glissai jusqu'à la banquette près de la fenêtre et regardai les terres où la lumière de la lune et des ombres noires se croisaient. Chaque arbre et chaque buisson semblaient se détacher de manière artificielle, comme si c'étaient les accessoires d'un décor de théâtre. Je laissai aller ma tête contre la vitre froide de la fenêtre et tentai de retrouver la maîtrise de ma respiration. Je n'osais pas regarder la photo de Laura sur le mur. « J'espère qu'elle va venir te hanter », m'avait dit Celeste. « J'espère qu'elle va venir te hanter à chacune de tes respirations. »

« Je vous en prie, laissez Laura en paix, je vous en prie... » suppliai-je en une sorte de prière embrouillée.

L'imaginer en train de se débattre seule dans le lac, terrifiée, luttant pour sa survie, cela me donnait la nausée... S'étouffer sous la surface noire de l'eau, quelle horrible manière de mourir...

Jusqu'ici, j'avais toujours refusé de penser à ce qui était arrivé à ma mère. Malgré sa mort, j'avais toujours été attirée par la mer, comme si je pouvais annuler le passé en défiant les vagues à mon tour. Chaque fois que je ressortais de l'eau salée et que je me séchais sur la plage, j'avais l'impression d'avoir trompé la mort comme si j'étais immortelle. Mais dans le sombre dortoir de Wyldcliffe, la certitude absolue de ma propre mort m'apparut et me terrifia. Cela allait réellement se produire un jour, et, alors, il ne serait pas possible de tromper qui que ce soit. Dans un éclair de mémoire, je revis une inscription sur la jetée qu'on avait érigée, près de la maison, en l'honneur des marins qui avaient perdu la vie au cours des siècles : « Car certainement nous mourrons, et nous sommes semblables aux eaux qui s'écoulent sur la terre... »

Certainement nous mourrons. Par la fenêtre, je pouvais voir les ruines dans la lumière de la lune et, juste à côté, le lac paisible. Comment était-il possible que Laura ait vécu une tragédie dans un endroit qui semble si calme ?

— Certainement, nous mourrons, murmurai-je.

Puis il me sembla entendre, remontant de ma mémoire, la voix tendre et réconfortante de Frankie, comme si elle lisait à voix haute dans la petite église près de chez nous : « Certainement nous mourrons... Or, Dieu ne lui a point ôté la vie... Afin que quiconque croit en lui ait la vie éternelle... »

Je retournai dans mon lit et m'endormis.

Quand la sonnerie du matin résonna, il me sembla qu'un instant à peine s'était écoulé. Une autre journée interminable commençait à Wyldcliffe.

Je m'habillai rapidement et me lançai dans l'escalier de marbre avant qu'Helen ne revienne de la salle de bain. Sans vouloir être ingrate, je n'avais aucune envie de me retrouver à ses côtés à errer dans le noir en communiquant avec les esprits d'anciens domestiques. Et je ne voulais pas arriver encore une fois en retard pour le petit déjeuner. Je décidai que j'allais considérer cette journée comme ma première vraie journée à Wyldcliffe. Je n'allais pas être en retard, je n'allais pas avoir d'ennuis et je n'allais très certainement pas m'évanouir.

Simple.

De petits groupes de jeunes filles descendaient dans l'escalier, avec des jupes, des chemisiers et des chevelures toutes lisses, propres et soignées pour le jour qui commençait.

— Salut ! fis-je joyeusement, mais elles m'ignorèrent.

Silence total. Comme si je n'existais pas.

— On ne parle pas dans l'escalier, fit une voix basse derrière moi.

Je me retournai et fus ravie de voir le visage amical de Sarah. Elle posa un doigt sur ses lèvres. Je comprenais maintenant : une autre règle. Je lui souris, soulagée, et continuai à descendre les marches froides et blanches.

À l'étage du bas, la directrice, élégante et distante, nous attendait. Elle me regarda avec ses yeux inexpressifs.

— Je croyais vous avoir dit qu'il était interdit de porter des bijoux à l'école.

Cela m'était sorti de la tête, et des maillons de la chaîne de Frankie dépassaient de mon chemisier.

— Je suis désolée… J'ai oublié…

— J'aimerais que vous sachiez que lorsque je demande à une élève de faire quelque chose, elle ne doit pas l'oublier.

— Je vais l'enlever.

Je repartis vers le haut par l'escalier avant qu'elle n'ait le temps d'ajouter quoi que ce soit. Il y avait quelque chose chez elle qui me donnait la chair de poule : ces yeux noirs impénétrables, cette façon de parler parfaitement maîtrisée sous laquelle transparaissait une lueur de colère.

— Fais attention, idiote !

Celeste me lança un regard noir quand je manquai foncer sur elle en haut de l'escalier.

— Oh… ouais, désolée.

Je la dépassai en haletant. Je n'avais pas l'intention de lui donner — ni à madame Hartle — la satisfaction de me voir arriver encore en retard au petit déjeuner. J'entrai à toute vitesse dans le dortoir, détachant ma chaîne tout en courant, puis j'ouvris le tiroir à côté de mon lit.

Je m'arrêtai. J'hésitais à laisser mon collier dans le tiroir. Y serait-il vraiment en sécurité? Celeste n'aurait sûrement aucun scrupule à fouiller dans mes choses, et je ne pouvais supporter l'idée qu'elle puisse le toucher. C'était trop personnel, trop intime. Le pendant argenté brillait dans ma main, m'hypnotisant. C'était mon dernier lien avec Frankie. Son visage m'apparut à l'esprit, et j'eus soudain le sentiment qu'il était très important que je ne sois jamais séparée de ce souvenir.

Fouillant dans le tiroir, je tombai sur une chemise de nuit dont le col était orné d'un fin ruban blanc. J'arrachai le ruban. Puis j'enlevai le pendentif de la chaîne et l'enfilai sur le ruban. Quelques secondes plus tard, le ruban était noué autour de mon cou et glissé sous mon chemisier. Je jetai un coup d'œil dans le miroir. Impossible de voir ma chaîne. Madame Hartle ne remarquerait pas que je le portais encore.

Je descendis l'escalier en courant et parvins au réfectoire au moment où les dernières filles s'assoyaient. Je réussis à trouver une place juste à côté de Sarah. Je dus me retenir de lui sourire d'un air idiot. Défier madame Hartle, même pour quelque chose d'aussi banal, me faisait du bien.

Après le petit déjeuner, mademoiselle Scratton m'arrêta au moment où je m'apprêtais à sortir du réfectoire.

— J'espère que vous aurez une meilleure journée que celle d'hier, Evie, fit-elle d'une voix sèche et dure.

— Oh! je suis sûre que tout ira bien.

Elle s'approcha de moi.

— Comment savoir ce que nous réserve chaque nouveau jour. Essayez d'éviter les ennuis.

Ses yeux perçants m'examinaient, et je me demandai stupidement si elle ne pouvait pas voir la chaîne de Frankie au travers de mon chemisier. Mais c'était absurde.

— Vous allez vite vous habituer à notre façon de faire, continua mademoiselle Scratton. J'espère que vous vous sentirez bientôt chez vous, à Wyldcliffe. Ça a été la maison de nombreux voyageurs, au fil des ans.

Je ne savais pas de quoi elle parlait. J'avais perdu de vue Sarah, et il me fallait me rendre à ma classe. J'esquissai un sourire, espérant qu'elle en avait fini avec moi, et me précipitai hors du réfectoire.

Il ne semblait y avoir personne de ma classe parmi les jeunes filles qui se trouvaient dans le couloir, alors j'examinai l'horaire qu'on m'avait donné. Nous étions mardi, et je commençais par un cours d'éducation physique. Un plan de l'école était imprimé au verso de l'horaire. Après m'être trompée quelques fois dans les dédales de couloirs sans fin, je finis par trouver le vestiaire. Le reste de mon groupe était déjà en train de se préparer pour le cours ; par leur équipement, je devinai que nous allions jouer à la crosse.

— Hé ! Evie, as-tu tes vêtements de sport ? me demanda Sarah.

Je secouai la tête.

— Mon père a tout commandé, mais quand je suis partie, ce n'était pas encore arrivé. Les gens de la boutique nous ont dit qu'ils allaient tout envoyer ici.

— Tu devras expliquer ça à mademoiselle Schofield quand nous serons sur le terrain. Allez, dépêche-toi. Tu ne veux pas avoir…

— D'autres ennuis, fis-je en souriant. Ouais, je sais.

Nous sortîmes par une porte de côté avec les autres filles et suivîmes un chemin qui menait vers l'enceinte de l'école.

C'était une journée maussade avec un ciel gris. Au loin, les landes s'étendaient comme une terne couverture jusqu'à l'horizon. À notre droite, les ruines de la chapelle s'élevaient jusqu'au ciel, fissurées et délabrées et, pourtant, dans la lumière languissante, elles semblaient magnifiques. Mais les autres filles ne les regardaient pas, bavardant les unes avec les autres jusqu'à ce que nous arrivions aux terrains de sport et aux courts de tennis nichés derrière une rangée d'arbres.

La professeure, mademoiselle Schofield, nous attendait avec impatience.

— Allez, allez, on ne traîne pas, cria-t-elle. Commencez à vous échauffer en faisant du jogging autour du terrain.

Au moins, elle paraissait plus jeune que certaines professeures — ou maîtresses, comme il fallait les appeler selon Sarah —, mais elle semblait irritable.

— Vous, la nouvelle, venez ici. Où sont vos vêtements de sport?

J'expliquai ce qui s'était passé. Pendant un instant, je crus qu'elle allait exploser d'agacement, mais elle ne fit que japper :

— Courez jusqu'à la chambre de l'intendante. Elle vous dira si vos vêtements sont arrivés.

— Euh… c'est où?

— Au deuxième étage, le couloir de droite, troisième porte à gauche. Demandez madame Edwards. Et dépêchez-vous. Sinon, le cours sera terminé avant que vous vous soyez changée.

Je ne lui laissai pas le temps de le répéter. Je courus jusqu'à l'école, ne ralentissant qu'au moment de passer à côté des ruines. Dès que je le pourrais, me promis-je, j'allais revenir ici pour les explorer. Il me fallait d'abord trouver la chambre de l'intendante. Deuxième étage, couloir de gauche, troisième porte à droite. Ou était-ce le contraire ? Je consultai mon plan imprimé, mais seulement les salles de cours y étaient indiquées : géographie, français, arts, musique et le reste. Elles étaient toutes au rez-de-chaussée. Au deuxième étage, on avait écrit sous une série de pièces « Bureaux du personnel et chambres », mais c'était tout. Pas de chambre de l'intendante.

— Zut !

Je suivis le plan jusqu'à l'escalier de marbre et montai au deuxième étage en courant. Le palier y était décoré avec des piliers de granite et des lambris sculptés. En regardant en bas par-dessus la rampe, je pouvais voir les motifs que formaient les carreaux noirs et blancs du hall d'entrée. Comme il serait facile de tomber et d'aller s'écraser sur le sol du rez-de-chaussée. Cette pensée me donna la nausée, et je me tournai pour prendre le couloir de gauche.

Il n'y avait rien d'indiqué sur les portes. En rôdant près de la première porte, j'écoutai pour percevoir des voix, puis frappai timidement. Il n'y eut pas de réponse. J'avançai vers la suivante. Il me semblait que mes chances étaient meilleures ici, car je crus entendre une faible voix derrière la porte. Je frappai. Il n'y eut pas de réponse, alors j'attrapai la lourde poignée et je poussai la porte.

Six ou sept maîtresses se pressaient autour d'une table ronde, plongées dans un vieux livre qui ressemblait à une bible ancienne. Elles récitaient quelque chose en marmonnant comme si elles lisaient à voix haute. Je toussai, et les femmes se retournèrent d'un coup et me dévisagèrent. L'une d'elles s'empressa de refermer le livre et de le couvrir d'un tissu violet. Une femme blonde un peu ronde saisit quelque chose sur la table et le glissa dans sa poche.

— Comment osez-vous entrer ici sans permission? fit avec colère la grande femme aux cheveux gris qui venait de cacher le livre.

Son visage était rouge et marbré tellement elle était irritée.

— Vous ne connaissez pas les règles, jeune fille? Ici, c'est la salle privée des maîtresses.

— Je suis désolée, je suis nouvelle. J'ai frappé.

La maîtresse blonde et ronde se dirigea avec empressement vers la porte. Elle avait un visage rassurant et souriant, mais ses dents semblaient un peu trop grandes et gênantes dans sa bouche et, pendant un bref et absurde moment, je pensai au loup dans *Le Petit Chaperon rouge*.

— Ne vous en faites pas, ma chérie, roucoula-t-elle. Laissez-moi vous regarder un peu. Je suis mademoiselle Dalrymple, et vous, Evie Johnson, sans doute. C'est votre première semaine, n'est-ce pas? Bon, mademoiselle Raglan, n'arrachez pas la tête de cette petite.

La femme aux cheveux gris me lança un regard noir, mais mademoiselle Dalrymple semblait bien déterminée à être amicale avec moi.

— Allez, entrez, ne soyez pas timide.

Elle me poussa à l'intérieur de la pièce, et six paires d'yeux se fixèrent sur moi.

— Regardez, mesdames, cette jolie chevelure rousse.

— Je ne crois pas que nous devions nous emballer à cause de la couleur des cheveux de mademoiselle Johnson, répondit froidement mademoiselle Raglan. Que faisiez-vous ici?

— Je cherchais l'intendante.

Pourquoi me dévisageaient-elles toutes ainsi?

— C'est la troisième porte de l'autre côté de l'escalier, fit-elle avec impatience. Et n'oubliez pas… cette pièce est interdite d'accès.

— Oui… désolée…

— Au revoir, Evie. À la prochaine. J'espère que je vous aurai dans ma classe.

Mademoiselle Dalrymple sourit en laissant voir ses dents brillantes.

— Géographie, ma chérie. N'oubliez pas.

Je sortis de la pièce en reculant, balbutiant encore des excuses, puis je me précipitai vers la chambre de l'intendante. Je pris mes vêtements de sport et descendis l'escalier de marbre en courant. Je n'avais plus du tout hâte au cours de géographie. C'était la ronde mademoiselle Dalrymple qui avait caché quelque chose dans sa poche. Et je pourrais jurer que c'était une petite dague en argent.

Neuf

Hier, nous avons dessiné pour la première fois le Cercle sacré. Pour la cérémonie, S. a utilisé une dague en argent avec un manche noir qu'il avait rapportée d'un de ses voyages, et a tracé dans les airs d'un geste théâtral des motifs délimitant l'espace où nous allions travailler les Rites mystiques.

J'avais très peur que ce soit mal et je le suppliais d'arrêter, mais il m'enjoignait à la patience. Nous étions dans une grotte sauvage au milieu des landes, éclairée seulement par une bougie. Nous attendions, debout dans notre Cercle. Un silence profond nous enveloppait. La bougie a brûlé sans vaciller, comme un œil brillant. Puis S. a prononcé les incantations du livre. Il m'a semblé qu'elles résonnaient en moi comme le son d'une cloche. Mais rien ne s'est produit. Puis il a invoqué les esprits des quatre éléments pour qu'ils se révèlent à nous. Cette fois encore, il n'y a pas eu de réponse. Il a tourné les pages du livre avec impatience, prononçant les mots, les prières et les charmes inscrits, mais il est devenu de plus en plus irrité, car rien ne se passait.

J'ai entendu une petite voix dans ma tête qui disait : « Je savais qu'il ne se passerait rien. » J'ai senti mon corps se détendre. Nous avions essayé, mais cela n'avait pas marché, alors S. pourrait oublier ces balivernes. Oui, si je dois être franche, il est vrai qu'une partie de moi était déçue. Qu'avais-je souhaité ? Un frisson d'excitation pour avoir défié les règles établies par maman et mademoiselle Binns ? Ou était-ce pour lui faire plaisir que j'espérais qu'il se passe quelque chose ? Soudain, il s'est retourné vers moi et m'a donné le livre.

— Fais-le, toi.

— Oh ! Mais…

— Je t'en prie, Agnes. Une seule fois. Je t'en prie, fais-le pour moi. Invoque le Feu sacré.

Un étrange frisson m'a traversée, et j'ai su que j'en avais envie, que je devais le faire. Alors, j'ai commencé.

Ma voix tremblait pendant que je lisais l'incantation pour invoquer les esprits des éléments. Puis elle a pris de l'assurance, et les mots étranges se sont mis à sortir de ma bouche comme si je les avais prononcés depuis toujours. La terre sous mes pieds s'est mise à trembler et un éclair a jailli. Des bourrasques de vent, qui faisaient penser à l'océan affamé, ont traversé la grotte. J'ai laissé tomber le livre et j'ai étendu les bras. De petites flammes blanches dansaient dans le creux de mes mains. Je ne ressentais ni douleur ni peur, mais, à ce moment précis, je me sentais moi-même plus que jamais auparavant.

Je l'ai vu reculer en criant, et le Cercle s'est brisé. Les flammes blanches ont disparu, le vent s'est calmé, et la terre est redevenue immobile. Nous sommes restés là, à nous regarder avec méfiance, cherchant à reprendre notre souffle, bouleversés et émerveillés.

— Les éléments ont répondu à ton appel, Agnes, dit-il lentement. Tu as invoqué leurs esprits, et ils ont répondu. Le Feu t'a parlé.

Nous nous sommes dirigés vers l'abbaye en silence, essayant d'y croire, cherchant à comprendre. Et je savais que, désormais, plus rien ne serait comme avant.

Depuis ce jour, je me sens transformée. Les espoirs et les rêves m'enflamment. Tout brille et scintille autour de moi. La vie déborde de partout. Je vois de petits insectes ramper autour de moi, je vois les poissons dans le lac et les oiseaux descendre en piqué au-dessus des ruines de la chapelle… et je rampe et nage et vole avec eux.

Et je vois aussi d'autres choses : d'étranges fantômes qui miroitent dans l'ombre. Ce matin, au moment où je sortais de la salle de classe pour aller chercher pour mademoiselle Binns la soie à broder que tante Marchmont nous a envoyée de Paris, j'ai eu l'étrange sensation d'être observée. Je me suis retournée et j'ai cru voir l'image floue d'une jeune fille marchant dans le couloir derrière moi. J'ai d'abord pensé que c'était l'effet de la lumière, mais on aurait dit que le voile entre ce monde-ci et un autre monde venait d'être levé. Elle portait une tunique courte et elle n'avait que des bas pour couvrir ses jambes. Ses cheveux étaient roux comme les miens. Quand j'ai aperçu son image frémissante, à moitié cachée par le fossé qui nous séparait, j'ai cru entendre le bruit des vagues et sentir l'odeur salée de la mer…

Notre « jeu » s'est avéré glorieusement et incroyablement réel. Maintenant, je brûle d'en savoir plus et de découvrir tous les secrets.

Je ne m'étais jamais sentie aussi vivante.

Dix

J'étais plus déprimée que jamais. Comme si une partie de moi était morte. Tout me semblait étrange et désagréable, à Wyldcliffe… plus que désagréable ; menaçant. Chaque ombre me faisait sursauter ; chaque nuit m'apportait de nouveaux rêves troublants ; chaque matin, je me réveillais avec l'estomac noué.

Je me disais que c'était parce que l'école ne ressemblait à rien de ce que j'avais connu auparavant. J'allais vite m'y habituer. J'allais vite m'endurcir.

« Voyons, ne sois pas idiote, Evie ; il est bien évident que l'enseignante n'avait pas une dague dans sa poche. »

Ce devait être un coupe-papier qui avait la forme d'un petit couteau. Il est évident je n'avais pas réellement vu Laura se noyer. Ce n'était qu'un rêve. Et la fille aux cheveux roux n'était que le fruit de mon imagination. Il n'y avait pas lieu de s'inquiéter. J'étais simplement angoissée et j'avais le mal du pays. Mais je ne sais trop pourquoi, je n'arrivais pas à m'en convaincre.

Environ une semaine après mon arrivée à Wyldcliffe, je reçus enfin une lettre de mon père. Elle se trouvait sur une longue table dans le hall d'entrée parmi les lettres des autres élèves. Quand je reconnus la fine écriture, le cœur me manqua. J'enfonçai la lettre dans ma poche et me mis à compter les secondes avant la sonnerie annonçant la pause matinale. Quand elle retentit, je suivis la classe sur la terrasse qui surplombait les landes. Les autres élèves entourèrent Celeste qui racontait les merveilleuses vacances qu'elle avait passées dans une île paradisiaque réservée à une clientèle sélecte. Helen était restée dans la classe à lire, et Sarah ne semblait pas là non plus. Je ne la voyais pas beaucoup, car elle passait tout son temps libre dans l'écurie.

Personne n'essaya de me parler ni de m'offrir les biscuits et le chocolat chaud qu'on servait toujours à ce moment de la journée. On aurait dit que l'aversion que Celeste avait pour moi m'avait rendue intouchable. Je me dis que cela ne me dérangeait pas et courus vers les ruines pour y ouvrir ma lettre en paix.

Ma chère E.,

J'espère que tu t'es déjà habituée à ta nouvelle école et que tu t'es fait des amies. Que penses-tu de Wyldcliffe ? La campagne y est très belle. Ta mère et moi y étions allés au début de notre mariage. Clara voulait voir l'ancienne ferme où sa famille avait vécu. Je me souviens avoir marché des heures dans les landes sans croiser personne, mais peut-être cela a-t-il changé depuis. Tu n'as pas idée combien je suis heureux que tu aies pu avoir cette bourse pour étudier à Wyldcliffe. C'est un tel soulagement de savoir que tu es entre bonnes mains.

Demain, je repars outre-mer. Ce sera bien de retrouver mes hommes et la tâche que nous avons à accomplir, mais je penserai à toi tous les jours. J'ai vu Frankie, ce matin, et j'ai bien peur qu'il n'y ait aucun changement dans son état. Elle ne m'a pas vraiment reconnu. Mais n'oublie jamais combien elle t'aime. Et moi aussi, mon poulet.

Sois brave, travaille fort et rends fier ton vieux père.

Ma gorge se serra. Je ne me sentais pas du tout brave. Une corneille cria dans le ciel. Je levai les yeux. Les ruines, les landes et le ciel menaçant semblaient si isolés, si désolés. *Que penses-tu de Wyldcliffe ?*

« Eh bien, papa, je commence à sérieusement détester cet endroit… »

Mais jamais je ne lui dirais cela. Je devais m'y faire, comme avait dit Helen.

Je me mouchai, puis me relevai d'un bond. Je remarquai alors avec horreur que les autres filles avaient disparu de la terrasse. Elles devaient être rentrées pour le prochain cours. Je courus dans le gazon humide et me glissai dans l'école par une porte de côté. Il ne semblait y avoir personne. Je cherchai dans ma poche l'horaire et le plan que je gardais toujours avec moi.

Ils n'y étaient plus. Je ne pouvais les trouver. J'allais être en retard, j'allais encore m'attirer des ennuis, et papa finirait par savoir que…

Mathématiques. C'était ça, j'en étais sûre ; le cours de maths avec mademoiselle Raglan, la professeure aux cheveux gris que ma présence avait tellement irritée. Et je me rappelais que le cours de maths se donnait à l'avant de l'immeuble, dans une des grandes pièces près de la bibliothèque. Tout ce que j'avais à faire, c'était trouver l'escalier de marbre, et j'y serais presque. Il n'y avait pas de temps à perdre. Mademoiselle Raglan était sûrement le genre d'enseignante à distribuer des démérites au moindre retard.

Je partis à toute vitesse dans les couloirs déserts. Tout le monde sauf moi semblait déjà en classe. Toute la maison semblait calme et silencieuse. Je finis par arriver au bon endroit. Oui, c'était cela, Dieu merci. J'ouvris la porte.

Mais ce n'était pas mademoiselle Raglan qui était dans la pièce. Ce n'était même pas une salle de classe. C'était une sorte de parloir en désordre rempli de gros meubles, de vases et de tableaux avec des cadres dorés. Une jeune fille maigrichonne au visage taché et vêtue d'une robe noire était en train de nettoyer la cheminée. Je refermai la porte en la claquant et regardai autour de moi frénétiquement. Je ne reconnaissais plus les tableaux lourdement ornés sur les murs du couloir, ni le tapis rouge sur le sol. J'étais tout à fait perdue.

« Bon, bon, pensai-je. Il suffit de te rendre à la salle de mademoiselle Scratton; tu te souviens sûrement de la manière de t'y rendre. Tu lui expliqueras que tu n'arrivais pas à trouver la classe et tu lui demanderas un nouveau plan. »

Je n'avais pas encore bougé quand j'entendis un faible bruit derrière moi. Puis je la vis de nouveau, la fille vêtue de blanc, qui s'éloignait dans le couloir. Elle avait dans les mains des tissus de soie de toutes les couleurs. Sans réfléchir, je la suivis dans le couloir, comme dans un rêve, et tout ce temps, j'entendais le frou-frou de sa longue jupe.

— Hé! attends! essayai-je de crier.

Elle s'arrêta et regarda par-dessus son épaule, l'air perplexe. Le sol sembla se dérober sous mes pieds et les couleurs des bouts de soie qu'elle tenait se mirent à tourbillonner en un étrange kaléidoscope, comme si le monde s'était mis à tourner. Je vis son visage pâle au milieu des ombres; puis il se transforma, et m'apparut l'horrible regard mort de la pauvre Laura. Je respirais de plus en plus mal au fur et à mesure que les ténèbres se refermaient sur moi. Je tombais et personne ne pouvait me sauver, personne sauf le jeune homme aux cheveux noirs qui riait sous le ciel étoilé. Je sentais son souffle froid sur ma joue; je voyais le bleu intense de ses yeux; j'entendais sa voix : *Je t'ai sauvé la vie... Nous nous reverrons.* La cicatrice presque effacée sur ma main se mit à élancer, comme une pulsation.

— Où es-tu? Qui es-tu? criai-je.

Il se mit à rire et murmura :

— Evie... Evie...

— Evie! Evie!

Un étranger m'appelait. Ma tête était sur le point d'éclater de douleur, et je sentis la nausée monter en moi. Je fis un gros effort pour ouvrir les yeux. Un homme avec des lunettes à la monture dorée était penché sur moi. Je paniquai et tentai de le repousser.

— C'est le docteur Harrison, Evie.

Le visage blême de mademoiselle Scratton devint net; il semblait planer derrière le médecin. Elle me regarda attentivement.

— Vous avez encore perdu connaissance. Cela nous inquiète.

Je fis un effort pour m'asseoir. J'étais dans une pièce blanche et vide que je n'avais jamais vue.

— Où…?

— Vous êtes dans l'infirmerie, m'expliqua mademoiselle Scratton. Une jeune élève vous a trouvée étendue sur le sol devant la classe de mathématiques. Qu'est-il arrivé?

J'hésitai, puis détournai la tête.

— Je ne sais pas.

— Eh bien, nous ne pouvons vous laisser vous évanouir un peu partout. Il doit y avoir une explication.

— Je ne crois pas que ce soit grave, mademoiselle Scratton, fit le médecin. Sa tension artérielle semble normale. Mais cette jeune dame a eu beaucoup de bouleversements dans sa vie, d'après ce que l'on raconte, et je suis sûr qu'elle travaille très fort et qu'elle s'ennuie de chez elle. Il lui faut de l'air frais et de l'exercice.

Il se retourna vers moi et me demanda :

— Faites-vous de l'équitation? Cela donnerait un peu de couleurs à vos joues.

Je secouai la tête et répondis d'une voix rauque :

— J'aime la natation.

— La natation? C'est parfait! Je suis sûr que l'on peut arranger cela. Il y a une piscine dans l'enceinte de l'école, n'est-ce pas, mademoiselle Scratton?

— On ne la remplit d'eau que pour l'été.

Dr Harrison émit un grognement, visiblement insatisfait, mais se leva pour partir.

— Je vais vous laisser des vitamines, jeune dame. Et vous ne devez pas sauter de repas!

Il me sourit et sortit, suivi de mademoiselle Scratton. Je me recouchai, laissant aller ma tête contre l'oreiller froid.

Que s'était-il donc passé dans le couloir? Qui était la fille en blanc? Y avait-il un lien entre elle et Laura? Et le jeune homme... Il était là, tout près de moi, j'aurais pu le toucher.

Je fus prise de nausée. Je me tournai vers le mur et fermai les yeux. C'était ridicule de m'énerver pour des gens que je n'allais jamais revoir.

Mais, au fond, qui étaient-ils? Un garçon que je n'avais rencontré qu'une fois et que je n'allais sans doute jamais revoir. Une fille morte que j'avais vue en photo. Une fille rousse qui n'existait pas et que mon imagination m'avait fait apparaître en rêve. C'était pathétique. Je me comportais comme une enfant triste et démente, qui avait tellement besoin de parler à quelqu'un qu'elle s'inventait des amis imaginaires. C'était idiot, idiot, idiot. Je n'avais besoin de personne.

Mais j'avais beau me le répéter, je savais au fond de moi que ce n'était pas vrai. J'avais besoin d'un contact humain, même si ce n'était que rêves et illusions. Pour la première fois de ma vie, j'osais m'admettre que j'étais douloureusement seule. Celeste et les autres filles prétentieuses de Wyldcliffe m'avaient clairement fait comprendre qu'elles ne voulaient pas de moi. Peut-être aurais-je dû faire davantage d'efforts pour me lier avec Helen, mais il y avait quelque chose en elle qui me faisait peur. Puis il y avait Sarah. Je l'aimais bien, Sarah, mais elle semblait heureuse avec ses chevaux et son potager. Elle n'avait pas besoin de moi. Personne n'avait besoin de moi. J'étais seule.

Tout en tenant fermement la boîte que m'avait laissée le docteur, je me disais qu'il me faudrait bien plus que quelques vitamines pour calmer l'agitation de mon cœur.

Onze

JOURNAL DE LADY AGNES,
LE 30 SEPTEMBRE 1882

Le lecteur saura que la Voie mystique mène à la guérison, non pas à la noirceur. Même si certaines personnes peuvent, par ignorance ou simple préjugé,
la percevoir comme une forme de sorcellerie, ce n'est
pas sa nature. Tous les vrais adeptes de la Voie ne
doivent pas chercher le pouvoir pour le pouvoir, et
jamais ne doivent blesser une créature vivante...

*C'est ce que le livre dit. Je sais désormais ce que je suis destinée à
faire. Je dois me dévouer à la Voie mystique et devenir une grande
guérisseuse. Comme l'a dit S. le premier jour, quel bien pourrons-
nous faire ? Il y a tant de saleté, de maladies et d'ignorance en ce
monde qu'il faut guérir et vaincre. Même moi, dans ma petite
vallée protégée, je sais la détresse des pauvres miséreux à Londres
et à Manchester, et dans d'autres grandes villes que l'on dit*

importantes. *Je suis décidée à utiliser nos découvertes pour apaiser de telles souffrances, et j'ai déjà fait un tout petit début.*

Il y a un poirier dans le coin du potager qui est attaqué par la rouille, et le jardinier m'a dit qu'il comptait le couper la semaine prochaine. Quand mademoiselle B. et maman se reposaient, après le déjeuner, il y a quelques jours de cela, j'ai verrouillé la porte de ma chambre et j'ai fermé les rideaux, puis j'ai consulté le livre.

J'ai commencé par créer un autel sur ma coiffeuse en la recouvrant de soie blanche, en allumant des bougies de cire et en prononçant une bénédiction secrète. Sur le sol devant l'autel, j'ai dessiné un cercle autour de moi pour m'apporter protection et force. Puis j'ai prononcé les incantations, fait brûler de l'huile et des herbes, tel qu'il était décrit dans le livre. Tout en faisant cela, j'ai vidé mon esprit et je me suis concentrée jusqu'à ce que j'aie eu l'impression de voir des étoiles de feu et de la lumière tout autour de moi.

Une fois la préparation refroidie, je me suis glissée dans le potager, m'assurant que personne ne me voyait, et j'en ai oint l'arbre. Puis j'ai noué une mèche de mes cheveux autour d'une des branches. Quand j'ai posé une main sur l'arbre, j'ai senti sa force vitale répondre à mon appel. Aujourd'hui, le chancre sur le tronc s'est desséché, et la rouille sur les feuilles n'est presque plus visible. Et je sais que je peux faire beaucoup plus. Comme celui qui a reçu un don pour chanter, danser ou peindre comme jamais je ne pourrais espérer le faire, moi aussi, j'ai reçu un don miraculeux : celui de connaître et de servir le Feu sacré et son Grand Créateur. Oh! mes paroles doivent paraître bien folles, et pourtant, je sais ce que j'ai vu et fait.

Je peux éteindre des bougies en clignant de l'œil, et allumer le feu dans l'âtre avec un geste du poignet et par la force de ma pensée. Je peux voir au travers des ténèbres dans la lumière, là où une fille aux cheveux de feu et à l'étrange accoutrement marche près du lac, seule et solitaire. Je veux vivre ces expériences et bien d'autres encore, et comprendre tous les grands mystères que ce livre contient. Mais S. m'inquiète. Je sens que nous marchons dans des directions différentes, et cela me fait peur pour cette grande aventure. Oui, il m'inquiète, mais je ne pourrais expliquer exactement pourquoi.

Cela a commencé le lendemain de notre premier essai pour créer le Cercle dans la grotte. Il est passé à l'abbaye après le petit déjeuner, comme d'habitude, mais il était renfrogné et paraissait même fâché.

— Pourquoi les esprits t'ont-ils répondu, mais pas à moi ? demandait-il sans cesse, comme si j'avais fait cela exprès pour l'ennuyer.

— Je ne le sais pas, peut-être devrais-tu essayer encore une fois...

— Oui, retournons à la grotte tout de suite.

Il m'a pressée de sortir de la maison, et nous sommes partis sur son cheval à vive allure par les collines. Une fois dans la grotte, il a répété le rituel avec une grande intensité, suivant les instructions avec soin, n'oubliant rien des rites étranges. Avec toute sa force et toute sa passion, il a appelé les puissances et invoqué le feu éternel. Mais cette fois encore, les flammes ont pris naissance dans mes mains, et non dans les siennes. Il n'a pas voulu abandonner, toutefois, et il a prononcé chaque parole d'incantation qu'il pouvait trouver, jusqu'à ce que ses yeux brûlent de désespoir. Je ne pouvais supporter de le voir aussi abandonné et bouleversé, et j'ai souhaité secrètement qu'il puisse avoir ce qu'il désirait.

Au moment où les flammes blanches vacillaient dans mes mains comme des enfants riant, j'ai eu l'impression qu'un choix s'offrait à moi. Je sentais que j'avais le pouvoir de permettre à S. de faire partie des Mystères. Et j'hésitais. Toute ma vie, j'avais vécu dans son ombre : plus jeune, plus ignorante, et simple fille que j'étais. Pendant un bref moment, j'ai eu envie de garder ce nouveau pouvoir juste pour moi.

Ce n'était pas possible.

— Que cela soit, ai-je murmuré. Que cela soit comme il le désire…

Il y a eu un grondement terrible, dans la grotte, comme s'il y avait un tremblement de terre, et j'ai cru que les parois allaient s'écraser sur nous. Des volutes de fumée noire, où crépitaient des langues de feu vert, se sont élevées à ses pieds et ont encerclé son corps jusqu'à ce qu'il se trouve enveloppé de ténèbres. J'ai tendu les mains vers lui, mais j'ai été aussitôt précipitée sur le sol de pierre. Une lumière argentée a explosé dans mon esprit. Puis une longue suite de visages de femmes a défilé devant mes yeux, toutes appelant son nom, hurlant, bafouillant et pleurant, jusqu'à la dernière, qui était l'étrange fille dont le visage avait commencé à me hanter dans mes rêves. Elle semblait si triste. Un incroyable coup de tonnerre a résonné, et j'ai fermé les yeux et me suis bouché les oreilles, terrifiée.

Plus tard — je ne sais combien de temps s'était écoulé —, j'ai ouvert les yeux et j'ai vu S. debout devant moi. Il s'est penché et m'a aidée à me relever. Une profonde fissure était apparue dans le sol de la grotte, là où se trouvait notre Cercle.

— C'est arrivé, a-t-il simplement dit. Je suis né de nouveau.

Ainsi, il est satisfait, et je devrais l'être aussi. C'est ce que je souhaitais, après tout. Mais je ne sais toujours pas si j'ai fait le bon choix.

Cette pensée me hante depuis des jours, comme le cri des mouettes près de la mer.

Douze

La mer me manquait terriblement. Cela me faisait si mal que j'en avais une douleur aigüe dans la poitrine. Je n'arrivais pas à oublier ce que le médecin avait dit quand il avait parlé de natation. Mon corps rêvait des eaux salées, de plonger et de rouler dans les grosses vagues. Je commençai à penser que si je ne pouvais nager bientôt, j'allais craquer.

— Evie Johnson, on travaille ou on rêvasse? demanda mademoiselle Scratton.

Les mots sur la page que je devais étudier dansaient devant mes yeux comme s'ils étaient dans une langue étrangère. J'avais l'impression qu'une autre petite partie de moi était en train de mourir. Puis, soudain, je sus ce que j'avais à faire.

J'allais nager dans le lac.

« C'est cela, pensai-je. Je vais me glisser dehors la nuit venue, et personne n'en saura rien. »

Les palpitations causées par l'excitation qui montait en moi cessèrent soudain.

Laura.

Et les cauchemars que j'avais en lien avec elle — n'allaient-ils pas empirer si je nageais dans les eaux où elle s'était noyée? Mon cœur se mit de nouveau à battre à tout rompre. C'était impossible, idiot, une idée débile.

« Oublie ça. »

J'ai essayé. J'ai vraiment essayé. Mais une nuit, j'étais incapable de dormir. Celeste s'était plaint d'avoir froid et avait tellement monté le chauffage qu'il faisait une chaleur suffocante dans le dortoir. J'étais fatiguée, mais agitée ; il me semblait que cela faisait des heures que j'étais étendue éveillée pendant que les autres dormaient ; je me sentais angoissée, j'avais chaud et j'étouffais. Je finis par écarter mes couvertures et me lever pour aller vers la fenêtre, mais elle était verrouillée. Je pouvais voir le lac, pâle et argenté dans la lumière de la lune. Il semblait si pur, si frais, si invitant.

Je ne pus résister. Je devais sentir l'air sur ma peau ; je devais sortir ; je devais me rendre au lac. Je n'allais pas nager, seulement le regarder et ressentir la fraîcheur de la brise qui le traversait…

Savais-je, ou avais-je imaginé, ce qui allait se passer si je sortais cette nuit-là? Et si je l'avais su, l'aurais-je quand même fait? Tout ce que je sais, c'est que lorsque je m'étais glissée hors du dortoir, je m'étais persuadée que ce que je faisais était parfaitement sensé.

Je décidai de descendre par l'ancien escalier des domestiques que m'avait montré Helen. Il y avait moins de risques qu'on m'y voie. J'écartai le rideau de velours, tirai le verrou et ouvris la porte. J'attrapai la lampe de poche laissée là par

Helen, puis l'allumai. Mon cœur semblait vouloir bondir hors de ma poitrine. Le fin rayon de lumière était réconfortant, même si je détestais les ombres qui tremblotaient autour de moi et les fissures sombres des marches étroites.

« Fais-le, c'est tout », pensai-je.

Je n'avais qu'à descendre tranquillement l'escalier et je serais libre.

« Une marche à la fois, une marche à la fois... »

Quand j'arrivai au bas de l'escalier, je me rendis compte que j'avais retenu mon souffle pendant toute la descente. La porte vers le couloir principal était devant moi, et derrière se trouvait l'aile vide des domestiques. J'avançai et je pressai l'oreille contre la porte. Il y avait des voix, dans le couloir. J'entendis quelques mots : « ... un autre essai... bientôt... »

On aurait dit madame Hartle. Sa voix devint trop basse pour que je puisse l'entendre. Une autre voix — mademoiselle Scratton ? — protesta :

— Non, pas encore. Il faut attendre.

Madame Hartle l'interrompit d'un ton glacial.

— Qui est la directrice, ici, moi ou vous ?

Une dispute nocturne entre maîtresses. Il m'était impossible d'aller par là. Il me faudrait passer par l'aile des domestiques et trouver la porte verte qui menait vers l'écurie. Soit je faisais cela, soit je laissais tomber et je retournais à ma chambre. Mais je ne pouvais supporter l'idée d'abandonner. Il me fallait continuer.

Je me forçai à avancer dans le passage poussiéreux, tenant fermement la lampe de poche et tentant d'imaginer Helen à mes côtés tandis que je marchais sur la pointe des pieds le long des pièces désertes et des espaces de rangement, passant près des vieilles cloches, de la porte menant à la cuisine fantomatique et continuant ainsi jusqu'à une porte verte recouverte de toiles d'araignées. Je tirai sur les verrous et les chaînes, et je me retrouvai soudain dans l'air froid de la nuit.

La lune était énorme, basse et jaune dans le ciel automnal. Un cheval piaffait nerveusement tout près de là. J'avais réussi. J'inspirai profondément et je souris. Cela en avait valu la peine. J'étais libre.

Je cachai la lampe de poche derrière la porte verte et je courus allégrement de l'écurie jusqu'à la terrasse située derrière la maison. Après avoir jeté un coup d'œil pour m'assurer que personne ne me regardait par les grandes fenêtres, je filai par la pelouse et sous les ombres des arbres. Les ruines sombres de l'autre côté de l'eau semblaient plus grandes que le jour et, pendant un instant, je crus voir quelque chose flotter entre les arches abîmées. Un hibou hulula. *Rentre, rentre…* semblait-il me dire. J'ignorai ses avertissements et continuai vers le lac silencieux.

Je me penchai au-dessus de l'eau, remplie de bonheur. J'étais redevenue moi-même, et non une abrutie dans un uniforme de Wyldcliffe. Mes cheveux tombaient sur mes épaules pendant que je laissais traîner ma main dans l'eau, et la brise gonflait mes vêtements. Je fermai les yeux, ravie, m'imaginant sur la plage chez moi, avec le vent qui souffle, les vagues qui déferlent et l'eau qui m'appelle.

J'entendis soudain des bruits de pas et je sentis qu'il y avait quelqu'un derrière moi qui me regardait, qui m'attendait. J'oubliai de respirer, et je me maudis d'être aussi stupide.

«Quels sont les dangers qui m'attendent?»

J'ouvris les yeux et je vis mon reflet tremblotant dans les eaux sombres et, derrière moi, une silhouette familière vêtue d'un long manteau noir.

— Je t'avais dit que nous allions nous revoir.

Je me retournai rapidement. Il était là, debout dans la lumière de la lune, le garçon au regard envoûtant.

— Tu m'as fait peur !

— Et toi, tu m'as enchanté.

Il sourit, l'air moqueur.

— Tu avais l'air d'une nymphe des eaux en train de réciter ses prières. À quoi rêvais-tu ?

Je rougis et me forçai à parler d'un ton brusque.

— Ça ne te regarde pas.

— J'aimerais que ça me regarde. Je veux tout savoir de toi.

— Qu'est-ce qui te fait croire que j'ai envie d'avoir un quelconque lien avec toi ?

J'avais souhaité secrètement le revoir un jour, mais maintenant, je voulais disparaître et me cacher, comme s'il en savait déjà beaucoup trop à mon sujet.

— Je dois m'en aller, et tu devrais partir aussi. Tu risques de gros ennuis si jamais madame Hartle te trouve ici.

— Toi aussi. Quelle est la punition prévue pour une fille qui se promène sur le bord du lac en pleine nuit ?

— Je ne sais pas et je ne veux pas le savoir.

Je commençai à m'éloigner.

— Attends un peu.

Sa voix était douce et suppliante, et cela me fit hésiter.

— Il ne m'arrive pas souvent de demander des choses, mais je te le demande, maintenant. Je t'en prie, reste. Je veux juste parler avec toi.

Il s'approcha de moi par-derrière et posa son épais manteau sur mes épaules. La chaleur de son corps imprégnait
encore le lourd tissu. J'eus soudain l'étrange sensation de
l'avoir déjà connu, il y a très longtemps de cela. Pendant un
instant de folie, j'eus envie de me laisser aller dans ses
bras et de m'abandonner complètement contre lui. Mais je
m'écartai et me retournai pour lui faire face, essayant
d'ignorer son étrange et irrésistible beauté.

— Qu'est-il arrivé, la nuit où je me suis coupé la main?
Qui es-tu? Pourquoi es-tu ici?

— Pour te voir. Je t'ai attendue, fille de la mer. Je crois
bien t'avoir attendue toute ma vie.

— Mais… comment sais-tu que je viens de la mer?

— Je l'ai vu sur ton visage, c'est tout.

Son regard garda le mien captif, tel un magicien.

— Que veux-tu dire?

— N'as-tu pas vu des choses que les autres ne peuvent
voir?

— Bien sûr que non, commençai-je, puis je me ravisai,
pensant à ma «vision» de l'ancienne salle de classe et de la
fille en blanc. Je ne sais pas. Peut-être dans mes rêves.

— Ce qui pour une personne est un rêve est la réalité
pour quelqu'un d'autre.

— Mais je me suis coupée. Tu as touché le verre, et
après, il était réparé. Ce n'était pas un rêve, ça.

Il marcha d'un pas brusque jusqu'au bord de l'eau.

— Ce n'était rien.

— Mais…

— Vraiment, ce n'était rien. C'est un vieux truc que j'ai
utilisé, c'est tout. Je voulais t'impressionner. Pour te plaire.

— Pourquoi?

— Quand nous nous sommes rencontrés, j'ai agi comme un idiot arrogant. Et quand tu as été si bouleversée par cette histoire de cadre, j'ai eu envie de faire quelque chose pour toi.

Sa voix devint soudain très basse.

— Je sais ce que c'est que de perdre quelqu'un à qui on tient beaucoup et ne plus avoir que son image comme souvenir.

Il fut pris d'une toux rauque, qui sembla traverser tout son corps.

— Es-tu malade ? fis-je en m'approchant de lui.

— Non… non, je vais mieux.

Son accès de toux prit fin.

— Je ne suis pas malade. Juste fatigué. Je suis fatigué d'être seul, Evie.

— Moi aussi, dis-je faiblement.

Le silence s'installa entre nous, et nos regards se croisèrent. J'eus l'impression qu'il pouvait voir en moi, que nous pourrions nous regarder ainsi toujours sans jamais nous lasser… Je baissai les yeux et m'écartai de lui.

— Comment se fait-il que tu connaisses mon nom ?

— Ça n'a pas été difficile. Je me suis promené autour de l'école depuis notre rencontre, espérant t'entrevoir, essayant de tout savoir sur toi.

Il attrapa soudain mes mains et m'attira vers lui. Je sentis un millier de coups d'épingle traverser mon dos quand il me demanda, suppliant :

— Laisse-moi apprendre à te connaître. Je suis désolé si je t'ai fait peur ; je n'en avais pas l'intention. Promets-moi que nous allons nous revoir, je t'en prie.

Une voix dans ma tête, à des milliers de kilomètres de là, me disait : «Ne sois pas idiote, Evie, tu ne sais rien de lui. Il est peut-être fou. Sois raisonnable…»

Je ne voulais plus être Evie, la fille raisonnable. Être raisonnable, ne pas faire d'histoires, faire bonne figure… qu'est-ce que cela m'avait apporté, jusqu'ici? Coincée, seule, au milieu de cette étendue sauvage et désolée, à des kilomètres de tout ce qui importait à mes yeux, de tous ceux qui m'étaient chers. Mais il y avait ce garçon qui voulait me connaître. Il n'y avait personne d'autre à Wyldcliffe qui le souhaitait. Je levai les yeux vers lui, essayant de lire dans ses pensées.

— Comment t'appelles-tu?

Il hésita, comme s'il cherchait quelque chose qui se trouvait très loin.

— Sebastian.

Il serra ma main encore plus fort.

— Je t'en prie, dis oui.

— Oui, répondis-je simplement. Oui, je te le promets.

Son visage pâle fut égayé par un sourire aussi joyeux qu'une journée ensoleillée. Doucement, il retourna ma main et pressa ses lèvres contre la cicatrice à peine visible.

— La nuit prochaine, alors.

Je ne répondis pas. Son manteau tomba de mes épaules, et je m'enfuis. Je ne sus pas comment je parvins à retourner dans mon lit; tout ce que je savais, c'était que mon cœur chantait à chaque pas que je faisais.

La journée du lendemain passa rapidement. Tout était toujours aussi ennuyeux, à l'école, mais j'avais maintenant un secret, comme un rêve merveilleux. J'avais désormais une voix qui me tenait compagnie dans ma tête, la voix d'un garçon aux joues creuses et aux yeux bleus moqueurs. Je le sentis m'accompagner partout où j'allais, ce jour-là, me parlant, me taquinant, me guidant. Quand je n'étais pas sûre du chemin menant de la bibliothèque à la salle de classe, je l'entendais me dire « À gauche, Evie ». Pour la première fois, depuis mon arrivée à Wyldcliffe, je ne me sentais pas seule.

Cela ne pouvait durer. Quand je me couchai, ce soir-là, le sentiment qu'il me soit impossible de revoir Sebastian m'envahit. Hier, je m'étais promenée impunément pendant une heure à l'extérieur de l'école, mais il serait risqué de tenter de nouveau l'aventure.

— *Mais tu as dit que tu le retrouverais cette nuit. Tu as promis. Une seule autre fois, discutai-je avec moi-même.*

— *C'est trop risqué, répondit mon côté raisonnable. Tu te feras prendre ; on va te mettre à la porte de l'école.*

— *Non ! Je vais faire très attention.*

— *Il ne sera peut-être même pas là.*

Je savais qu'il y serait. Tout ce que j'avais à faire, c'était descendre discrètement l'escalier caché, et j'allais le revoir.

— *Ne fais pas ça, Evie. Sois raisonnable.*

Évidemment, c'est mon côté raisonnable qui avait gagné. Je n'étais pas le genre de fille à enfreindre les règles pour un joli visage. Après avoir redonné forme à mon oreiller, je fermai les yeux et me laissai aller dans un sommeil agité.

Dans mon rêve, mademoiselle Scratton était furieuse contre moi à cause de quelque chose que j'avais fait, mais je ne savais pas quoi. Elle marchait de long en large dans sa classe pendant que j'attendais, dépitée, qu'elle annonce ma punition. Soudain, le bruit du tonnerre résonna autour de nous, et les murs commencèrent à trembler. Je compris alors que ce n'était pas le tonnerre, mais des chevaux qui galopaient. Les murs blancs se fendirent et s'effondrèrent, et je vis une armée de chevaliers traverser la pelouse comme une ombre noire. L'un d'eux fit demi-tour, et je reconnus Sebastian. Je grimpai derrière lui sur son cheval noir, et nous partîmes, laissant mademoiselle Scratton derrière nous. Elle cria : «Votre collier, Evie! Donnez-moi votre collier!»

Mais je me mis à rire d'elle et m'accrochai au corps tendu de Sebastian pendant que nous galopions librement sur les landes éclairées par la lune. Je laissai reposer ma tête sur ses épaules, et nos cheveux flottaient et s'entremêlaient dans le vent. Puis le rêve se transforma. Nous étions seuls sous les étoiles, et il chuchota mon nom en se penchant pour m'embrasser.

Je me réveillai ne sachant pas où je me trouvais. Lentement, cela me revint, et je sus alors ce qu'il me fallait faire. Écartant le drap fin, je déposai doucement mes pieds sur le sol. Puis je me dirigeai vers l'escalier étroit qui pouvait me mener à la liberté.

Treize

Je suis comme un oiseau auquel on aurait mis le feu. La Voie mystique est belle, comme si elle était tirée d'une vieille histoire oubliée d'étoiles, de feu et de glace. Nous faisons tous les jours de nouvelles découvertes, et même si, pour une raison obscure, S. ne peut toujours pas atteindre le Feu sacré, il m'étonne par tout ce qu'il a si rapidement maîtrisé. Hier, il m'a étonnée : il a pris mon petit miroir, l'a cassé, puis me l'a redonné en parfait état, comme s'il pouvait diriger chaque atome avec son esprit.

Je ne l'aurais pas cru si je ne l'avais vu de mes propres yeux, mais, désormais, ma vision de ce qui est possible est complètement transformée. Je ne peux expliquer cette étrange magie. Il me suffit de pouvoir la voir et la faire. Je passe des heures à étudier les pages du livre, et S. me traduit les passages en latin et en grec qui cachent d'autres secrets encore. Il y a un chapitre, toutefois, que j'ai pu facilement lire moi-même : « Comment faire apparaître la lumière dans un endroit sombre. » Je n'ai pu m'empêcher de l'essayer.

Tard hier soir, quand maman me croyait couchée, j'ai verrouillé la porte de ma chambre et j'ai préparé de nouveau mon autel. J'ai ensuite dessiné le Cercle et fait mes signes, chuchotant les mots secrets du livre. Tout à coup, les bougies se sont mises à vaciller, et j'ai été entourée par des ténèbres si noires et épaisses que je pouvais presque les goûter dans ma bouche. J'ai eu peur d'avoir fait quelque chose de mal, car ce n'était pas du tout ce à quoi je m'attendais, mais j'ai continué, chantant les incantations et me concentrant. J'ai entendu le vent souffler sur les landes et le bruit lointain de la mer, et, finalement, une lumière s'est mise à briller dans le noir. Cela était déjà tout à fait étonnant, mais ce n'était pas tout.

La lumière semblait répondre à tous mes ordres. Elle pouvait prendre toutes les formes que mon imagination lui demandait de prendre : d'abord, celle d'une étoile, puis celle d'un oiseau brillant avec des ailes bleues lumineuses, puis elle est devenue une fleur embrasée avec des pétales aux couleurs vives, puis une pâle lune ronde d'argent. Riant, j'ai attrapé la lumière dans mes mains, puis je l'ai relâchée sous la forme d'un nuage de papillons jaunes et chatoyants...

Quelque chose d'aussi beau ne pouvait, assurément, être dangereux.

Quatorze

Sebastian était très beau, exactement comme dans mon souvenir.

— As-tu déjà vécu à Wyldcliffe?

Nous étions assis sur la rive du lac, avec les grandes ruines sombres derrière nous.

— Toute ma vie. Dix-neuf ans.

Une ombre traversa son visage.

— Mais tu ne peux imaginer combien cela peut paraître long.

— Où habites-tu? Dans une des petites maisons près du village?

— Ma famille possède une vieille maison de l'autre côté de la vallée, fit-il évasivement.

Je pensai qu'il devait avoir une mauvaise relation avec ses parents et qu'il préférait ne pas parler d'eux. Il se leva et se mit à aller et venir, l'air agité.

— Je connais chaque centimètre de cette vallée, chaque colline, chaque sentier menant au sommet des landes. Oh! Evie, je meurs d'envie de voir des choses nouvelles!

— Mais tu as dit que tu avais voyagé en Inde et au Maroc. Tu as visité beaucoup d'endroits.

— Pas assez.

— Tu feras des choses nouvelles quand tu iras à l'université.

Il m'avait dit qu'il était inscrit en philosophie, l'année prochaine.

— Oxford! Des tas de jeunes étudiants enthousiastes et crâneurs qui se battent pour être celui qui fera la remarque la plus brillante ou qui boira le plus de bière. Ce n'est pas ce que je veux.

Il se laissa tomber sur le sol, puis fit un effort pour parler plus calmement.

— La seule chose que j'ai toujours voulue, c'est étudier le cœur des choses, connaître les vérités immortelles.

— Alors, tu ne veux pas grand-chose, raillai-je. Connaître la vérité, le sens de la vie… n'as-tu pas un peu trop d'ambition?

Il regardait fixement les profondeurs du lac.

— Je n'irai pas à Oxford.

— Mais tes parents seront déçus si tu laisses tomber l'école, non?

— Non, répondit-il. Peut-être. Je ne sais pas. Ne parlons plus de ça.

Il me fit un sourire éblouissant.

— Je veux parler de toi. Je veux tout savoir de ta vie : ce que tu fais, ce que tu penses, ce que tu manges le matin, à quoi tu ressemblais quand tu avais cinq ans…

Je ris.

— Dodue et autoritaire, avec des cheveux de feu et des boucles rebelles.

— Irrésistible.

— Ouais, pas mal.

C'était bon de le voir rire.

— Oh! Evie, fit-il, avec toi, je me sens bien à nouveau.

En effet, il n'avait plus l'air aussi pâle et fatigué. Il me regardait, émerveillé, comme s'il essayait d'apprendre mon visage par cœur.

— Je n'en reviens pas que tu sois vraiment là à parler avec moi. Tu es si... différente...

— De quoi?

— De toutes les autres filles que je connais.

Il sourit. Puis la lumière quitta ses yeux.

— Je ne suis pas très bon... dans les relations...

Je ne voulais pas admettre que je n'avais jamais été avec quelqu'un. Je ne connaissais rien aux garçons, aux fréquentations. Évidemment, il y avait des garçons à l'école ou à la plage, bruyants et débraillés, qui ne pensaient qu'à faire du surf et de la moto, et à écouter de la musique à tue-tête. Ils ne m'avaient jamais intéressée. Mais Sebastian n'était pas comme eux. Sa façon particulière de s'habiller, son regard intense, sa manière de parler, si précise... tout en lui me fascinait.

— Qu'est-ce ça veut dire, pas très bon dans les relations? Pourquoi?

— Je gâche tout.

Il fronça les sourcils.

— Si quelque chose n'est pas parfait, je le détruis.

— Est-ce que c'est ce qui est arrivé... Je veux dire, tu as dit que tu avais perdu quelqu'un...

Je cherchais les bons mots.

— Quelqu'un à qui tu tenais beaucoup. Est-ce que c'est pour ça que ça s'est mal passé ?

— On pourrait dire ça.

Je me forçai à poser la question :

— Et c'était qui ?

— Oublie ça. C'est terminé.

Il se leva et marcha vers le bord du lac, puis se retourna et me regarda avec des yeux aussi bleus et brillants qu'une journée d'été.

— Je ne veux penser à rien d'autre qu'à être ici, avec toi. Allez, viens, je veux te montrer quelque chose.

Je ne pouvais m'empêcher de penser à la fille dont il ne voulait pas parler pendant que je m'éloignais du lac à sa suite. Je me demandais si elle avait eu le cœur brisé quand ils s'étaient laissés. Et où était-elle, maintenant ? Je tentai de ne plus y penser. Ce n'était pas important. Rien n'importait, à part ce qui se passait maintenant.

Nous marchâmes sous les arches de la chapelle en ruine. À l'autre bout de la chapelle, après un terrain gazonné, il y avait un fourré d'arbustes envahi par les ronces. On y voyait une enseigne, suspendue assez bas, sur laquelle on pouvait lire : « défense d'entrer ».

— Une autre règle que tu peux enfreindre, fit Sebastian en souriant. En as-tu envie ?

J'eus un léger remords de conscience en pensant à ce que dirait mon père s'il me voyait. Je pouvais presque entendre la voix de madame Hartle ricaner : « On se promène dehors la nuit avec un garçon du coin, Evie ? Ce n'est pas un comportement acceptable de la part d'une fille de Wyldcliffe. » Mais la dernière personne que j'avais envie d'entendre, c'était madame Hartle.

— Bien sûr, dis-je en lui souriant à mon tour.

Nous avançâmes au milieu d'une végétation broussailleuse, faisant craquer les brindilles, nous éraflant sur les ronces. J'étais en train de penser que c'était comme si le prince charmant arrivait pour réveiller la Belle au bois dormant quand je remarquai une masse rocheuse menaçante au-dessus de moi. Une fente noire dans le rocher me fit penser à la bouche d'un tombeau.

— Ce n'est pas là que nous allons, n'est-ce pas?

Sebastian vit mon air inquiet.

— Tu n'as pas à avoir peur, Evie. Je suis avec toi.

Il prit ma main et, soudain, le monde me parut moins dangereux. Je ne m'étais jamais sentie aussi bien, aussi merveilleusement vivante.

Nous entrâmes dans la caverne sombre. J'entendis un bruit d'eau qui coulait. Sebastian lâcha ma main, puis essaya maladroitement de craquer une allumette. Une lueur vacilla sur les parois humides et lustrées de la caverne.

— Regarde!

J'écarquillai les yeux, émerveillée. Les parois n'étaient pas nues et rugueuses comme je m'y attendais. Des coquillages, des cristaux et des roches de toutes sortes de couleurs y étaient encastrés, formant des motifs et des formes complexes.

L'allumette s'éteignit et, pendant un instant, nous fûmes dans la noirceur totale. Sebastian craqua une autre allumette, puis se mit à chercher à tâtons dans un renfoncement sur le côté de la caverne. Il y trouva une bougie qu'il alluma. La lumière jaune vacillante éclaira une superbe mosaïque de fleurs, de fruits et d'animaux à l'air menaçant qui scintillaient mystérieusement sur les parois. À l'extrémité de la caverne, une petite source gargouillait autour d'une statue de Pan, ou de quelque autre dieu ancien.

— J'adore cet endroit, fit Sebastian, pas toi?

Il semblait émerveillé comme un petit garçon qui court sur la plage et qui croit que toute la mer lui appartient. Je ne voulais pas l'admettre, mais la caverne me donnait la chair de poule, comme si les coquillages chatoyants étaient autant d'yeux qui me regardaient sournoisement.

— C'est... euh... intéressant. Mais qu'est-ce que c'est que cet endroit?

— C'était la caverne de Lord Charles. Les pierres et les coquillages lui ont tous été envoyés d'Italie. C'est un petit plaisir qu'il s'est offert quand il a construit sa maison sur les ruines de l'ancien couvent. C'était à la mode, à l'époque, d'avoir sa petite cachette de luxe. Et je pense qu'aucune des jeunes filles de l'école n'en connaît l'existence.

— À quoi ça servait?

— On y faisait des pique-niques et des fêtes musicales. Il y avait aussi d'autres rencontres qui s'y faisaient, plus sombres, plus secrètes.

Ses yeux brillaient dans la lueur de la bougie. Je ne pouvais dire s'il était triste ou en colère, mais il semblait soudainement perdu très loin.

— Et comment as-tu appris tout ça, sur la vie de cette époque? Sarah m'a dit que Lord Charles et sa famille ont vécu à Wyldcliffe il y a plus de 100 ans.

— Parfois, j'ai l'impression que c'est toujours présent. Ne vois-tu pas Lord Charles et sa femme, idiote et snob, assis ici, en ce moment même, admirant leur petite folie coûteuse? Et elle, Agnes, ne la vois-tu pas? Ne l'entends-tu pas?

Il me faisait penser à Helen. *N'entends-tu pas leurs voix ?* Pourquoi était-on aussi obsédé par le passé, ici ? On aurait dit que, pour eux, le passé était plus réel que le présent.

— Mais c'est maintenant que j'ai envie de vivre, m'entendis-je lui répondre.

Sebastian sourit tristement, et ce nœud sous mes côtes se remit à tirer. Il semblait prisonnier de sa tristesse. Je souhaitais de toutes mes forces pouvoir chasser les ombres qui planaient au-dessus de sa tête.

— Tu as raison, fit-il en soupirant. Le présent, c'est tout ce que nous possédons.

Il me regarda comme s'il venait de s'éveiller d'un rêve.

— Je suis content que tu sois ici, Evie.

— Bien, fis-je en souriant maladroitement. Ça fait au moins une personne qui m'apprécie.

— Non, je le pense vraiment. Tu me redonnes envie de vivre.

Sebastian se rapprocha de moi, toucha ma joue aussi délicatement qu'une plume tombant sur la neige. Il me regarda, d'un air à la fois languissant et incertain.

— Oh ! Evie, si seulement…

— Quoi ? dis-je dans un souffle.

— Rien.

Il hésita. Je crus qu'il allait m'embrasser, et mon cœur sembla s'envoler. Mais il s'écarta.

— Voudras-tu me revoir, Evie ? S'il te plaît ?

Je voulais le serrer dans mes bras, le réconforter, lui dire que je voulais le voir toutes les nuits jusqu'à la fin de ma vie. Mais, évidemment, je ne le fis pas. Je n'étais pas si folle…

— Mais oui. Pourquoi pas ? Je te reverrai demain sur le bord du lac.

Pendant un instant, le visage de Sebastian s'illumina du plus beau des sourires.

— Demain, quand il fera nuit. J'y serai.

Ce n'est qu'après, quand je me retrouvai étendue dans mon lit, que je me rappelai qu'il n'avait pas répondu à ma question. Comment se faisait-il qu'il en sache autant sur les Templeton ?

Ce n'était pas important, pensai-je, presque endormie.

J'allais revoir Sebastian le lendemain. Le lendemain, et la nuit suivante, et la suivante… Helen soupira et se retourna dans le lit voisin. Je fermai les yeux et tentai de me calmer. Demain serait bientôt là. J'aurais bien le temps d'en apprendre davantage.

Je m'endormis, ressentant encore sa main dans la mienne.

Quinze

Je dois tout comprendre. Je dois savoir comment rendre S. vraiment heureux sans détruire mon propre bonheur, comment le remonter sans me rabaisser. Il est agité et insatisfait, et cela projette une ombre sur tout.

J'ai peur qu'il ne m'ait pas pardonné d'avoir été la première à entrer en contact avec le monde élémental. Ce moment semble encore le déranger, et il cherche une façon de redevenir le meneur dans notre « jeu ». Ainsi, il a été ravi de trouver ce passage du livre qu'il m'a lu à haute voix avec un plaisir évident.

« Il est important de savoir que dans notre Voie, seules les personnes de sexe féminin peuvent s'aligner sur les forces de leur élément et devenir ainsi des Sœurs mystiques... »

— *Voilà qui explique tout, Agnes. Je dois utiliser d'autres manières d'entrer en contact avec les éléments. Écoute!*

«Toutefois, les personnes de sexe masculin peuvent également atteindre la connaissance et la sagesse en suivant les Mystères et les Rites. Un mâle de notre espèce qui serait appelé à posséder une profonde et subtile puissance peut construire autour de lui un couvent de nonnes qui le serviront, lui, le maître. Grâce à l'énergie de son Aura, il pourra entrer en contact avec les forces élémentales. De cette manière, la règle traditionnelle du sexe fort pourra être restaurée, mais toujours dans le but de servir le bien commun.»

— *C'est ce que je dois faire, Agnes; tu le comprends?*

J'ai ri et dit que je n'allais pas le servir et qu'il lui faudrait chercher ailleurs pour se trouver une foule de nonnes qui lui obéiraient au doigt et à l'œil.

— *Tu es déjà assez gâté, avec tous ces gens qui s'empressent autour de toi, raillai-je. De toute façon, je ne souhaite pas avoir de maître.*

— *Mais un jour, tu te marieras, Agnes, et peut-être que ce sera bientôt. Tu sais que ta mère compte t'emmener à Londres, l'an prochain, pour te trouver un bon mari. Ne devras-tu pas promettre, selon les règles de ton Église, d'obéir à ton mari? Ne deviendra-t-il pas ton seigneur et maître?*

— *Dans ce cas, je ne me marierai pas.*

— *Tu en es sûre? Il n'y a personne à qui tu voudrais donner ton cœur?*

Il s'est rapproché de moi et a touché mon visage doucement, aussi doucement que si c'était une plume qui tombait sur la neige. Mon cœur battait avec les ailes d'un oiseau en cage, et une partie de moi souhaitait qu'il m'embrasse, mais, en même temps, cela me faisait peur. Je me suis forcée à rire.

— Je te l'ai dit, je veux être libre.

Mais peut-être que, tout au fond de moi, cela n'est pas tout à fait vrai. Nous avons passé tant de temps ensemble, au cours des dernières semaines, mais nous ne sommes plus les mêmes qu'avant. Nous ne sommes plus des enfants. Quand il étudie le livre avec des yeux avides et qu'il n'est pas conscient de ma présence, je l'observe secrètement, tentant de saisir ce qui a changé en lui depuis son voyage à l'étranger. L'angle de sa joue pâle, la soie sombre de ses cheveux, la ligne de ses épaules… tout cela me bouleverse d'une étrange manière, que je n'arrive pas à comprendre tout à fait. J'ai l'impression que je pourrais tout faire pour lui, que ce soit bien ou mal. J'ai peur que si je me laissais aller, je pourrais être emportée par la force de sa présence et me perdre en lui.

Mon père a été si gentil de me laisser voir S. sans chaperon, de lui laisser ce privilège en tant que vieil ami de la famille. Mais je dois admettre que je ne le perçois plus comme un simple frère. Quand nous ne sommes pas ensemble, c'est son visage que je vois dans ma tête ; c'est sa voix qui m'appelle quand le vent souffle sur les landes ; c'est du contact de sa main que je rêve.

Que dirait mon cher père s'il savait ce que nous faisons réellement, quand nous sommes ensemble ? Ou s'il entendait les pensées qui tourbillonnent dans ma tête comme une tempête ?

Seize

Ma réponse à la lettre de papa était pleine de fausse gaieté : «Oui, je vais bien; à Wyldcliffe, c'est merveilleux; je travaille fort.» Comme par hasard, j'omis de mentionner mes promenades nocturnes, même si ma conscience me disait que papa ne serait pas heureux de connaître la vérité. Je me persuadai que mes rencontres avec Sebastian n'étaient qu'une façon de m'amuser un peu, et qu'il ne valait pas la peine d'en faire toute une histoire.

Même si je savais que je ne recevrais pas de lettre de mon père avant longtemps, je ne pouvais m'empêcher d'attendre l'arrivée du courrier tous les matins, espérant un signe qui me prouverait que le monde extérieur ne m'avait pas complètement oubliée. Je reçus une carte postale gribouillée par une fille de mon ancienne école, mais ce fut tout. Et rien de Frankie, évidemment.

Mais un matin, quand la brume d'octobre s'accrochait au-dessus du lac, je reçus une lettre. Sur l'enveloppe, l'écriture était fine et élégante ; je sus aussitôt que cela venait de Sebastian. Cela ne pouvait venir de personne d'autre. Nous nous rencontrions presque toutes les nuits, parlant sans fin de… tout : de la nature, de l'histoire, de la philosophie, des endroits que nous aimerions visiter, des livres que nous avions lus… Mais jamais il ne me parlait de sa famille.

Des livres, des étoiles, des voyages, des sonnets… Une nuit, Sebastian m'avait promis en riant de m'écrire un poème. Peut-être était-ce cela qu'il y avait dans la lettre. Mon cœur se mit à battre à tout rompre au moment où je tendis la main pour prendre l'enveloppe. Mais quelqu'un d'autre posa sa main sur la lettre avant moi.

C'était Helen.

— Hé ! c'est ma lettre !

— Aimes-tu la poésie, Evie ? demanda-t-elle avec ce regard absent qui me déroutait.

— Je… Pourquoi ?

Elle ne pouvait connaître l'existence de Sebastian !

— On dit que les mots peuvent être dangereux. Je ferais attention, si j'étais toi.

Puis elle s'éloigna, et Celeste me poussa pour passer devant moi.

— Evie Johnson a reçu une lettre ? Mais qui donc pourrait bien vouloir t'écrire, Johnson ?

Elle m'arracha l'enveloppe des mains. Je tentai de la lui reprendre, mais elle la passa rapidement à Sophie, qui la lança à India et, bien vite, tout un groupe de filles se la lançait en riant, se tordant et s'écartant pour que je ne puisse l'atteindre.

— Qu'est-ce que ce vacarme ?

En entendant la voix de mademoiselle Scratton, elles s'écartèrent et formèrent un cercle autour de moi. J'avais le visage rouge et j'étais furieuse.

— Elles essaient de me prendre ma lettre !

Je devais ressembler à une petite fille boudeuse de 10 ans.

— C'était juste pour s'amuser un peu, mademoiselle Scratton, fit Celeste en souriant et en lui tendant l'enveloppe. Madame Hartle dit toujours qu'il est important d'être beau joueur.

Mademoiselle Scratton me fit signe d'avancer vers elle. Elle jeta un œil sur l'écriture élégante.

— Qui vous a envoyé cette lettre, Evie ?

— Je… Je ne sais pas. Une amie.

— Une amie, mais vous ne savez pas qui. Comme c'est étrange.

— Une amie d'où je viens.

— Très bien, Evie, je vous la redonne.

Elle semblait me tendre l'enveloppe à contrecœur.

— Tentez de ne pas vous énerver autant, à l'avenir. Vous feriez mieux de ne pas trop attirer l'attention.

J'étais trop furieuse pour l'écouter. C'était moi qu'on blâmait pour m'être énervée quand c'était la faute de Celeste. Je sortis en trombe et me dirigeai à grands pas vers la salle de classe.

La classe était vide. Je me laissai tomber sur une chaise et déchirai l'enveloppe.

Ma très chère Evie,

C'était si bon de te voir, hier soir. Tu as demandé un poème alors en voici un. Lis-le, et pardonne-moi de ne pas savoir mieux m'exprimer.

Sebastian

De l'autre côté de la feuille, je trouvai le poème. Je commençai à le lire avec impatience.

Ô Ève, ma dame
Au cœur si doux
Ma douleur, tu calmes
Et mon esprit, tu amadoues…

— Hé ! Evie, ça va ?

Je sursautai et levai les yeux. Je vis Sarah. C'était la première fois que je n'étais pas contente de la voir. Je rangeai rapidement la lettre.

— Il paraît que Celeste t'a embêtée.

— Ce n'est rien.

Sarah me regarda d'un air inquisiteur, exactement comme l'avait fait mademoiselle Scratton.

— Evie…

Elle hésita, puis s'assit à côté de moi.

— Je sais que ça paraît bizarre, mais j'ai l'impression qu'il t'arrive quelque chose. As-tu des ennuis ?

— Non, tout va très bien. Je veux juste rester seule cinq minutes sans qu'on m'espionne ou qu'on me dévisage comme si j'étais une sorte d'hurluberlu.

— Mais tu n'es pas seule, n'est-ce pas ? Je le vois.

— Non, tu ne vois rien de moi ! Personne, ici, ne voit quoi que ce soit !

Ma frustration au sujet de Wyldcliffe explosa.

— La vie est bonne avec toi, avec tes chevaux, et ta famille, et ton argent, et ton « je ne suis pas comme elles ». Eh bien, tu n'es pas comme moi non plus ! Tu ne sais rien de moi ni de ma vie, alors laisse-moi tranquille !

Dès que j'eus fini de parler, je regrettai mes paroles. Sarah paraissait blessée. Elle ramassa ses livres et s'installa à une autre table. Les autres filles commençaient à entrer. Je lançai un regard suppliant à Sarah, essayant de lui montrer mes remords, mais elle se retourna intentionnellement et commença à parler avec une fille du nom de Rosie.

Tout ce que je faisais à Wyldcliffe semblait mal tourner.

Dix-sept

Sarah n'essaya plus de se rapprocher de moi après cet incident. Je me sentais mal, mais j'étais devenue habile à cacher mes sentiments. Je l'ignorais et elle m'ignorait. Je me disais que je n'essaierais plus de me faire des amies à Wyldcliffe. Au lieu de cela, je passais au travers de mes journées comme un zombie. L'éducation physique, les devoirs, le chœur, les notes… plus rien n'avait d'importance. Ma vie se passait la nuit, pendant ces précieux moments passés avec Sebastian.

Je ne rêvais plus de Laura. Je ne m'évanouissais plus, et je n'avais plus ces étranges « visions » d'une fille aux cheveux roux. Il semblait qu'en ayant quelqu'un de réel dans ma vie, je n'avais plus besoin de ces fantaisies.

— Attends-moi!

Nous traversions l'herbe humide en courant sous la lumière de la lune. Sebastian courut devant sans effort et atteignit le mur recouvert de lierre qui entourait l'enceinte de l'abbaye.

— C'est de la triche ! fis-je en haletant au moment où je le rejoignis.

— Comment ça, de la triche ? fit-il en riant.

— Tes jambes sont plus longues que les miennes.

— Tu ne peux m'en vouloir pour ça !

— Peu importe... Pourquoi sommes-nous ici ? demandai-je en essayant de retrouver mon souffle.

— Nous nous sauvons. Il faut escalader le mur.

Il saisit une grosse tige de vigne et se hissa au sommet du mur. Puis il me tendit la main pour m'aider à grimper.

— Je ne sais pas si c'est une bonne idée, dis-je dans un éclair de conscience.

C'était déjà mal de sortir la nuit, s'il fallait en plus qu'on me voie quitter l'enceinte de l'école...

— Je t'en prie, Evie.

Il devint soudain sérieux.

— Je dois te parler de quelque chose d'important, mais je dois d'abord sortir d'ici. Je te jure que tu n'auras pas d'ennuis. Je vais m'occuper de toi.

Il siffla doucement, et sa jument noire apparut, telle une ombre avançant dans le sentier. Quelques instants plus tard, j'étais installée, nerveuse, sur le dos nu du cheval.

— Tu dois t'accrocher à moi.

Je glissai mes bras autour de la taille de Sebastian, extrêmement conscient de son corps souple contre le mien. Le cheval se mit à avancer délicatement le long du chemin. Je fermai les yeux et inspirai la présence de Sebastian, essayant de me convaincre que j'étais réellement en train de vivre cela. Tout semblait se passer dans un rêve : le grand cheval noir, les étoiles, le frisson qui me traversait quand une mèche des cheveux noirs de Sebastian m'effleurait le visage.

«Jamais je n'oublierai ça, pensai-je. Peu importe ce qui m'arrive, jamais je n'oublierai ce moment. »

Nous commençâmes à monter dans les landes.

— Où allons-nous ?

— À l'ancienne tour de guet. On dit qu'elle faisait partie d'un fort à l'époque des Saxons. Elle est encore plus ancienne que les ruines de l'abbaye.

Nous continuâmes notre chevauchée, passant près de quelques maisons de ferme isolées dans la nuit. Tout semblait vide et calme. On aurait dit que nous étions les deux seuls humains sur terre, des nomades immortels sur une terre silencieuse. Sebastian finit par s'arrêter au sommet d'une butte cahoteuse entourée de pierres.

— Nous y sommes.

J'étais déçue. Je m'étais attendue à voir une haute tour avec des murs et des meurtrières, comme dans un château de conte de fées, pas seulement une petite colline et un amas de pierres.

— Il n'y a rien, ici, dis-je pendant que Sebastian m'aidait à descendre du cheval.

— Le fort aurait été construit en bois, c'est pourquoi il a disparu il y a très longtemps. Mais avant, c'était sans doute un temple, ou un lieu sacré.

Il se laissa tomber dans la bruyère et admira la vallée endormie.

— Dans l'Antiquité, les gens vénéraient le soleil, la lune et les éléments. Le sommet d'une colline, comme celui où nous nous trouvons, leur permettait de se rapprocher de leurs dieux. C'était un endroit de pouvoir.

— Je n'avais jamais pensé à ce genre de choses avant. On dirait qu'il est impossible d'échapper au passé, quand on est à Wyldcliffe.

— On ne peut jamais échapper au passé, où que l'on soit, fit-il amèrement.

— Sebastian, qu'est-ce qui ne va pas?

— Rien.

Il me sourit, et ses yeux redevinrent clairs et brillants.

— Il n'y a rien qui n'aille pas quand tu es avec moi, dit-il en tapotant le sol à côté de lui. Viens ici.

Je m'assis. Lentement, d'un air interrogateur, il posa son bras autour de mon épaule et m'attira vers lui. Une merveilleuse sensation de chaleur et de paix monta en moi. Je laissai aller ma tête sur son épaule, le cœur dansant comme une créature qui vient de naître.

— Oh! Evie, souffla-t-il. Ma dame Ève. Maintenant, en ce moment, je suis heureux.

— Moi aussi, chuchotai-je.

Il me tint serrée contre lui, puis murmura :

— C'est ce dont je veux me souvenir : toi et moi, loin de l'abbaye et du passé. Juste un moment à ne pas oublier… peu importe ce qui arrive ensuite.

Je ne sais combien de temps nous restâmes assis en silence. Nous n'avions pas besoin de mots. J'étais avec Sebastian, et cela me suffisait ; être avec lui, regarder les étoiles, comme les gens l'ont fait des milliers d'années avant nous. Pendant que nous étions assis sur la butte, le vent se mit à souffler, les nuages changèrent et la pluie se mit à tomber.

— J'aurais pu rester ainsi pour toujours, fis-je en soupirant.

À ma surprise, le visage de Sebastian se rembrunit.

— As-tu déjà pensé à ce que ça pouvait être, de rester à un endroit pour toujours ? Ce serait comme être en prison.

Il se leva et s'éloigna, puis se mit à parler d'une voix basse et empruntée, comme s'il avait répété ce qu'il allait dire.

— Je t'ai dit que je devais te parler, Evie. Tu as été une si bonne amie pour moi. Je ne l'oublierai jamais. Mais après cette nuit… après cette nuit, je ne crois pas que ce soit une bonne idée de continuer à nous voir. C'est trop risqué pour toi.

Le sol sembla se dérober sous mes pieds.

— Mais si je fais bien attention, ils ne s'en rendront jamais compte, à l'école…

— Ce n'est pas juste l'école. Toute cette affaire… pourrait être dangereuse pour toi.

— Tu veux dire que maintenant que tu t'es bien amusé, je peux retourner à ma petite vie monotone ! C'est bien ça ?

— Non ! J'essaie de voir ce qui est mieux pour toi. Je t'en prie, crois-moi. Mais il y a des choses, dans le passé, des choses que je regrette d'avoir faites.

— Je m'en fous !

— Mais pas moi. Et si tu savais, tu ne parlerais pas ainsi.

— Alors, dis-le-moi. Au moins, dis-moi la vérité.

Le visage de Sebastian était d'une pâleur extrême dans la lumière des étoiles.

— Je ne peux pas.

Quelques minutes plus tôt, j'étais si heureuse. Maintenant, je me sentais comme si on venait de me bannir. Sebastian m'avait rejetée, et j'en éprouvais une douleur presque physique. La pluie nous fouettait. Je partis à courir dans les landes.

— Où vas-tu? cria Sebastian. Tu vas te perdre.

— Et qu'est-ce que ça peut te faire?

— Evie! cria-t-il.

Il me rattrapa.

— Ne t'en va pas comme ça, Evie. Laisse-moi te ramener à l'école.

— Pour que nous puissions nous serrer la main devant l'école et nous dire comme tout ça a été agréable? Si tu ne veux vraiment plus me revoir, il vaut mieux que je parte tout de suite.

— Je veux te revoir. Bien sûr que je le veux. Je veux juste éviter de gâcher les choses encore une fois. Pas avec toi. J'aimerais que ça reste parfait. Et j'essaie — pour une fois — de ne pas être égoïste, de ne pas simplement prendre ce que je veux sans penser aux conséquences. J'essaie de faire ce qui est juste, même si ça fait très mal!

Ma colère fondit comme le givre au printemps.

— Sebastian, dis-je doucement, je ne suis pas comme toi. Je ne m'attends pas à ce que les choses soient parfaites. Et je ne suis pas obsédée par le passé. Ceci est un jour nouveau, une nouvelle vie. Tu ne peux vivre ta vie alourdi par des erreurs du passé.

— Ce n'était pas juste une erreur. J'ai fait très mal à quelqu'un.

Sa voix était devenue monocorde.

— Est-ce que c'est la fille dont tu m'as parlé?

Il hocha la tête.

— Ce sont des choses qui arrivent. Tu ne fais que rendre ça pire en me faisant mal à mon tour.

— Je ne veux jamais te faire de mal, chuchota-t-il. Je tiens à toi plus que… plus que ce que j'aurais pu imaginer.

Mon cœur s'allégea. Il tenait à moi. Ce n'était pas rien.

— Alors, ne dis pas que nous ne pouvons plus nous voir. Rien de grave n'arrivera. Je te fais confiance, Sebastian.

— Peut-être que tu ne devrais pas. Il m'arrive de croire que tu m'as été envoyée, et d'autres fois, je pense que j'essaie de me convaincre que ce que je souhaiterais est vrai. Je ne sais plus. Tout ce que je sais, c'est que j'essaie de faire ce qui est juste pour toi, Evie.

— Et comment peux-tu savoir ce que c'est? Ne m'as-tu pas déjà dit qu'il est impossible de savoir ce que l'avenir nous réserve? Chaque jour que l'on vit est un risque que l'on court. Vivre est risqué. Eh bien, moi, je suis prête à courir ce risque, si tu le veux aussi.

Il hésita, puis me regarda avec reconnaissance.

— Tu en es sûre? Tu le penses vraiment?

— Évidemment.

— Alors, nous pouvons rester amis?

Je pris sa main froide dans la mienne.

— Sebastian, je serai toujours ton amie.

Mais pendant que nous chevauchions dans le vent et la pluie vers l'école, je savais que ce n'était pas tout à fait vrai. Je voulais être plus qu'une amie pour Sebastian. Oh! je voulais être tellement plus.

Dix-huit

— Ceci est bien en dessous de ce que vous faites habituellement.

Mademoiselle Scratton fronça les sourcils en me redonnant mon texte sur William Blake.

— Je vous demande d'aller à la bibliothèque après le dîner et de recommencer. Et vraiment, il vous faut arrêter de bâiller tout le temps, Evie! C'est très impoli. Vous devrez vous coucher plus tôt, en même temps que les filles plus jeunes, si vous continuez ainsi.

— Je suis désolée, mademoiselle Scratton, répondis-je docilement.

En fait, j'étais terriblement fatiguée. Rater deux ou trois heures de sommeil chaque nuit pour voir Sebastian ne me donnait pas un grand enthousiasme pour le travail scolaire. En essayant de me concentrer sur le recueil de poèmes que j'avais devant les yeux, je lus *Dans quels abîmes, quels cieux lointains/Brûla le feu de tes prunelles?*[1] Mais les seules

---

1. N.d.T.: Traduction de Pierre Leyris du poème *Le Tigre*, de William Blake.

prunelles qui brûlaient dans ma mémoire étaient celles de Sebastian.

Le cours finit par se terminer.

— Rangez vos livres, mesdemoiselles, j'ai quelque chose à vous dire. La semaine prochaine, nous allons visiter le manoir Fairfax, dans le cadre de notre recherche sur le XIXe siècle. Certaines d'entre vous y sont peut-être déjà allées, mais pour la plupart, ce sera sans doute une nouvelle expérience.

Tout le monde leva les yeux avec enthousiasme.

— À quoi est-ce que ça ressemble, mademoiselle Scratton ? demanda Celeste avec un empressement un peu guindé.

— Le manoir Fairfax est une maison de campagne victorienne parfaitement conservée. Il n'est pas aussi grand et imposant que Wyldcliffe, mais, par chance, la famille Fairfax n'a presque rien changé dans le manoir depuis sa construction. Le manoir a appartenu à différents cousins et membres de la famille éloignée jusqu'à la Deuxième Guerre mondiale, quand il est devenu difficile d'entretenir une aussi grande maison. Après la mort du dernier propriétaire, la maison est restée vide. Ce n'est que récemment qu'elle a été ouverte en tant que musée, grâce au merveilleux travail de la société d'histoire de la région.

— Et comment allons-nous nous y rendre ? demanda une fille qui s'appelait Katherine Thomas.

— Le manoir ne se trouve qu'à environ trois kilomètres à l'est de Wyldcliffe, si on y va par les landes. J'ai prévu que nous allions manger là-bas, et un autobus privé nous ramènera ensuite à l'école. Si le temps est beau, je propose que nous partions tôt le matin et que nous marchions jusqu'au manoir.

Un brouhaha d'excitation éclata dans la classe. J'avais l'impression que l'idée de sortir de l'école et de se promener dans les landes devait emballer la plupart des filles bien plus que la visite du musée.

— Ça suffit, les filles, calmez-vous, fit mademoiselle Scratton.

Pour une rare fois, elle sourit.

— Vous devrez apporter vos cahiers et vos blocs à dessin. Le jour de la visite, retrouvons-nous devant la porte d'entrée tout de suite après le petit déjeuner.

La sonnerie annonçant le déjeuner résonna, et toutes les filles sortirent de la classe en se bousculant et en bavardant avec excitation. Sarah se retrouva à côté de moi. Elle semblait un peu mal à l'aise, mais déterminée.

— Tu pourras t'asseoir à côté de moi dans l'autobus, si tu veux, fit-elle doucement.

À la vue de son visage rousselé, je me demandai comment j'avais pu ressentir de la colère envers cette fille.

— Ça me plairait, vraiment. Merci. Et je suis désolée, Sarah, je n'ai pas voulu…

— Ce n'est pas grave.

Elle sourit, et je compris que nous étions redevenues amies.

— Je suis passée près du manoir lors d'une promenade avec Starlight. On ne voit pas grand-chose, parce qu'il est entouré d'énormes arbres. Pour être tout à fait franche, j'ai trouvé que ça avait juste l'air d'une vieille maison, mais si ça rend mademoiselle Scratton de bonne humeur d'aller le visiter, ça ne peut être qu'une bonne chose.

L'idée de passer une journée à l'extérieur de l'école en compagnie de Sarah, c'était comme une brise d'air frais soufflant dans les couloirs de Wyldcliffe. Ce soir-là, pendant que je rangeais la salle de musique avec Helen, je lui demandai joyeusement si elle avait hâte d'aller visiter le manoir.

— Je ne voudrais pas y aller même si on me payait pour ça, fit-elle, l'air plus bizarre que jamais.

— Ne fais pas l'idiote, dis-je en riant. Nous n'allons pas nous perdre sur les landes.

— Je voudrais bien m'y perdre, fit-elle avec passion. Je voudrais aller marcher sur les landes et ne jamais revenir ici.

Je ne la comprenais pas. Est-ce qu'elle était seulement étrange, ou carrément malade?

— Ça va, Helen? Tu sembles vraiment tendue. Peut-être que tu devrais dire à madame Hartle…

— Non! explosa-t-elle. Je t'interdis de lui parler de quoi que ce soit!

— Je suis désolée. Je voulais juste t'aider.

— Ce n'est pas la peine.

Elle me regarda, l'air furieux, tout en empilant des partitions de musique toutes froissées.

— Contente-toi de t'aider toi-même. Tu en auras besoin.

Je terminai ma tâche en ne faisant plus aucun effort pour bavarder avec Helen. J'avais hâte à la journée au manoir, même si, visiblement, ce n'était pas le cas de cette folle d'Helen Black.

Dix-neuf

Je suis presque folle d'inquiétude. J'aimerais pouvoir guérir S. aussi facilement que je l'ai fait pour Martha. Ma gouvernante souffrait d'une cataracte à un œil et avait la vision embrouillée et, maintenant, elle pleure et crie que c'est un miracle et qu'elle voit de nouveau parfaitement. Je suis la seule à savoir ce qui a causé ce changement : c'est la puissance du Feu vivant, que j'ai invoqué dans mon Cercle de guérison.

Je n'arrive pas à me réjouir de cela autant que je le pourrais, parce que je suis préoccupée par mon cher ami. Il semble souffrir d'une étrange dépression, et il est aussi pâle et maigre qu'à son retour de voyage. Il n'arrive pas à se détendre, et se pousse toujours à travailler plus fort et à étudier davantage sans se permettre de repos.

Même si cette idée ne me plaît pas, je crois que S. envie mon succès, et ce, même si ses pouvoirs augmentent de jour en jour. Ses longs doigts pâles peuvent plier le métal, ou fracasser un verre ou une tasse, puis réassembler leurs atomes aussi facilement que l'on peut changer la forme d'un liquide. Mais il rejette ce qu'il a appris et veut en savoir plus. Hier, il était d'une humeur particulièrement morose.

— Des trucs de magie, c'est tout ce que je sais faire, Agnes. Et ma connaissance ne semble produire rien de bon ni d'utile. Je ne suis pas un guérisseur.

Et c'est vrai. Il ne possède pas ce don. Je ne savais pas quoi lui répondre.

— Peut-être que cela viendra plus tard, quand tu auras étudié davantage.

— Peut-être ! Je suis las d'étudier. Et peut-être que je n'arriverai jamais à rien. Je n'ai aucune compréhension des grands pouvoirs élémentaux. Mais toi, tu as été touchée par le Feu, le plus grand des éléments.

Il a ruminé pendant un moment, puis dit d'une voix hésitante :

— Tu te souviens que le livre dit que les hommes… les mâles, devraient avoir des disciples… du sexe féminin ? Peut-être que c'est ce qu'il me faut pour aller plus loin…

À cet instant, il m'a semblé le voir entouré d'un groupe de femmes enveloppées dans des capes noires.

— Non !

Je ne sais trop pourquoi, mais cette idée me semblait répugnante. Puis l'image s'est transformée, et je l'ai vu avec une fille — cette fille que j'avais déjà vue — qu'il regardait avec tant de tendresse que mon cœur s'est tordu de douleur…

— Non, répétai-je plus calmement. C'est notre petit secret, à tous les deux. Que cela reste ainsi.

— À tous les deux ?

Ses yeux sont devenus brillants, et il m'a pris la main.

— Agnes, toi et moi pourrions faire tant de choses, ensemble, si seulement tu acceptais de vraiment m'aider.

— Mais je t'aide, protestai-je. Tu sais que je suis à prête à tout pour toi.

— Alors, dis-moi ce que tu sais, Agnes. Enseigne-moi tes secrets.

— Je n'ai pas de secrets, il n'y a rien que je te cache. Tout ce que je sais vient du livre.

— Ce n'est pas vrai, et tu le sais. Tu fais bien plus que ce qui est décrit dans le livre. Comment le fais-tu ? Dis-le-moi !

— Je ne le sais pas, vraiment. J'effectue les rites comme ils sont prescrits, puis je me concentre sur ce que je pense, je ressens, je désire. Et ensuite...

— Ensuite, quoi ? demanda-t-il avec impatience.

J'ai secoué la tête. Comment décrire les images éblouissantes dans ma tête, le picotement dans mes mains, la puissance qui monte dans mon corps pendant que j'effectue les rites mystiques ?

— Je ne peux l'expliquer. Mais est-ce important de savoir comment cela se passe, si ça crée de bonnes choses ? Tu as vu comment Martha est heureuse, maintenant ? Et il y a tant d'autres gens que je peux aider.

Il a rejeté ma main.

— Tu as la puissance du Feu, Agnes, et tu ne veux pas la partager avec moi. J'ai vu ce que tu pouvais faire, et tu pourrais m'apprendre tes secrets. Si tu le souhaitais.

J'ai secoué la tête instinctivement, essayant de trouver comment j'avais fait, la première fois qu'il avait invoqué les esprits, pour leur demander de répondre. Peut-être avait-il raison, peut-être pouvais-je l'aider à aller plus loin. Mais quelque chose dans sa désespérance me retenait.

— Je ne peux l'expliquer, dis-je lentement. C'est quelque chose qui m'a été donné à moi, à moi seule.

Avais-je tort de dire cela ? Avais-je tort de le priver ainsi ? Comment pouvais-je le lui refuser, alors que son bonheur m'importait plus que mon propre bonheur ? Je comprenais à peine moi-même, et pourtant, je savais que c'était le bon choix.

À cet instant, le silence, qui n'avait jamais existé entre nous deux, était apparu. De temps en temps, je le voyais me dévisager, sans rien voir, comme s'il était trop perdu dans ses pensées. Je ne peux décrire combien cela me chagrine. Je ferais tout pour lui... tout sauf cela.

Je crains que nous ne puissions plus vraiment nous faire confiance l'un l'autre.

Vingt

— Je croyais que tu m'avais dit que tu me faisais confiance, railla Sebastian.

— Je te fais confiance, répondis-je en riant. Mais j'ai un doute en ce qui concerne le bateau.

Sebastian avait déniché je ne sais où une vieille chaloupe qui flottait paresseusement près de la rive du lac, et il était aussi emballé qu'un enfant à l'idée de monter à bord. Je priais pour que personne ne nous voie, mais c'était bon de le voir s'amuser ainsi, comme s'il avait mis ses soucis de côté pour un certain temps.

Malgré mon rire, je ne me sentais pas très bien. C'était la veille de notre visite au manoir Fairfax, la nuit était claire, sans vent, et terriblement froide. J'avais enfilé un gros pull par-dessus mes vêtements de nuit, mais je frissonnais encore, comme si j'étais sur le point de tomber malade. Je n'avais pas oublié mon envie de nager mais, aujourd'hui, le lac n'était pas invitant avec son eau noire, calme et maussade. Ce n'était pas une innocente piscine, me rappelai-je. Laura était morte ici, à cet endroit précis.

J'en avais plus qu'assez des ombres et des secrets.

J'espérais que Sebastian et moi puissions nous voir comme le font les autres, dans un café, au cinéma, dans des fêtes. Des trucs normaux. J'en avais assez de me cacher dans le noir.

— Si le bateau prend l'eau, nous aurons droit à une baignade dans le lac, c'est tout.

Sebastian dénoua les cordes, puis me regarda :

— Evie, ça va ? Tu n'as pas peur, n'est-ce pas ?

— Je n'ai peur de rien, dis-je en embarquant sur la chaloupe et en essayant de me défaire de mon étrange humeur.

Le bateau berçait légèrement et une vague odeur de moisissure se dégageait de son bois humide.

— Où l'as-tu trouvé ?

— Oh ! il y a toutes sortes de choses qui ont été abandonnées, à Wyldcliffe, et dont les gens ne savent pas reconnaître la valeur. Ce beau bateau était en train de pourrir dans un vieux hangar, recouvert de buissons de laurier.

— De pourrir ! m'exclamai-je.

L'idée de notre expédition me plaisait de moins en moins.

— Il est encore bon pour une dernière sortie.

Il me sourit d'un air persuasif.

— Ne t'en fais pas. Détends-toi et profite de la ballade. Tiens, Evie, emmitoufle-toi dans mon manteau.

Sebastian semblait si heureux lorsqu'il m'offrit son gros manteau que je ne pus résister. Il se mit à ramer avec habileté. Ses joues étaient empourprées, et les ombres noires qui soulignaient ses yeux semblaient avoir disparu. Mon ventre se noua à regarder ses muscles se tendre sous sa chemise de lin blanc. J'eus envie de tendre le bras et de le toucher.

Mais je ne savais pas si cela lui aurait plu. *Ma chère Evie, ma douce Evie, ma merveilleuse Evie…* Depuis notre périple jusqu'au vieux fort, Sebastian avait été doux, attentif et affectueux, mais il ne m'avait plus touchée ni entourée de son bras. Et il ne m'avait jamais embrassée, pas même un chaste baiser sur la joue.

Pourquoi? Je me posais sans cesse la question. Il ne me trouvait pas attirante? Et que s'était-il donc passé avec l'autre fille? Pendant que nous avancions sur le lac profond, une horrible pensée me traversa l'esprit.

La fille que Sebastian avait déjà connue était peut-être cette pauvre Laura.

Laura. Évidemment. Cela expliquerait pourquoi il errait dans le coin la première nuit où j'étais descendue vers le lac. Il devait être en train de veiller sur l'endroit où elle était morte. C'était Laura qui avait attiré Sebastian vers le lac, et pas moi. Tout devenait clair. Je dormais dans le lit de Laura, j'avais pris sa place à l'école et, maintenant, j'étais avec le garçon qu'elle avait laissé derrière elle. *J'espère qu'elle va venir te hanter, à chacune de tes respirations.*

C'est donc pour cela qu'il était si déterminé à ce que je ne sois qu'une amie. Car, enfin, comment pouvais-je rivaliser avec le souvenir idéalisé de la victime d'une tragédie? Mais quand il m'avait dit qu'il avait fait du mal à la fille qu'il avait connue, que voulait-il dire, au juste? Comment cela collait-il avec l'histoire de Laura? Peut-être s'étaient-ils disputés avant qu'elle meure; peut-être qu'il se sentait responsable de ce qui lui était arrivé.

— Tu es très silencieuse, fit Sebastian en laissant les avirons pendre sur le bord du bateau. Veux-tu rentrer ?

— Non, ça va, mentis-je. Je pensais, c'est tout.

— À quoi ? Dis-le-moi.

Je saisis la première idée qui me traversa l'esprit.

— Je m'ennuie de ma maison. Le lac, les jardins et les collines, tout cela me semble... je ne sais pas... trop tranquille. Étouffant, je dirais. J'aimerais que nous puissions marcher sur le bord de la mer quand les vagues se déchaînent et que le vent souffle de toutes ses forces. C'est difficile à expliquer, mais je me sens différente, là-bas... Libre.

— J'aimerais ça, dit-il en souriant. J'adorerais marcher sur la plage avec toi.

— Nous pourrions marcher, faire de la voile, nager...

Ma voix se cassa. Mon esprit était en feu, et mon corps brûlait de désirs anxieux et secrets. Je tentai de me ressaisir, de redevenir Evie, la raisonnable.

— Au moins, j'aurai une journée de liberté demain. Nous partons toute la classe en promenade dans les landes.

— Les prisonnières de madame Hartle seront relâchées ? Et où laissera-t-elle ses pauvres captives errer ?

— Nous allons visiter une vieille maison, le manoir Fairfax. Tu le connais ?

Sebastian commença à rebrousser chemin, ramant vers les lauriers qui surplombaient le lac.

— Bien sûr, répondit-il avec un peu trop de nonchalance. Tout le monde ici connaît l'endroit. Ma pauvre Evie, si c'est ça, l'événement excitant de demain, tu risques d'être déçue. C'est une vieille maison sans intérêt, remplie de souvenirs laissés là par toutes sortes de gens.

Il noua la corde à une branche épaisse et sauta hors du bateau, éclaboussant ses bottes de boue sur la rive. Puis il se retourna, me souleva et me déposa sur l'herbe. Pendant un bref instant, nous fûmes cramponnés l'un à l'autre comme des amants.

— Evie, fit-il fiévreusement. Jure-moi quelque chose.

— Mais oui, bien sûr. Quoi ?

— Si tu entends quelque chose… au village… quoi que ce soit à mon sujet, tu auras toujours confiance en moi, n'est-ce pas ? Tu continueras à venir me voir ? Tu le jures ?

Il me serra encore plus fort. Mon cœur battait à tout rompre contre son corps.

— Je le jure. Je te le jure.

Sebastian recula, pâle et tendu.

— Je dois partir, maintenant.

— Pourquoi ? Reste encore un peu.

— Non, il le faut. Je suis désolé, Evie.

Il se mit à marcher à grands pas sur la pelouse sombre.

— Sebastian, attends ! Quand vais-je te revoir ?

— La nuit prochaine. Et n'oublie pas… tu as promis.

Je me sentis soudain transie. Pourquoi quelqu'un voudrait-il me monter contre Sebastian ? Peut-être avait-il vraiment fait du mal à Laura. Peut-être que tous ses amis au village étaient au courant, et qu'il avait peur que je l'apprenne. Peut-être étais-je une parfaite idiote de continuer à le fréquenter. Inquiète, je partis avec hâte vers le dortoir.

Quand j'arrivai près de l'écurie, quelque chose me parut différent. Je m'arrêtai. La porte verte qui menait à l'aile des domestiques était grande ouverte. C'était étrange, pensai-je. J'étais certaine de l'avoir bien refermée.

Tout était silencieux, si on excluait le bruissement occasionnel de la queue d'un cheval. Je traversai les pavés à pas de loup et me glissai par la porte. Puis elle se referma brusquement derrière moi, et j'entendis une clé faire grincer le verrou. Je me retournai et tirai la poignée, mais la porte ne bougeait pas. Quelqu'un m'avait enfermée.

La panique monta en moi comme un rideau de flammes.

— Qui est là ? Ouvrez la porte !

Mais il n'y eut pas de réponse, seulement un bruit de pas feutré à l'extérieur. Je cherchai à tâtons sur le sol la lampe de poche d'Helen. Elle n'était plus là. Évidemment, qu'elle n'y était plus, et je savais qui l'avait prise : Celeste. Elle devait avoir monté ce coup ; cela lui ressemblait tellement…

« Réfléchis, Evie, réfléchis. »

Il me fallait retourner au dortoir avant que Celeste ne parvienne à trouver une des maîtresses. Une très faible lueur passait par une lucarne au-dessus de la porte menant à l'ancien couloir. Cela devrait suffire.

Il était facile de me dire de rester calme, mais plus j'avançais et il plus il faisait noir. Bien vite, je me retrouvai à avancer à tâtons dans une noirceur épaisse, avec le contact des murs pour seul guide. J'entendais des grattements, des trottinements et des chuchotements dans le noir. J'entendis le bruissement d'une jupe et un claquement de bottes au moment où je passais près de l'ancienne cuisine. *N'entends-tu pas leurs voix ?* Je redoutais de sentir contre moi le contact d'une main morte depuis longtemps.

« Ne sois pas idiote, me disais-je. Ce n'est que ton imagination ; les ténèbres ne peuvent pas te faire de mal… c'est impossible. »

Je trouvai le passage étroit menant à l'escalier des domestiques, que je montai dans la noirceur la plus totale. Je montai en haletant, comptant les marches, et certaine que les pas légers d'une autre fille me suivaient. Frou-frou-frou. Le bruit de sa jupe s'approchait de moi.

Je pus enfin voir une fente laissant passer de la lumière devant moi ; c'était le contour de la porte menant aux dortoirs. Je me jetai sur la poignée juste à temps pour entendre le verrou qu'on poussait. Celeste devait avoir pris l'escalier principal en courant sans être vue et être arrivée en haut avant moi.

Tous mes efforts n'avaient servi à rien. J'étais enfermée dans l'aile des domestiques, prisonnière, exactement comme elle l'avait planifié. Je me laissai aller sur le sol, le dos contre la porte, essayant de respirer. Personne ne m'avait suivie, me répétais-je désespérément. J'étais seule. Tout ce qu'il me restait à faire, c'était attendre le matin, quand Helen allait ouvrir la porte et me trouver ici.

« Respire… tu n'as qu'à respirer. »

Je me rappelai les paroles d'une vieille chanson que me chantait Frankie quand j'étais petite.

La nuit est noire, mais le jour vient,
Dors mon bébé, et ne crains rien…

« La nuit est noire », me répétai-je encore et encore, « la nuit est noire », jusqu'à ce que je sois sur le point de crier.

Puis la porte derrière moi bougea, et quelqu'un l'ouvrit. Je tombai dans le couloir, m'attendant à voir Celeste. Mais ce n'était pas Celeste qui avait ouvert la porte.

C'était mademoiselle Scratton. Et juste à côté d'elle se trouvait Helen.

Vingt et un

Je m'étais complètement trompée au sujet de Celeste. Elle n'avait rien à voir avec ce qui m'était arrivé dans l'escalier. C'était Helen qui m'avait trahie auprès de mademoiselle Scratton.

Après que nous nous fûmes finalement couchées, je lui chuchotai avec colère :

— Pourquoi as-tu fait ça ?

Elle murmura qu'un jour, j'allais comprendre. J'étais furieuse et, pour une fois, j'étais d'accord avec Celeste : Helen Black était complètement folle. Et maintenant, grâce à elle, j'étais en disgrâce.

— Je ne peux exprimer à quel point je suis déçue de vous, Evie, me déclara mademoiselle Scratton le lendemain.

Toute la classe attendait devant l'imposante porte de l'abbaye. Nos manteaux et nos chapeaux nous protégeaient du vent de novembre. Mademoiselle Dalrymple était là, elle aussi, affublée de bottes de marche et tenant une carte.

— C'était une idée vraiment idiote de vous promener dans ce vieil escalier au milieu de la nuit. Vous auriez pu tomber et vous casser une cheville. La directrice ne sera pas contente quand elle entendra cette histoire.

Celeste lança un regard triomphant à India et à Sophie.

— C'est le deuxième démérite que vous recevez durant votre court séjour à Wyldcliffe. Que ce soit le dernier !

Je pris le carton rouge que mademoiselle Scratton me tendait et le fourrai dans ma poche.

— Les autres filles n'auront pas le droit de vous parler, aujourd'hui, et vous marcherez à côté de moi. Vous devriez vous considérer chanceuse de pouvoir faire la sortie.

Je restai en retrait des autres. Sarah haussa les épaules avec empathie, mais n'osa pas me parler.

— Et maintenant, les filles, fit mademoiselle Scratton, nous avons une longue marche devant nous et nous ne voulons pas être en retard. Mademoiselle Dalrymple, si vous voulez bien prendre les devants.

Tout le groupe se mit à avancer dans l'allée

— Attendez ! s'exclama Sarah. Où est Helen ?

— Helen ne se sent pas bien. Elle ne viendra pas avec nous.

Je levai les yeux. L'infirmerie était au deuxième étage, en surplomb de l'allée.

J'eus l'impression d'avoir aperçu les traits délicats d'Helen par la fenêtre, mais je fus distraite par la présence de mademoiselle Scratton, l'air plus sévère que jamais, à mes côtés.

— Écoutez-moi, Evie. C'est très important. Il ne faut pas que vous receviez un autre démérite. Est-ce que c'est bien clair ?

Puis elle se raidit et regarda par-dessus son épaule. La directrice, madame Hartle, était debout sur la première marche, devant la porte, et nous regardait en silence. J'avais l'impression qu'on venait de me verser de l'eau glacée dans le cou.

— Vous vous êtes comportée de façon honteuse, Evie Johnson, déclara mademoiselle Scratton d'une voix forte. Maintenant, marchez avec moi.

Nous suivîmes les autres jusqu'au portail de l'école. Au lieu de tourner en direction du village et de la triste église, comme nous le faisions tous les dimanches, nous empruntâmes le sentier qui menait vers les landes. Mademoiselle Dalrymple, qui marchait devant, attira notre attention sur le site du vieux fort où je m'étais rendue à cheval avec Sebastian. Je ne l'écoutais pas. J'essayais de déchiffrer ce que mademoiselle Scratton venait tout juste de me dire. Venait-elle simplement de me réprimander, ou y avait-il un autre avertissement derrière ses paroles?

Je levai les yeux vers son visage banal et j'eus soudain le sentiment qu'il y avait de la tension entre Madame Hartle et elle. Peut-être que mademoiselle Scratton convoitait le poste de directrice? Cela ne me regardait pas, toutefois. Tout ce qui m'importait, c'était que mademoiselle Scratton ait accepté mon explication confuse de la nuit précédente selon laquelle je m'étais sentie mal et j'avais eu besoin de respirer de l'air frais. J'avais raconté avoir emprunté l'escalier de derrière pour ne pas déranger personne et m'y être enfermée par accident.

Pendant que nous amorcions notre ascension sur un terrain accidenté, je me demandai si Helen savait pourquoi j'étais sortie la nuit passée. Et si elle était au courant de mes rencontres avec Sebastian, allait-elle en parler à madame Hartle ? Cela pouvait me causer de gros ennuis. Je pouvais imaginer sa voix glacée, son air calme et triomphant. *Je n'étais pas d'accord pour qu'on vous accepte à l'école.*

Papa serait très ennuyé si on me renvoyait de l'école. Je ne pouvais le décevoir ainsi. Au fond de moi, j'avais un peu honte. Après tout, j'étais venue à Wyldcliffe pour aider mon père, pas pour lui apporter de nouveaux problèmes. J'étais à l'école pour apprendre et non pour courir après un garçon aux yeux bleus. Il fallait que quelque chose change. Je ne pouvais supporter l'idée de ne plus voir Sebastian, mais il devait bien y avoir une autre façon de nous rencontrer, sans enfreindre de règles.

Le chemin commença à redescendre de l'autre côté de la colline, serpentant vers une petite vallée boisée. Mademoiselle Dalrymple récitait toutes sortes d'informations sur les affleurements de calcaire et les anciennes mines qui avaient laissé un dédale de tunnels et de puits sous les collines. Les filles se rassemblaient autour d'elle, lui posant des questions et admirant la vue. Mademoiselle Dalrymple se retourna et sourit d'un air plutôt désagréable, ses joues roses et rebondies exposées au vent.

— Mademoiselle Scratton, ne pensez-vous pas que cette chère Evie pourrait rejoindre les autres filles ? Ne serait-il pas dommage qu'elle ne puisse profiter de cette aventure ?

— Evie a eu bien assez d'aventures la nuit passée, fit Mademoiselle Scratton d'un ton glacial. Elle restera sous ma supervision.

Aussi étrange que cela puisse paraître, j'étais contente de sa réponse. Mademoiselle Dalrymple parut irritée pendant une fraction de seconde, puis elle entraîna la classe à sa suite, continuant à leur parler avec enthousiasme de tout ce qui nous entourait. Mais mademoiselle Scratton et moi marchions derrière en silence.

Vingt-deux

Le manoir Fairfax ne ressemblait pas à ce à quoi je m'attendais. Je m'étais habituée aux immeubles de pierre grise de l'abbaye, mais le manoir, derrière son épais rideau de lauriers, était une demeure de luxe construite en pierre pâle, avec une élégante façade ornée de piliers. Il semblait déplacé au milieu des landes accidentées. Mais ce n'était pas là ce qui me surprit le plus. Pendant que nous nous rassemblions dans l'allée, nous vîmes deux voitures de police devant la porte du manoir. La directrice du musée sortit en trombe pour nous accueillir.

— Je suis tellement désolée, fit-elle avec empressement. J'ai voulu vous joindre, mademoiselle Scratton, mais à l'école, on m'a dit que vous étiez déjà partie et qu'il était impossible de vous mettre au courant.

— De me mettre au courant de quoi?

— Il y a eu un horrible cambriolage. Je n'arrive pas encore à y croire. Tout le manoir a été mis à sac.

La pauvre femme semblait sur le bord des larmes et n'arrêtait pas de remonter ses lunettes.

— Doux Jésus ! A-t-on volé des choses ? demanda mademoiselle Dalrymple.

— C'est ça qui est étrange. Tout a été mis sens dessus dessous, mais nous croyons qu'un seul objet ait été volé.

— Et qu'est-ce que c'est ? demanda mademoiselle Scratton d'un ton brusque. Si vous me permettez de poser la question.

— Oui, oui, bien sûr. De toute façon, j'imagine qu'on pourra tout savoir par le journal local. Il s'agit d'un portrait, qui n'était pas d'une grande valeur, mais qui représentait un grand intérêt. C'était celui d'un membre de la famille Fairfax, un personnage fascinant. Oh ! bon Dieu… Il vaudrait mieux que je retourne parler aux agents… et vous qui avez fait tout ce chemin pour rien. Je crois qu'on ne peut laisser entrer personne tant que les policiers n'ont pas fini de tout examiner.

Quelques filles poussèrent des plaintes quand elles entendirent la nouvelle.

— Nous n'allons pas retourner tout de suite à l'école, n'est-ce pas, mademoiselle Scratton ? demanda Sophie.

— Non. C'est trop loin, nous n'allons pas repartir sans nous reposer d'abord. Et l'autobus qui doit nous prendre ne sera pas ici avant quelques heures. Il nous faudra simplement l'attendre ici.

La dame du manoir semblait désespérée à l'idée que nous allions rater l'occasion de visiter son cher musée.

— Oh là là, mais bien sûr. Je vais vérifier avec les agents, mais peut-être que vous pourriez au moins vous promener dans les jardins. Même à cette époque de l'année, on y trouve toutes sortes de spécimens intéressants. C'est Sir Edward Fairfax qui a aménagé les jardins, au XIXe siècle, et on les considère comme un bel exemple… Oh là là, attendez-moi un instant.

Elle se précipita dans le manoir, puis revint quelques minutes plus tard.

— Le sergent a dit que vos filles peuvent se promener dans les jardins du bas, près du lac.

Le lac. Je levai les yeux avec intérêt.

— C'est parfait. Vous pourrez y faire des croquis, les filles. Nous donnerons un prix à celle qui aura dessiné le plus beau, dit mademoiselle Scratton.

Les filles se regroupèrent derrière les maîtresses, emballées à la pensée d'un concours. Nous allâmes vers les jardins derrière la maison, avec leurs sentiers, leurs motifs et leurs parterres majestueux. Mais le lac s'avéra décevant. C'était un lac artificiel et stérile, rien de plus qu'un étang avec une luxueuse fontaine au beau milieu.

Je m'assis sur un banc de pierre où j'essayai tant bien que mal de dessiner la fontaine. Sebastian avait raison : notre visite au manoir Fairfax était vraiment décevante. Je me demandai quand il était venu ici… Il semblait tout savoir de ce lieu. J'imaginais ses parents le traîner au musée quand il était petit. Non, ce ne devait pas être ça puisque mademoiselle Scratton nous avait dit que le manoir n'avait été ouvert que récemment. Peut-être s'y était-il glissé la nuit, comme il l'avait fait à Wyldcliffe. Ce serait plus son style. Je me souris à moi-même et j'eus soudain une forte envie d'être avec lui.

Sans en être tout à fait consciente, j'avais dessiné sur mon croquis une silhouette avec un long manteau noir à côté du lac. Je regardai autour de moi, espérant presque voir Sebastian appuyé contre un des arbres, un sourire moqueur aux lèvres.

Évidemment, il n'y était pas. À l'extrémité du terrain, des buissons sombres avaient été taillés en formes hautes. Derrière eux, le jardin prenait fin et les landes commençaient. Soudain, je remarquai quelque chose. Sur la pente qui s'élevait au bout du jardin, assez haut, derrière un épais fourré de buissons épineux, il y avait un gros bloc de pierre noire. Une fille était appuyée contre la pierre, ses cheveux pâles volant au vent.

— Helen! criai-je, puis je me levai d'un bond, laissant tomber mon carnet à croquis. Helen! Attends!

De grosses gouttes de pluie commencèrent à tomber. Les filles qui se trouvaient près du lac attrapèrent leurs choses et coururent, moitié ronchonnant, moitié riant, en direction du manoir. Mais moi, je courais dans la direction opposée, essayant de mieux voir la fille. Soudain, mademoiselle Dalrymple apparut devant moi, me barrant le passage. Je lançai un cri de surprise.

— Qu'est-ce qui ne va pas? demanda-t-elle doucement. Vous courez dans la mauvaise direction… vous allez vous faire tremper.

— Mais… mais je viens de voir Helen, là-bas, sur la colline!

Elle eut un petit rire tintant.

— Il n'y a personne, là-bas. Vous imaginez des choses, ma petite.

C'était vrai. Il n'y avait rien à voir. Aucune fille en vue, il n'y avait que les buissons épineux et la pierre noire, et la pluie qui tombait comme des larmes.

— Evie!

Je me retournai et vis mademoiselle Stratton, debout, grande et mince dans son imperméable noir flottant au vent.

— Courez au manoir pour vous mettre à l'abri! Nous devrons rester là jusqu'à ce que l'autobus vienne nous chercher, que cela plaise ou non à la police. Vite!

Elle me fit signe d'aller vers la maison, mais je me demandais si elle voulait m'éloigner de la pluie ou de mademoiselle Dalrymple.

Quand nous rentrâmes finalement à l'école, on nous demanda d'aller revêtir des vêtements secs. Je me précipitai vers le dortoir pour me chercher une chemise propre, puis me dirigeai vers l'infirmerie. Je frappai à la porte.

— Entrez.

L'infirmière leva les yeux de son bureau.

— Oui, qu'y a-t-il?

— Euh… je suis venue prendre des nouvelles d'Helen. Est-ce qu'elle va bien?

— Elle n'a vraiment pas été en forme aujourd'hui. Je pense qu'elle a attrapé une vilaine grippe.

— Alors, elle n'est pas sortie de la journée?

Je tentai de voir par-dessus son épaule pour apercevoir sa patiente.

— Elle n'a même pas pu sortir prendre un peu d'air frais?

— Je ne crois pas, avec la fièvre qu'elle a. Et elle est bien emmitouflée dans le lit, maintenant.

— Eh bien… euh… dites-lui que je suis venue la voir, fis-je sans conviction avant de repartir.

La fille que j'avais vue devait être quelqu'un du village. En fait, me suis-je dit, j'étais tellement épuisée que je n'avais plus toute ma tête. J'enviais presque le lit d'Helen et la tranquillité de l'infirmerie. Je rêvais de dormir, et de dormir encore et encore.

Mais pas tout de suite. J'avais promis à Sebastian de le rencontrer cette nuit, et jamais je ne pourrais manquer à ma parole.

J'élaborai mon plan comme une voleuse. Helen allait rester à l'infirmerie, alors je savais qu'elle ne pourrait s'en mêler. Après le dîner, quand il commença à faire noir, j'entrai discrètement dans la remise du jardinier et y «empruntai» une lampe de poche afin de ne plus avoir à affronter les ténèbres de l'escalier. Oh! j'avais tout bien planifié. Je m'étais promis une dernière heure de bonheur secret en compagnie de Sebastian; ensuite, je redeviendrais raisonnable et recommencerais à dormir.

Vingt-trois

— Mais pourquoi pas, Sebastian? demandai-je.

Je regardais le lac en faisant la tête. Rien ne se passait comme je l'avais imaginé.

— Je te l'ai dit, fit-il en soupirant. Je ne peux te voir le jour. C'est le seul moyen de nous rencontrer.

— Je pourrais te voir le dimanche après-midi. Certaines filles ont la permission de sortir pour faire de l'équitation ou se promener à ce moment-là.

— Tu vas dire à la directrice que tu souhaites aller dans le bois pour y rencontrer un garçon du village? Tu penses vraiment qu'elle va te le permettre?

— En fait, non… Mais si on lui disait que tu es un ami de la famille?

J'avais besoin de lui dire ce qui me trottait dans la tête depuis un certain temps.

— Tu sais, si tes parents m'invitaient chez toi pour prendre le thé ou quelque chose du genre, madame Hartle ne pourrait s'y opposer. Jessica Armstrong a des cousins qui habitent à quelques kilomètres d'ici et elle leur rend parfois visite.

— Je ne peux demander à mes parents de te rencontrer. Je suis vraiment désolé.

— Et pourquoi ? Tu as honte de moi ?

— Non, ce n'est pas ça !

— C'est parce que je ne suis pas vraiment à ma place, à Wyldcliffe ? Tu préférerais inviter Celeste ou India, ou une autre fille comme ça pour la présenter à tes parents ? C'est ça ?

— Je ne sais vraiment pas de quoi tu parles, répondit-il déconcerté par ma fureur. Je t'en prie, Evie, ce n'est juste pas possible. Ne mêle pas mes parents à tout ça. Ils… ils ne comprendraient pas ; ils sont trop vieux jeu ; ils ne peuvent… Evie, s'il te plaît, ne me regarde pas comme ça.

— Est-ce que tes parents ont rencontré l'autre fille ?

La jalousie qui me tenaillait envers cette fille de son passé — que ce soit Laura ou une autre — s'embrasa comme si elle avait été chauffée à blanc.

— L'as-tu invitée, elle, à ta maison ?

— Je ne vais pas te mentir. Oui, ils l'ont rencontrée.

— Ce n'est pas juste.

J'étais horrifiée par le ton pleurnichard de ma voix et tentai de me ressaisir.

— C'est juste que je suis tellement fatiguée, ajoutai-je en regardant l'eau sombre et ondoyante.

— Tu veux dire que tu es fatiguée de moi ?

— Tu le sais très bien que ce n'est pas ce que je veux dire. Mais je me suis déjà attiré tellement d'ennuis, et si j'obtiens un autre de ces foutus démérites, je ne sais pas ce qui va m'arriver. Peu importe ce que toi, tu penses de tes parents, moi, je ne veux pas causer de soucis à mon père en me faisant renvoyer de Wyldcliffe. Et si je me fais jeter à la porte, alors là, c'est sûr que je ne te verrai plus jamais.

— Mais tu avais dit que tu voulais que nous continuions de nous voir, que les risques ne te faisaient pas peur.

— Je ne vois juste pas pourquoi nous devons nous cacher comme ça toutes les nuits. Ça commence à devenir ridicule. Je me mets dans une situation très délicate à l'école, et je suis épuisée, et je ne sais même pas…

Je levai les yeux vers son visage bouleversé. J'aurais voulu dire : « … et je ne sais même pas quels sont tes sentiments envers moi. »

Mais les mots ne vinrent pas. J'avais peur d'avoir une réponse que je ne voulais pas entendre. Je savais dans mon cœur qu'il y avait une barrière entre nous deux, quelque chose qui retenait Sebastian. Oui, j'étais sa très chère Evie, mais je voulais plus. Je ne pouvais continuer comme cela, sans savoir, ne pouvant qu'espérer, attendant un signe qui ne venait jamais. Je donnai un coup de pied dans une vieille racine de laurier qui dépassait près de la rive et grognai :

— Je ne connais même pas ton nom complet.

— Sebastian James, fit-il en esquissant une révérence, l'air moqueur. Ravi de faire votre connaissance. Voilà, vous êtes satisfaite, maintenant ?

— Et où vis-tu ?

— Je te l'ai déjà dit, Evie, là-haut, dans les landes.

— Mais où exactement ? Quelle est ton adresse ? Quel est ton numéro de téléphone ?

— Qu'est-ce qui se passe avec toi, cette nuit ? On dirait que… que tu fais une enquête policière.

— Peut-être que c'est ce que je devrais faire pour obtenir certaines réponses de ta part, dis-je avec irritation.

— Je te donnerai des réponses quand je le pourrai, fit Sebastian tout aussi irrité. Mais pas maintenant.

Je levai les yeux vers l'horizon sombre. Il était difficile de voir où finissaient les landes et où commençait le ciel. Des larmes m'embrouillèrent la vue.

— Ne nous disputons pas, suppliai-je. Tout ce que je veux, c'est trouver une autre façon de te voir. Quelque chose de normal. Tu ne sembles pas te rendre compte combien c'est difficile pour moi.

«C'est difficile parce que je suis folle de toi... Parce que je ne sais pas si tu rêves encore à la fille que tu as perdue... Parce que je n'ai aucune idée où tout cela va nous mener.»

— Difficile? Tu veux savoir ce qui est difficile? Penses-tu que c'est facile pour moi d'être seul toute la journée, à me demander ce que tu fais, à souhaiter te voir pour quelques moments fugaces? Je dois te voir, Evie. J'ai... J'ai besoin de toi.

— Alors, invite-moi chez toi. Présente-moi ta famille, tes amis. Traite-moi comme quelqu'un qui compte pour toi, et non comme une sorte de lubie nocturne.

La demande que je venais de faire sembla résonner dans la nuit. Sebastian finit par parler.

— Je ne peux pas.

— Alors, je ne pourrai plus te voir, répondis-je amèrement.

Je me détournai de lui, mais il m'attrapa le bras.

— Ne pars pas comme ça. Si je le pouvais, je ferais ce que tu me demandes. Je t'en prie, fais-moi confiance.

— Comment te faire confiance après ça? Laisse-moi!

Il recula, le visage rempli d'une grande tristesse.

— Je vais t'attendre, Evie.

— Ce ne sera pas nécessaire, criai-je. Je ne veux plus jamais te voir !

Je revins vers l'école en titubant et en sanglotant.

Vingt-quatre

J'ai tellement pleuré que mon cœur est rendu sec et que je n'ai plus de larmes. Le bonheur que j'avais avec S. est terminé. Je tremble en écrivant ces mots.

Une pluie torrentielle nous a empêchés de chevaucher dans les landes pendant plusieurs jours. J'étais un peu inquiète de ne pas avoir eu de ses nouvelles tout ce temps, mais il y a deux jours, il m'a fait parvenir un mot où il me demandait de venir le retrouver dans la grotte. « Viens vers minuit, quand tout le monde dormira. Ainsi, nous ne risquerons pas d'être entendus. » L'idée ne me plaisait pas, mais je ne voulais pas le décevoir. Pour cela, au moins, je pouvais faire comme il me demandait.

Quand j'ai cru que tout le monde était couché, j'ai enfilé mes vêtements et je me suis glissée hors de ma chambre vers l'escalier des domestiques. Cela me semblait un bon moyen de garder secrète mon expédition si papa n'avait pas encore été couché.

Une seule bougie m'a suffi pour éclairer les marches étroites. J'avais honte à l'idée de n'avoir jamais mis les pieds ici. C'était vide et froid. J'ai pensé aux bonnes, Nellie et Mary, qui montaient et descendaient cet escalier 50 fois par jour pour nous servir, et je me suis demandé si les gens qui viendraient après nous allaient réfléchir à notre époque et s'étonner de notre façon de vivre : des riches et des pauvres vivant côte à côte et, pourtant, chacun ne connaissant presque rien du monde de l'autre. Quand je serai grande, j'aimerais avoir ma petite maison à moi, où je pourrai tout faire moi-même, sans domestiques, si ce n'est de cette pauvre Martha, que j'accueillerai comme une amie fidèle.

J'ai atteint le rez-de-chaussée, je suis passée près de la cuisine, puis j'ai traversé l'écurie, et je suis sortie. Ensuite, j'ai couru aussi rapidement que possible jusqu'au lac. Les ruines mystérieuses semblaient me lancer un regard sombre dans la nuit ! Je n'avais jamais eu peur d'elles avant mais, maintenant, elles semblaient se dresser comme une couronne cassée, gardant l'entrée d'un horrible donjon. Le cœur battant à tout rompre, je suis passée près d'elles à toute vitesse et je me suis dirigée vers le massif d'arbustes. J'ai entendu S. appeler mon nom doucement, et je suis entrée dans la grotte.

Une lampe brûlait au pied de la statue de Pan, et le petit dieu semblait danser dans la lumière vacillante. S. était assis, affalé contre la paroi. Son visage était à moitié caché par la noirceur, mais j'ai reconnu, le cœur serré, qu'il était d'humeur acerbe et obstinée. J'ai été frappée par son air terriblement malade et j'ai su à cet instant précis que je l'aimais, que je l'avais toujours aimé. Je voulais le tenir contre moi, le réconforter, le prendre dans mes bras. Mais je ne savais pas comment.

— Qu'est-ce qui ne va pas ? lui demandai-je. Es-tu malade ?

— Non, ce n'est rien, répondit-il en toussant avec impatience et en se relevant d'un bon. Commençons les rites.

J'ai commencé à faire le Cercle sacré, mais il m'a arrêtée, attrapant mon bras d'un geste brusque.

— Qu'est-ce qu'il y a ?

— Je ne suis pas d'humeur pour ça.

— Est-ce que tu veux que je rentre, alors ?

Il n'a pas répondu. Ses yeux étaient éteints et rouges. Le gargouillement de la source a résonné dans le noir. Il a continué à se taire et à me tenir fermement par le bras.

— Peut-être que je devrais rentrer à la maison ? Si maman se rend compte que je ne suis plus dans mon lit, ça va faire toute une histoire.

— Maman ! Maman ! dit-il d'un air sauvage et renfrogné. Tu parles encore comme une petite fille, Agnes. Comprends-tu ce que nous avons, ici ? Bientôt, plus personne ne pourra nous dire « Fais ceci, fais cela, va te coucher, mange ton repas. » Cette vie sera chose du passé ! Ce sera à nous de commander. Nous allons commander tout le monde !

— Et pourquoi voudrions-nous commander qui que ce soit à part nous-mêmes ?

— Cesse de parler comme une idiote. Est-ce que tu souhaites vraiment faire tout ce travail secret afin de pouvoir guérir le mal de dents de la cuisinière et d'autres bagatelles du genre ?

— Si c'est tout ce que je peux faire, c'est déjà mieux que rien, répondis-je avec entêtement. Pourquoi cela te fâche-t-il, que je veuille aider les gens ?

— Parce que moi, tu ne veux pas m'aider ! Je devrais être celui à qui tu offres tes talents, au lieu de les offrir à la foule collante de l'humanité. Ne suis-je pas plus cher à tes yeux que tous les autres ? Agnes, ne te soucies-tu donc pas de moi ?

Lentement, il m'a attirée vers lui jusqu'à ce que je puisse sentir son souffle tiède sur mes lèvres. Sa bouche s'est posée sur la mienne, et un feu a traversé mon corps au moment où il m'embrassait. J'avais tant rêvé de ce moment et je voulais m'accrocher à lui et ne plus jamais le laisser s'éloigner. Mais il m'a repoussée.

— Ça suffit ! À quoi me servent tes baisers, si tu ne veux pas me donner la seule chose que je désire réellement ?

— Quoi ? De quoi parles-tu ?

Il est resté longtemps silencieux. Les battements de nos cœurs semblaient résonner dans la petite salle.

— Je veux aller au-delà de ces... de ces trucs que nous avons appris. Le livre nous dit que la Voie mystique mène vers la guérison et le pouvoir.

Sa voix était étrange et empruntée, comme s'il avait répété ce qu'il allait dire.

— Agnes, tu es une guérisseuse. J'ai vu ce que tu savais faire et je sais que tu pourrais accomplir des merveilles encore bien plus grandes. Je veux que tu me guérisses.

— Que je te guérisse de quoi ? Tu es donc malade ? Dis-moi !

Il a évité mon regard et m'a parlé très doucement.

— Oui, Agnes, je suis malade. Je souffre d'un mal qui me tuera, si tu ne me guéris pas.

J'ai étouffé un sanglot. Je ne pouvais croire ce que j'entendais.

— Est-ce que... ça a été provoqué par ta fièvre ? demandai-je, faisant un gros effort pour parler.

— Oui, répondit-il d'un ton étrange. J'ai une fièvre qui brûle en moi. La fièvre de la vie.

— Je ne comprends pas.

— Nous sommes tous malades, Agnes. Qu'est-ce que la vie, si ce n'est une longue et lente condamnation à mort ? Les graines de la destruction sont en nous dès le moment de notre naissance.

Je veux que tu me guérisses de ma condition d'humain afin que je ne meure jamais.

— Mais…

— Tu dois le faire ! fit-il en saisissant mon bras. Toute cette étude m'épuise. C'est comme un fardeau pour mon esprit. Quel est le but de construire cette connaissance si durement acquise, si elle doit mourir avec nous ? Peut-être pas dans 10 ni même dans 20 ans, mais un jour, sûrement. Nous allons mourir, Agnes, quand notre heure sera venue. Alors, pourquoi ne pas utiliser ce merveilleux don qui nous a été offert pour transcender le temps ? Le pouvoir et la guérison, Agnes ! Penses-y !

Il m'a regardée avec enthousiasme, ses yeux bleus, assombris par l'obscurité de la grotte, étaient devenus gris acier.

— Pourquoi ne pas me guérir tout à fait afin que je puisse transcender la mort elle-même ? Pourquoi ne pas chercher dans la Voie mystique la clé de la vie éternelle ?

— Non, arrête. Tu me fais peur.

— Mais pourquoi ne pas le faire, Agnes ? Qu'est-ce qui nous empêche de rester ensemble pour l'éternité : immuables, intouchables, immortels ?

Je ne pouvais ni parler ni penser. Il a tenté de me serrer contre lui, mais je me suis libérée de son étreinte.

— Parce que c'est mal. C'est de la folie pure.

— C'est de la folie de ne pas le faire, et je ne te laisserai pas m'en empêcher.

Sa voix était dure, et il haletait légèrement, comme s'il était fiévreux.

J'ai tenté de le raisonner.

— Oublies-tu que la vie éternelle a déjà été promise à tout le genre humain ?

Son visage s'est durci.

— Et pour l'obtenir, je devrai d'abord vieillir, mourir et être puni pour mes péchés ? Qui peut être sûr que le paradis éternel l'attend et non la damnation éternelle ? De toute façon, c'est ici, dans ce monde, que je veux vivre. Je veux être jeune et fort pour toujours, et non passer dans un autre monde qui n'existe peut-être même pas.

Il est tombé à genoux devant moi.

— Je t'en prie, Agnes, aide-moi, supplia-t-il. Je ne peux continuer comme ça, avec ce tourment, sachant que tout ce que je désire est si près et à la fois si difficile à atteindre. Tu dois m'aider ! Je sais que tu as le pouvoir de le faire. Je sais que tu peux toucher le Feu sacré dans ton esprit, et je peux le toucher aussi, à travers toi, si seulement tu me le permettais. Une seule étincelle suffirait !

J'avais envie de l'aider de tout mon cœur, mais pas en écoutant ses divagations. Pour la première fois de ma vie, je voulais m'éloigner de lui. J'ai arraché ma jupe de ses mains et couru, glissant dans le noir, à peine consciente de ce que je faisais. De retour dans ma chambre, je tremblais. J'ai tourné la clé dans le verrou et j'ai poussé une chaise contre la porte. J'avais peur de lui. J'avais peur de moi.

Les limites de notre vie d'humain existent assurément pour notre propre sécurité, pour nous empêcher de tomber dans le vide du chaos, n'est-ce pas ? Qu'arriverait-il si S. essayait de passer par-dessus ces limites ? Il y avait une lueur de folie dans ses yeux, un désespoir qui me tourmente. Je sais, tout au fond de mon cœur, que je pourrais apprendre à faire ce qu'il me demande. Pour je ne sais quelle raison, j'ai eu la grâce — ou la malédiction — d'avoir la capacité d'invoquer le Feu. Mais avoir la possibilité de faire quelque chose ne rend pas cette chose juste. Il me faudrait détourner mes pouvoirs vers la noirceur et le désespoir tout en sachant que cela apportera des malheurs. « Les quatre grands éléments peuvent guérir et protéger, mais aussi détruire. » Je vois maintenant que j'avais raison d'avoir peur quand nous avons osé pour la première fois explorer ces mystères.

Depuis cette affreuse dispute, j'ai prétendu ne pas me sentir bien et je n'ai vu personne. Je ne dors plus ; je ne peux rester couchée ; je ne peux rester assise. Je fais les cent pas dans ma chambre, remplie d'une grande agitation, et je sens encore ses baisers brûler sur mes lèvres. Je meurs d'envie de lui montrer mon amour, mais pas en faisant ce qui est mal.

La nuit dernière, je me suis levée et je me suis assise sur la banquette près de la fenêtre, regardant les ruines derrière les jardins, et j'ai cru l'apercevoir près du lac. Il portait son manteau d'équitation et parlait à une fille, mais ils étaient tous les deux entourés d'un étrange brouillard. C'était la fille à la jupe courte que j'avais déjà vue, dans des visions qui me sont apparues quand j'étais dans une sorte d'état second. Je ne ressentais plus de jalousie, mais plutôt une sorte d'attirance ; je sentais que cela me prenait au cœur, comme si elle m'était aussi chère qu'une sœur. J'ai ouvert la fenêtre, et leurs silhouettes se sont fondues l'une dans l'autre dans les ténèbres. Puis ce matin, quand je marchais dans les jardins, j'ai cru encore l'apercevoir. J'ai tenté de l'appeler, de la prévenir, mais elle s'est dissipée dans l'air comme un rêve.

Aujourd'hui, j'ai appris qu'il était parti à Londres. J'imagine qu'il a pris le livre avec lui, puisqu'il n'est plus dans notre cachette dans la grotte. Je n'aime pas imaginer les endroits de noirceur qu'il est parti chercher dans la grande ville et dans son cœur. Peut-être qu'il est trop tard pour sauver mon bien-aimé. À défaut d'autre chose, il me faut trouver qui est cette fille et la sauver de lui.

Et de ce qu'il pourrait devenir.

Vingt-cinq

— Evie Johnson! cria mademoiselle Schofield de l'autre bout du terrain de crosse. C'est la quatrième passe que vous ratez, ce matin. Ce n'est pas le temps de rêvasser!

Je levai les yeux, surprise. J'étais tellement malheureuse à cause de la dispute de la veille avec Sebastian que je n'avais pas remarqué que la balle était passée près de moi.

— Reprends-toi, Johnson, cria Celeste en me donnant un petit coup furtif dans les côtes avec le bout de sa crosse.

India me bouscula, le visage défiguré par un rictus, mais cela ne me faisait rien. Rien ne pouvait faire plus mal que cette querelle avec Sebastian. *Je ne veux plus jamais te voir. Je ne veux plus jamais te voir… plus jamais.* Le vent gémit dans les arbres, et je me sentis horriblement seule.

— Allez! Il faut plaquer, les filles!

Pendant que je courais d'un bout à l'autre du terrain en tentant d'avoir l'air intéressée, la lumière faiblit soudain comme si quelqu'un venait d'actionner un interrupteur.

Autour de moi, les cris des joueuses s'estompèrent dans le ciel bleu, jusqu'à ce que le seul bruit qui reste soit celui des battements de mon cœur, martelant un message de peur. Je restai paralysée, ancrée dans le sol, incapable de parler. La crosse, inutile, me tomba des mains. Je vis alors une fille en blanc apparaître derrière les arbres sur le bord du terrain. Sa longue robe flottait au vent, sa chevelure rousse tombait librement sur ses épaules et son regard gris transperça le mien. Elle cria :

— Reste loin de lui... Reste loin... Fais attention.

— Que veux-tu dire ? Qui es-tu ?

Je tentai de crier à mon tour, mais ma gorge était sèche et les mots ne voulaient pas sortir. Puis elle s'évapora dans les airs comme un rêve.

Bang ! La balle me frappa sur le côté de la tête, et je perdis l'équilibre. Je crus dans mon vertige que c'était Celeste qui me l'avait balancée par méchanceté, mais je vis alors Sarah accourir vers moi.

— Oh ! je suis désolée, mademoiselle Schofield, fit-elle en haletant, j'ai raté mon coup. Je suis désolée, Evie ; ça doit faire très mal.

Elle me regarda d'un air éloquent.

— Non. Je ne sais pas, marmonnai-je.

Mademoiselle Schofield redressa ses larges épaules et me lança un regard noir.

— C'est votre faute. Il faut toujours garder les yeux sur la balle, Evie, c'est la première règle du jeu.

— Je vais conduire Evie à l'infirmerie, qu'elle se repose un peu, fit Sarah. On ne sait jamais.

— Je suis sûre que tout est beau, commença mademoiselle Schofield.

Sarah me serra la main très fort.

— Aïe ! Oui… ça fait mal.

— Bon, d'accord, fit mademoiselle Schofield. Allez-y. Les filles, on retourne au jeu. Vous deux, là-bas, Becky et Sophie, venez les remplacer. Mais bon Dieu, essayez de vous concentrer !

Sarah était déjà en train de me conduire par le chemin qui mène vers les jardins et les ruines de la chapelle. Je ne me sentais pas bien, j'étais étourdie. Je pensais m'être guérie de ces étranges visions, que Sebastian les avait chassées de mon imagination débridée. Mais la fille semblait si réelle. *Reste loin de lui.* Je regardai de nouveau autour de moi, paniquée. Est-ce que j'étais en train de faire une sorte de dépression ?

— Viens, par ici, fit Sarah d'un ton ferme.

Les ruines délabrées nous dominaient, menaçantes, et Sarah baissa la tête pour passer sous un porche bas. Un escalier de pierre humide conduisait sous la terre.

— Qu'est-ce que c'est ? demandai-je, inquiète.

Les marches menaient à une petite salle froide et humide recouverte de lichen et de mousse. C'était exactement le genre d'endroit que je détestais. Je tentai de me ressaisir, de penser et de parler rationnellement.

— Où allons-nous ?

— Il faut que je te parle seule à seule, dans un endroit où personne ne risque de nous entendre. Je suis désolée de t'avoir lancé la balle, mais je n'avais pas le choix.

— Tu m'as vraiment assommée pour pouvoir me parler ? N'est-ce pas un peu exagéré ?

— Je veux juste t'aider, Evie. Je sais que tu cours un danger.

— Oh! je t'en prie, tu ne vas pas me faire le coup de la Tzigane qui sait prédire l'avenir...

— Ce n'est pas une histoire pour rire, c'est vrai. Je n'ai jamais considéré ça comme un don spécial, parce que j'ai toujours pu le faire. Oh! ce n'est jamais rien de bien incroyable, je peux simplement dire si les gens sont heureux ou pas, et je sais toujours exactement le temps qu'il fera le lendemain. Et une fois, quand ma grand-mère est tombée et s'est cassé un bras, j'ai su que c'était arrivé avant que ma mère me le dise. Mais depuis ton arrivée à Wyldcliffe, c'est différent. Je reçois sans cesse des messages à ton sujet qui me disent que quelqu'un essaie de te joindre de très loin. Qu'as-tu vu, juste là, avant de recevoir la balle?

De quoi parlait-elle? Avait-elle vu la fille, elle aussi? Les paroles du chauffeur de taxi résonnèrent soudain dans ma tête.

«Cet endroit maudit», disait-il à propos de Wyldcliffe. Pourquoi m'étais-je donc retrouvée ici? Je réfléchissais avec une grande agitation. J'étais submergée de peur, en train de virer dingue, entourée de gens fous. Et maintenant, voilà que Sarah se joignait à eux.

— Dis-moi ce que tu as vu, me pressa-t-elle.

— Je n'ai rien vu! Qu'est-ce qui te prend? Je croyais que tu étais la plus normale, ici, la plus terre-à-terre...

— La terre est remplie de secrets, fit Sarah, esquissant un sourire. Toi-même, tu as bien quelques secrets, non? Comme tes promenades nocturnes.

— Comment l'as-tu su?

— Ce n'est rien de bien mystérieux. Je suis allée voir Helen à l'infirmerie, hier soir. Elle m'a dit que tu te glissais dehors toutes les nuits. Elle t'a observée. Et elle s'inquiète à ton sujet.

— Oh oui, vraiment! Elle est si inquiète qu'elle est allée voir mademoiselle Scratton! C'était très aimable de sa part...

— Les amies doivent parfois prendre des décisions difficiles.

— Écoute, Helen Black n'est pas mon amie, et si elle a envie de passer son temps à m'épier, c'est son problème.

— Et toi, Evie, quel est ton problème? Pourquoi est-ce que tu fixais le vide, tout à l'heure, que tu parlais dans les airs? Si je ne t'avais pas lancé la balle, tout le monde s'en serait rendu compte. Qu'est-ce qui se passe? Pourquoi sors-tu du dortoir toutes les nuits?

Je n'avais plus la force de me battre. J'étais si fatiguée, trop fatiguée pour continuer à jouer la comédie. Je m'effondrai sur le sol, m'appuyai contre un mur de pierre et laissai les mots sortir de ma bouche.

— Je vois quelqu'un, un garçon que j'ai rencontré. Et je l'ai vue de nouveau, elle.

— Qui?

— La fille en blanc. Je l'ai vue trois fois. La première fois, c'était quand je venais juste d'arriver, dans la salle de mademoiselle Scratton. Tu t'étais occupée de moi.

— Je savais qu'il se passait quelque chose. J'en étais sûre. Et maintenant, tu viens de la voir encore?

— Oui. Mais cette fois, elle me disait de me méfier... de lui.

— Du garçon que tu as rencontré?

— Je crois bien que c'est ça, dis-je tristement. De qui d'autre pouvait-elle parler?

— Mais qui est ce gars ? Pourquoi cette fille te dirait-elle de te méfier de lui ?

— Je ne sais pas ! Je ne sais même pas si elle existe vraiment. J'ai l'impression de devenir folle.

— À quoi ressemble la fille ?

La pâle image fantomatique flotta de nouveau devant mes yeux.

— Elle a les cheveux roux et les yeux gris.

— Alors, elle te ressemble ?

Je haussai les épaules.

— Peut-être. Je ne sais pas qui elle est, ni ce que tout ça signifie. Et j'ai peur.

— Allez. Nous devons aller à la bibliothèque avant que quelqu'un nous voie.

Quelques instants plus tard, nous nous glissions dans la bibliothèque richement décorée où s'alignaient des rangées d'étagères en acajou. Quelques filles plus âgées lisaient en silence à l'une des grandes tables. L'une d'elles leva les yeux et fronça les sourcils à notre vue.

— Avez-vous le droit d'être ici ?

— Mademoiselle Scratton nous a envoyées chercher quelque chose, Emily, mentit Sarah en se dirigeant vers la section des livres d'histoire.

Elle parcourut des yeux les étagères bien remplies, tirant des livres, cherchant quelque chose.

— Qu'est-ce que nous faisons ici ?

— Attends un peu… Ah ! Le voici.

Elle se mit à tourner les pages d'un petit livre bleu. Il était vieux et terne, à peine plus grand qu'une plaquette. *La brève histoire de l'école de l'Abbaye de Wyldcliffe*, par le révérend A. J. Flowerdew.

— Je suis tombée là-dessus pendant ma première année ici. Ce genre de choses m'a toujours intéressée. C'est le pasteur du coin qui l'a écrit ; pas celui que nous avons maintenant ; un autre qui a vécu ici il y a très, très longtemps. Attends… regarde !

Elle mit le livre ouvert entre mes mains. Je baissai les yeux et lus silencieusement :

Le seul portrait de Lady Agnes qui nous est resté se trouve à l'abbaye. On dit qu'il a été commandé par Lord Charles pour fêter le seizième anniversaire de sa fille, en 1882, deux ans avant l'accident d'équitation qui lui fut fatal et qui se produisit après une période de voyage sur le continent. Le peintre en est inconnu.

Sur la page opposée, on pouvait voir une reproduction du portrait dont les couleurs s'étaient estompées sur le papier de mauvaise qualité. Mais je ne pouvais m'y méprendre : ce visage familier, ces yeux gris encadrés par une chevelure rousse et les longs vêtements démodés…

— Est-ce que c'est la fille que tu as vue ?

Je hochai la tête lentement. Un accident d'équitation, disait le livre. Tout me paraissait soudain si clair. La fille étendue, tordue, dans la bruyère violette. Un cheval alezan qui poussait du museau ses cheveux colorés ; et le regard vide de la fille dirigé vers le ciel bleu pendant que les alouettes volaient au-dessus d'elle.

— Elle est morte, dis-je stupidement. Elle est morte.

Bien sûr, qu'elle l'était. Même si elle avait vécu jusqu'à l'âge de 100 ans, elle serait morte depuis très longtemps.

— Elle te ressemble, Evie. J'ai pensé que tu me faisais penser à quelqu'un, la première fois que je t'ai vue.

Sarah fronça les sourcils en regardant les pages jaunies.

— Vous pourriez être sœurs.

— On ne se ressemble pas tant que ça, répondis-je, paniquée. Ce n'est pas parce que nous avons toutes les deux les cheveux roux…

Emily nous lança un regard furieux et dit :

— Avez-vous trouvé ce que vous cherchiez ? J'essaie de me concentrer.

Sarah glissa le livre sous sa chemise, et nous nous dirigeâmes vers l'escalier de marbre.

— Nous devons aller voir l'infirmière, fit-elle, comme nous l'avons dit à mademoiselle Schofield. Prétends que tu as encore mal à la tête à cause du coup. Si elle te laisse t'étendre pour quelques heures, tu pourras lire le reste du livre et voir s'il contient quoi que ce soit qui puisse t'éclairer.

Je la laissai me dire quoi faire. L'infirmière prit ma température, me donna une aspirine et me dit de m'installer sur un des lits de l'infirmerie. Helen dormait à l'autre extrémité de la pièce. Je cachai le livre bleu sous mon oreiller. Je n'avais pas besoin de regarder encore pour savoir que la fille que j'avais vue était la même que celle du portrait.

Lady Agnes.

Si Sarah avait raison, l'esprit d'une personne qui avait vécu à l'ère victorienne et qui me ressemblait tellement qu'elle aurait pu être ma sœur essayait d'entrer en contact avec moi. Et elle me disait de rester loin de Sebastian.

Vingt-six

S. est rentré de Londres il y a près de trois semaines. Je me suis efforcée de rester loin de lui, depuis son retour. J'avais très envie de le voir, mais je ne voulais pas me disputer de nouveau avec lui. Puis, hier, il est passé sans prévenir à l'abbaye et m'a demandé de venir avec lui faire une promenade sur les landes. C'est là qu'il m'a appris sa nouvelle, moitié fier, moitié défiant.

— Comment as-tu pu faire ça ? ai-je crié. Et pourquoi ne m'en as-tu pas parlé ?

— Je l'ai fait parce que tu ne voulais pas m'aider. J'ai dû chercher ailleurs des alliées. Et je ne t'en ai pas parlé parce que je savais que tu réagirais ainsi.

Je marchais dans la bruyère, énervée, pas vraiment consciente de la direction où j'allais. Le soleil brillait paisiblement sur le sommet des landes, mais, entre nous, ce n'était que tourmente et colère.

— Arrête, Agnes, attends-moi ! Laisse-moi t'expliquer.

Il m'a attrapée par le bras et m'a fait asseoir sur l'herbe tendre. La brise faisait voler ses cheveux noirs, dégageant son front, et la vue de son visage, aussi ouvert et enthousiaste qu'à une autre époque, m'a coupé le souffle. Si seulement je pouvais cesser de l'aimer ! Tout serait tellement plus simple.

— Alors, quelle est ton explication ?

— Je n'avais pas le choix, Agnes, répondit-il avec une lueur étrange dans les yeux. Tu sais aussi bien que moi qu'il est écrit dans le livre que pour devenir maître de notre art, je devais avoir une assemblée de filles autour de moi. Tu m'as bien fait comprendre que tu ne désirais pas être à mon service, alors j'ai dû chercher ailleurs. Et j'ai trouvé, ici, à Wyldcliffe.

— Quoi ? Quelques simples villageoises flattées de tes attentions ? Comment pourront-elles t'aider à faire quoi que ce soit de grand ou de bon ?

— Je leur montre comment faire. Elles sont plus fortes que tu ne le crois. Et elles ont envie d'apprendre, pour me faire plaisir.

Son regard s'est attardé sur moi, et j'ai rougi, sans savoir tout à fait pourquoi. Puis il a éclaté d'un rire cruel.

— Eh bien ! Agnes, il semble que tu sois jalouse de mes nouvelles compagnes. Mais tu ne peux refuser de rester à mes côtés et te plaindre ensuite si d'autres choisissent de remplir la place que tu as laissée vide.

— Je n'aurais jamais laissé la place vide si tu ne m'en avais pas éloignée !

— Comment ? Comment t'en ai-je éloignée ?

— En allant trop loin, en plongeant dans la noirceur. Je ne peux te suivre sur la route que tu as choisie.

Il est venu s'asseoir à côté de moi, tout doux pendant un instant, comme un faucon apprivoisé.

— Oui, tu le peux, Agnes. Il n'est pas trop tard.

Il a pris ma main dans la sienne.

— Si nous unissons nos forces, nous pouvons trouver la clé pour trouver ce que je cherche. Je suis si près, mais j'ai besoin de ton aide. Penses-y, Agnes, penses-y ! La vie éternelle… la vie sans la mort, sans l'échec, sans la maladie, sans la fin. Et tout cela pourrait nous appartenir, si seulement tu le voulais. Nous serions toujours ensemble, jamais séparés. Tu n'as pas à craindre mes servantes. Elles me sont nécessaires, mais elles ne signifient rien à mes yeux ; elles ne sont que des outils dont je peux me servir au gré de mes envies.

J'ai dû lutter pour lui résister.

— Tu ne devrais pas parler ainsi. Ce sont toutes des vies précieuses, des âmes précieuses. Et tu ne leur enseignes pas les vrais Mystères. Tu transformes un art ancien en une forme de sorcellerie répugnante. Nous devrions nous servir de notre pouvoir pour bien vivre dans le temps qui nous est alloué, plutôt que de tenter de voler un temps qui n'est pas le nôtre. Dis à ces filles de rentrer chez leur mère, de retrouver leur rouet. Tu ne leur feras aucun bien.

— Elles me sont reconnaissantes de les mener sur le chemin de l'immortalité.

— Tu les mènes sur un chemin dangereux, sur un chemin de désespoir ! Il y a pire que la mort. Vivre éternellement, c'est être moins qu'humain. Laisse-les aller ! Rends-leur leur liberté.

— J'ai un meilleur plan. Mes filles ont besoin de quelqu'un pour les guider. Elles ont besoin de toi, Agnes. Tu seras la grande maîtresse de mon assemblée, et moi, j'en serai le maître. Toi et moi… est-ce que ce n'est pas ce que tu souhaites ?

— Non, pas comme ça ; c'est mal.

J'ai levé les yeux vers lui. J'étais calme, mes idées étaient claires.

— Et il y a aussi une autre fille, loin d'ici. Je t'ai vu avec elle. C'est elle que tu aimes, et pas moi. Si tu continues, tu vas la mettre en danger, tu nous mettras toutes en danger...

— Quelles idioties, Agnes, fit-il en riant. Nous ne connaîtrons jamais le danger, nous ne connaîtrons que pouvoir et gloire. Et c'est toi qui es importante à mes yeux. Tu le sais.

Ses yeux m'ont transpercée comme un éclat de verre, et j'ai frissonné, sans défense sous son regard.

— Oh! Agnes, souffla-t-il, notre vive pourrait être si belle. Ne m'aimes-tu donc pas un peu?

Il a embrassé mes cheveux, mon visage et mes yeux. J'ai senti la force de sa volonté battre contre la mienne. Je chancelais, étourdie, et il m'a étreinte.

— Oui, avouai-je, je t'aime. Je t'aime.

Il m'a embrassée, et je lui ai rendu son baiser, encore et encore, jusqu'à ce que j'en tremble de fièvre. Puis il a dit:

— Ce moment pourrait durer toujours. Celui-ci et d'autres, pour toujours, sans jamais que nous ne nous en lassions. J'ai déjà fait la moitié du chemin. J'ai tout ce qu'il me faut, sauf une chose: un simple toucher de ton esprit et de ta volonté, Agnes, c'est tout ce que je demande, une étincelle de ton Feu. Guéris-moi une bonne fois pour toutes, je t'en supplie. Mais si tu refuses, tu deviendras mon ennemie pour toujours.

J'ai reculé. C'était cela, le moment vers lequel tout le reste nous avait menés. À cet instant précis, j'ai su que je ne pouvais lui donner ce qu'il désirait.

— Je suis désolée. Je ne peux faire ce que tu me demandes.

— Tu le peux, Agnes, tu le dois, me pressa-t-il. Partage ton pouvoir avec moi. Épouse-moi afin que nous n'ayons plus jamais de secrets l'un pour l'autre, et nous vivrons un bonheur éternel.

Il a recommencé à m'embrasser, et j'ai tenté de l'écarter.

— Je ne peux pas, fis-je en sanglotant. Je ne le ferai pas !
Laisse-moi ! Laisse-moi aller, je t'en supplie...

Mais il ne m'écoutait pas. Il me serrait avec cruauté, m'écrasant presque entre ses bras.

— J'ai besoin de tes pouvoirs. Et je les aurai !

Désespérée, j'ai fermé les yeux et j'ai vu le Cercle sacré dans mon esprit. Il brillait en flammes blanches dans la plus noire des nuits. J'ai répété les incantations. Des lumières rouges, bleues et orange ont explosé derrière mes yeux, et j'ai prononcé la parole du pouvoir.

Le souffle a projeté S. à l'autre bout du champ de bruyère. Des gouttes de sang coulaient sur son visage. J'ai couru vers lui et j'ai posé sa tête sur mes genoux, essayant de calmer sa douleur. Je lui murmurais, encore et encore :

— Je suis désolée, je suis désolée, je suis désolée...

Il a fini par ouvrir les yeux et se relever, chancelant, essuyant le sang avec sa manche.

— Alors, c'est ça ta réponse, tu ne te joindras pas à moi. Tu es désolée.

— C'est ma réponse.

Le silence s'est fait lourd, entre nous. Une alouette a plongé, puis remonté vers le ciel.

— Écoute, Agnes. C'est si beau.

Il s'est retourné vers moi et a fait une pause.

— Si beau... et si inatteignable.

Puis il s'est éloigné, et il a descendu la vallée jusqu'à disparaître de ma vue.

Je ne l'ai plus revu depuis ce jour. Je ne sais pas si je le reverrai.

Vingt-sept

Je ne savais pas si j'allais revoir Sebastian un jour, mais je redoutais d'avoir d'autres visions. Je restai à l'infirmerie deux — ou était-ce trois? — jours, un feu brûlant dans ma tête, m'apportant des idées confuses et des rêves incohérents. L'infirmière fit venir le docteur Harrison, qui haussa les sourcils à ma vue. Il parla d'un virus que j'aurais attrapé, dit qu'il me fallait beaucoup de repos et des boissons chaudes. Je fis ce qu'on me dit de faire, mais je n'étais pas tout à fait là. Je revivais tout ce qui s'était passé, repassant chaque petit souvenir, essayant de comprendre.

La fille. Les avertissements. Sebastian.

«Mais elle est morte», me répétai-je sans cesse, «elle est morte. Je ne crois pas aux fantômes... Je ne crois pas... Je ne...»

Et pourtant, c'était arrivé. Je l'avais vue, j'avais entendu sa voix. J'avais beau essayer de lutter contre cette idée, il y avait quelque chose en moi qui savait qu'elle était réelle. Elle faisait en quelque sorte partie de moi.

C'était ça, finis-je par trouver comme explication. La fille aux cheveux roux faisait partie de mon inconscient, elle était une version de moi, une partie cachée de mon esprit qui essayait de me dire qu'il fallait que je sois prudente dans ma relation avec Sebastian. Son refus de me présenter à sa famille m'avait fait peur, et cette fille avec son message était simplement une sorte de réaction psychologique à cela.

Toutefois, je l'avais vue dès ma première journée ici, me rappelai-je, bien avant que ne commence ma relation avec Sebastian. Une relation. Quel mot maladroit, laid, pour quelque chose impossible à définir ; une danse complexe entre deux personnes, comme l'aller-retour des vagues.

Je ne suis pas très bon dans les relations.

Sebastian avait dit ça. Était-ce de sa faute, cette fois, ou de la mienne ? Notre relation, peu importe ce que cela avait été, était désormais terminée. Je l'avais laissé, et son orgueil ne pouvait accepter cela. Pourquoi avais-je perdu mon sang-froid de façon aussi stupide ? Je le regrettais déjà. Et pourtant, il avait bien dit qu'il allait m'attendre.

Nous étions dimanche soir. Je me sentais mieux, du moins, physiquement. Il y avait une boisson froide sur la table de chevet. J'en bus avec avidité. Il n'y avait plus personne avec moi. Helen était retournée en classe après avoir guéri de la maladie, quelle qu'elle fût, qui l'avait menée à l'infirmerie. Quand j'étais réveillée, elle dormait, ou faisait semblant de dormir, alors, je n'avais pas eu l'occasion de lui parler. Ce n'était pas grave. Je n'avais rien à dire à Helen Black.

Lentement, je me levai du lit et marchai jusqu'à la petite salle de bain. J'ouvris le robinet et m'aspergeai le visage d'eau froide. Je me regardai dans le miroir et vis que mon visage était plus pâle que jamais, aussi pâle que celui d'une fille de l'époque victorienne dans un vieux tableau.

Le tableau. Ce n'était pas juste une manifestation psychologique. Il y avait un portrait de Lady Agnes Templeton. C'était un fait, réel, tangible. La fille que j'avais vue était comme celle du portrait. Qui me ressemblait. Était-ce une simple coïncidence ?

— Evie !

Je sursautai. L'infirmière, de l'autre côté de la porte, m'appelait. Je m'essuyai le visage et sortis de la salle de bain. Elle tenait un thermomètre.

— Je suis venue vérifier ta température. Est-ce que tu te sens mieux ?

Je n'étais pas malade, je me sentais seulement lourde et fatiguée. Je retournai dans mon lit.

— Je pense que oui. Quelle heure est-il ?

— Presque 21 h. Les filles ont déjà dîné.

Elle prit ma température avec une grande efficacité.

— Plutôt normale. Tu pourras te lever et retrouver tes collègues de classe demain. D'ailleurs, ton amie a terriblement hâte de te revoir. Elle attend derrière la porte en ce moment. Est-ce que je la laisse entrer ?

Je hochai la tête. L'infirmière sortit et parla avec quelqu'un dans son petit bureau. J'étais inquiète ; j'avais peur de voir apparaître la fille aux cheveux roux, traînant sa longue jupe blanche derrière elle. Mais c'était Sarah, joyeuse et réelle.

— Sarah ! fis-je avec soulagement.

— Comment vas-tu ? Je t'ai apporté ça.

C'était une petite plante dans un pot, avec des fleurs d'un bleu très pâle.

— Merci, c'est très beau.

— Ça ne vient pas de moi. Helen l'a trouvée ; elle poussait près des ruines. Elle m'a demandé de te la donner et de te dire qu'elle est désolée.

— Désolée de quoi ?

— D'avoir annoncé à mademoiselle Scratton que tu étais sortie de ton lit, l'autre nuit. Helen dit qu'elle a fait ça pour t'éviter des ennuis encore pires. Et qu'elle espère que tu comprendras ce qu'elle veut dire.

— Je ne comprends rien. Et je ne comprends surtout pas Helen.

— Helen est... différente. Elle a eu une vie difficile, d'après ce que j'ai pu comprendre. J'ai entendu dire qu'avant de venir à Wyldcliffe, elle était dans un foyer pour enfants.

— Tu veux dire, une sorte d'orphelinat ?

Je ne pouvais imaginer n'avoir aucune famille.

— Sans doute. Elle n'en parle pas.

— Est-ce qu'il t'est arrivé, tu sais, de ressentir des trucs à son sujet ?

— Pas besoin d'avoir de don pour savoir qu'elle est malheureuse. Mais non, honnêtement, je n'ai rien ressenti d'autre. C'est comme si elle s'était enveloppée d'un tourbillon de vent, la protégeant de tout ce qui vient de l'extérieur. Elle a toujours été solitaire. Certaines filles sont très dures avec elle.

Je savais qu'elle parlait de Celeste.

— Est-ce qu'Helen… Est-ce qu'elle était amie avec Laura ?

— Pas vraiment. Laura était influencée par Celeste dans tout ce qu'elle faisait. Elle n'aurait jamais pris la peine d'essayer de connaître Helen. Peu de gens le font.

Je me sentais mal à l'aise. Moi aussi, j'avais rapidement mis Helen de côté. Sarah alla s'assurer que la porte était bien fermée, puis revint vers moi et me demanda :

— Evie, as-tu repensé à ce que tu as vu ?

— Je n'ai pensé à rien d'autre. Et je me suis demandé si toute cette histoire avec Lady Agnes n'était pas une sorte de message que m'envoyaient mes sentiments pour me dire de ralentir un peu les choses avec Sebastian.

Je butai sur son nom. Il avait été mon secret, et il me semblait que c'était mal de parler de lui aussi nonchalamment.

— Mais tu as dit que la fille que tu avais vue ressemblait parfaitement à la fille du portrait, et tu n'avais jamais vu ce tableau avant que je te le montre dans le livre. Alors, la première fois que tu l'as vue, dans la salle de classe, ça ne pouvait pas être ton inconscient qui projetait une image, ni rien de ce genre.

— Je ne sais pas. Le révérend Flowerdew dit, dans son livre, que le tableau se trouve à l'abbaye. Il y a beaucoup de vieux tableaux sur les murs. J'aurais pu passer à côté et le voir sans m'en rendre compte.

— Ou tu pourrais avoir réellement reçu un message de Lady Agnes.

— Et alors pourquoi, toi, tu ne la vois pas ? C'est toi qui as du sang tzigane et un don de seconde vue, non ?

— Je ne prétends pas avoir le don de tout voir, ni les pouvoirs qui viennent avec ça. Je suis juste ouverte à différentes possibilités. De toute façon, j'imagine que si Agnes n'apparaît qu'à toi, c'est que c'est avec toi qu'elle souhaite communiquer.

Je ne voulais pas me laisser convaincre.

— Je pense simplement qu'on devrait s'en tenir aux faits, ne pas se laisser emporter par tous ces trucs délirants.

— D'accord, alors, tenons-nous-en aux faits. Le portrait de Lady Agnes te ressemble étrangement. Eh bien, il existe une façon tout à fait logique et scientifique d'expliquer les ressemblances entre les gens.

— De quoi parles-tu?

— La génétique, tout simplement. Peut-être que Lady Agnes et toi avez un lien de parenté.

— C'est impossible.

— Pourquoi?

— Parce qu'elle était riche et d'origine aristocratique. Et moi, je suis juste… ordinaire.

— Je crois que tu es tout sauf ordinaire. Et même si c'était le cas, les familles peuvent changer, perdre leur fortune, déménager. Nous savons que Lady Agnes n'a pas eu d'enfants, parce qu'elle est morte dans un accident. Dans le livre du révérend, il est écrit que ses parents sont morts quelques années après elle d'une fièvre attrapée en voyage. Ils n'avaient pas de descendance directe qui aurait pu reprendre l'abbaye; c'est pourquoi c'est devenu une école.

— Je ne comprends…

— C'est simple, Evie. Agnes aurait pu avoir d'autres membres de sa famille, comme des cousins, qui ont eu des enfants. Et tu m'as dit que ta grand-mère avait déjà eu de la famille dans le coin, n'est-ce pas ? Nous pourrions essayer d'établir ton arbre généalogique pour voir si tu as des liens avec les Templeton. Ça, ça n'aurait rien à voir avec des rituels vaudous. Ce serait s'en tenir aux faits, non ?

J'étais fascinée par cette idée, dont le côté terre-à-terre me rassurait. Peut-être n'y avait-il effectivement rien de plus qu'un lointain lien familial et le travail de mon inconscient.

— Mais je ne saurais par où commencer. Et je ne peux rien demander à Frankie, elle est trop malade pour m'aider.

— Tu pourrais écrire à ton père et lui poser des questions. Il pourrait se souvenir de quelque chose.

— Ouais, ça se peut. D'accord, je vais le faire.

Sarah me fit un sourire encourageant, puis parut hésitante.

— Evie, qui est ce gars que tu as rencontré ?

Cette question, je n'arrêtais pas, moi-même, de me la poser.

— Il s'appelle Sebastian James. Il habite près d'ici.

Je cherchais les informations de base que je détenais.

— Il se promène sur un cheval noir. Et l'an prochain, il doit aller à l'université. À Oxford.

— Je suis impressionnée. Il doit être brillant. Mais pourquoi vous rencontrez-vous la nuit ?

— Il y a peu de chances que madame Hartle l'invite pour le déjeuner, non ?

— C'est bon, c'est bon. Donc, il s'apprête à aller à l'université, il sait que l'on ne le laisserait pas entrer à Wyldcliffe, il aime manifestement le côté romantique des rencontres nocturnes… quoi d'autre ?

En effet, quoi d'autre ? Comment décrire l'angle de ses pommettes, la lueur dans ses yeux et la chaleur de son sourire ? Comment expliquer la joie intense que je ressentais à ses côtés, ou la douleur qui me restait après une dispute ? Je ne pouvais même pas essayer. Je ne dis rien.

— Je ne sais pas si tu comptes revoir ce Sebastian, mais je ne crois pas que tu devrais le faire. Pas avant que nous en sachions davantage. Et tu ne devrais assurément pas le voir la nuit, Evie. C'est trop risqué. Il pourrait être dangereux.

Les humeurs de Sebastian. Les secrets de Sebastian. L'éclat dans ses yeux, ses colères soudaines. Est-ce que cela le rendait dangereux ? Tout humain ne serait-il pas potentiellement dangereux ? Une voix obsédante dans ma tête me rappela une chose que Sebastian avait dite un jour :

« Je ne crois pas que ce soit une bonne idée de continuer à nous voir. C'est trop risqué pour toi. »

— Es-tu en train de dire que c'est un tueur fou ? répondis-je sur la défensive.

— Non, je te demande juste d'être prudente. S'il est sincère, il entrera en contact avec toi d'une manière appropriée... Il t'écrira une lettre ou quelque chose du genre. Et si tu te fais prendre encore à sortir la nuit, tu risques de te faire jeter à la porte.

— Ouais, je me serais bien passé de ce deuxième démérite qu'Helen m'a permis d'avoir.

— Elle voulait juste...

— Je sais, je sais... Juste m'aider.

— Je t'en prie, Evie.

Je ne voulais pas dire à Sarah que, de toute façon, tout était sans doute bel et bien terminé avec Sebastian. Cela rendrait la chose trop réelle. Je fis semblant de me ranger à ses arguments.

— D'accord. Je vais attendre. Je ne le verrai pas avant d'en savoir un peu plus. C'est bon ?

— C'est bon.

Elle semblait soulagée.

L'infirmière passa sa tête dans l'embrasure de la porte.

— Sarah, il est temps de partir. Tu sembles beaucoup plus enjouée, Evie. Ton amie t'a fait du bien.

Puis elle repartit précipitamment.

Sarah serra ma main et sourit.

— On se voit demain.

— Ouais, demain. Et merci pour tout, Sarah.

Je la regardai s'en aller, me sentant beaucoup mieux. Mon amie m'avait effectivement fait du bien. Je regardai la petite fleur qu'Helen m'avait fait parvenir. Peut-être qu'Helen, à sa manière un peu particulière, voulait aussi faire partie de mes amies.

Mes amies. Il me semblait que cela faisait une éternité que je n'avais pas prononcé ces mots, et je me les repassai dans ma tête avec délice :

« Mes amies, mes amies. »

Et de très loin, une voix me répondit en écho :

« Mes sœurs, mes sœurs. »

J'étais fatiguée. Je fermai les yeux et me demandai si papa pourrait répondre à ma question quand il allait recevoir ma lettre. Tout ce dont je me souvenais de ce que m'avait raconté Frankie, c'était que sa grand-mère venait du Nord, que c'était une femme de la campagne qui vivait sur une ferme près de Wyldcliffe. Mais quel était le nom de cette ferme ? J'étais certaine que Frankie l'avait déjà dit. La ferme avait fait faillite, pour je ne sais quelle raison, et la grand-mère de Frankie était morte, laissant une fillette, encore bébé, derrière elle. Son mari — le grand-père de Frankie — s'était remarié et avait déménagé avec sa nouvelle femme et la petite fille. Il avait choisi d'aller plus à l'ouest, vers la mer. Et la petite fille était devenue la mère de Frankie. Tout semblait si complexe.

L'horloge dans la pièce blanche sonna 22 h. Je bâillai.

Frankie n'avait donc jamais connu sa vraie grand-mère, seulement celle avec qui son grand-père s'était remarié. Je me souviens avoir vu une vieille photo d'elle — Sally ? Molly ? — assise sur un bateau renversé, en train de réparer un filet de pêche. Mais ce n'était pas la bonne personne ; je n'avais aucun lien de sang avec elle. Je commençai à m'assoupir, à m'enfoncer dans le sommeil. Je devais remonter beaucoup plus loin. Je devais remonter jusqu'à la ferme, le nom de la ferme… la ferme…

Le lendemain, quand je me réveillai, la réponse résonnait dans ma tête telle une sonnerie.

Vingt-huit

Hier matin, je me suis réveillée en sachant de façon claire et précise ce qu'il me fallait faire. Mais c'est tellement difficile !

Les dernières semaines ont été horribles. S. a été très malade. Si au moins il avait pu aller à Oxford en janvier, comme il l'avait planifié, les gens qu'il aurait rencontrés et les nouvelles idées avec lesquelles il aurait été en contact l'auraient peut-être un peu secoué et éloigné de son obsession. Mais il n'y a plus d'espoir pour cela, maintenant. Il s'est mis à faire des crises et des accès de fièvre qui ont rendu cela impossible. Ses parents sont désespérés et ont fait venir un médecin réputé de Londres pour traiter sa mélancolie.

Martha m'a dit que les domestiques du manoir chuchotent que des scènes terribles se dérouleraient, là-bas. S. se battrait avec le médecin, détruirait ses instruments, puis se mettrait à délirer comme un fou jusqu'à ce que son père et des serviteurs parviennent à le maîtriser. Ils croient que la fièvre qu'il a attrapée au Maroc brûle de nouveau en lui, mais moi, je sais ce qui ronge vraiment son corps et son âme. Je sais que c'est moi qu'il cherche dans son délire, moi et le « don » précieux qu'il croit que je pourrais lui donner si je le voulais.

Je dois partir d'ici, aller là où il ne pourra me retrouver. Je le dois.

Comme d'autres malheureux l'ont fait avant moi, j'ai décidé de me sauver et d'aller à Londres, où il est facile de se cacher. Quitter Wyldcliffe va me fendre le cœur, mais plus que tout, c'est la peine que je vais infliger à mes parents qui me trouble. Ils ne sauront jamais pourquoi il me faut partir.

Je leur ai écrit une lettre où j'explique que je cherche la liberté et une nouvelle vie, et qu'il ne servira à rien de partir à ma recherche. J'ai écrit qu'ils devront prétendre, pour éviter les ragots, que je suis partie visiter ma tante Marchmont à Paris. Quand je leur ai souhaité bonne nuit, ce soir, j'ai ajouté que je les aimais. Me croiront-ils quand ils liront ma lettre demain matin ? Mais il n'y a rien d'autre que je puisse faire, je n'ai pas d'autre choix.

Demain, je me lèverai avant que les domestiques ne soient au travail et je prendrai le peu d'argent que j'ai et un petit baluchon de vêtements. J'ai payé le charretier, Daniel Jones, pour qu'il me retrouve au bout du chemin et me conduise à la gare la plus proche. Ensuite, je ferai le voyage vers la grande ville, vêtue de vêtements très simples que j'ai achetés en secret au village.

Pauvre papa, qui m'avait promis de m'emmener à Londres en train cet été. Comme il aurait été heureux de me montrer le paysage qui se transforme au fur et à mesure que l'on se rapproche de la ville. Maintenant, je devrai voyager seule. Mais j'ai 16 ans et je suis tout à fait capable de rester assise dans un train pendant quelques heures.

Je ne prétends pas que je ne pleure pas. Mon père a toujours été si bon avec moi, et même maman ; maintenant que je sais que je ne la reverrai plus jamais, je comprends que la seule chose qu'elle ait souhaitée, c'est mon bonheur, et que si elle ne pouvait imaginer de plus grand bonheur que d'être assise dans un salon élégant, ce n'était pas de sa faute.

Je ne peux plus écrire. Ma nouvelle vie commence ici. Après-demain, ce sera comme si Lady Agnes Templeton n'avait jamais existé. Ce sera la fin de tout.

Et aussi un nouveau départ.

Vingt-neuf

C'était un nouveau départ.

Je quittai l'infirmerie et descendis bruyamment l'escalier de marbre, impatiente de manger mon petit déjeuner, tenant fermement ma fleur dans son petit pot. Au bas des marches, je tournai dans le couloir sans regarder et fonçai dans la directrice.

— Oh! Je suis désolée!

Un peu de la terre du pot s'était déversée sur la manche de la chemise de soie de madame Hartle. Elle la balaya calmement, puis m'arrêta en posant sa main sur mon bras. Cela me donna une étrange sensation, comme si quelque chose de mort m'avait touchée.

— Il est interdit, par le règlement, de courir dans l'escalier et dans les couloirs. Vous devriez le savoir, depuis le temps que vous êtes ici.

— Désolée, marmonnai-je encore.

— Et qu'est-ce que c'est que cela?

Son regard sombre se fixa sur la plante. Elle semblait si fragile et facile à broyer devant la forte présence de la directrice.

— Ah! *Campanula rotundifolia.*

Je dus paraître troublée, parce qu'elle m'expliqua avec un soupçon de mépris dans la voix :

— Ou campanule à feuilles rondes. C'est une des plantes indigènes du coin. Elle pousse sur les landes.

— C'est Helen qui me l'a donnée. J'aimerais la planter dans le vieux potager.

— Helen? répéta-t-elle en haussant légèrement un sourcil. Comme c'est gentil. Sachez qu'il est très difficile pour une fleur sauvage de survivre une fois qu'elle a été déracinée. Vous découvrirez sans doute que son cadeau n'aura pas une longue vie.

Des frissons me traversèrent au moment où ses doigts s'enfonçaient un peu plus dans mon bras. Puis elle sembla perdre tout intérêt pour moi et repartit en direction de son bureau. Je la regardai s'éloigner. Je n'aimerais pas la voir vraiment en colère, pensai-je. Je me dirigeai vers le réfectoire, faisant un gros effort pour ne pas courir.

Je me glissai dans un siège en face de Sarah, impatiente de lui annoncer ma nouvelle. Un instant plus tard, quelqu'un me poussa dans le dos. C'était Celeste, debout à côté de moi, qui me regardait de haut.

— Eh bien, voyez-vous ça? C'est notre amie Evie, revenue de chez les morts. Je croyais que cette balle de crosse t'avait achevée. Quelle déception!

Elle s'éloigna en se déhanchant, et mademoiselle Scratton demanda l'attention de tout le monde pour la prière.

— Pourquoi me déteste-t-elle autant? demandai-je à Sarah pendant que nous mangions.

— Tu sais, Celeste a toujours eu un côté mélodramatique. Elle adorait Laura, et je ne sais trop pourquoi, elle est persuadée que tu as pris sa place. C'est parfaitement injuste, bien sûr, mais j'imagine qu'elle est encore très en colère. Essaie de ne pas te laisser atteindre par elle.

Sarah baissa le ton.

— As-tu écrit à ton père?

— Pas besoin, répondis-je avec excitation. Je me suis rappelé l'endroit où la famille de Frankie vivait. C'était la ferme Uppercliffe. J'en suis certaine... Uppercliffe.

À ma grande surprise, Sarah parut contrariée.

— Je ne pense pas qu'on puisse trouver grand-chose là-bas. Je suis passée souvent près de cette ferme, à cheval. Elle est en ruine. Mais on peut toujours aller y jeter un coup d'œil, ajouta-t-elle rapidement en voyant ma déception.

— D'accord. Quand?

— Nous pourrions faire une promenade par là dimanche après-midi. Il faudra d'abord que mademoiselle Scratton nous en donne la permission. Tu ne peux risquer d'avoir un autre carton de démérite, alors, il faudra tout faire selon les règles. Mais je suis sûre qu'elle va accepter. Elle sait que je fais de l'équitation depuis longtemps et elle me laisse parfois me balader seule.

— Mais je ne sais pas faire d'équitation!

La seule fois où j'étais montée à cheval, c'était avec Sebastian, et je m'étais accrochée à lui. Cette fois, ce serait différent.

— Je te montrerai. Nous avons quelques jours pour nous pratiquer. Je prendrai Starlight, et toi, Bonny. C'est un vrai ange, tout ce qu'il faut faire, c'est s'asseoir sur son dos et ne pas tomber.

Mais je me voyais justement en train de tomber. Je me voyais étendue sur les landes, tordue, fixant des yeux le ciel gris, si gris, exactement comme elle, il y a très longtemps de cela. « Entre ou file. » J'écartai cette pensée.

— D'accord, me forçai-je à dire. Je ferai de mon mieux.

Mademoiselle Scratton fit un geste, et les rangées de filles commencèrent à sortir de la salle. Je cherchai Helen des yeux. Elle était toujours assise à l'autre extrémité du réfectoire, émiettant un bout de pain, le regard perdu dans le vide. Je me dirigeai vers elle.

— Merci pour la fleur, Helen, c'est vraiment gentil de ta part.

Sans m'en rendre compte, j'avais parlé d'un ton comme celui qu'on prend pour parler à des gens malades. Celui qu'utilisaient les infirmières pour s'adresser à Frankie. J'essayai de nouveau :

— Sarah m'a dit que je pouvais la planter dans sa partie du jardin muré.

— Les choses ne devraient pas être emmurées, chuchota-t-elle.

« Bon Dieu, pensai-je, elle est vraiment complètement dingue. »

Puis elle leva les yeux vers moi et me fit un sourire rempli de douceur, chose qu'on ne voyait pas souvent chez elle. Je vis pour la première fois comme elle était belle, avec ses cheveux blond platine et ses traits délicats.

— Je suis contente qu'elle te plaise, Evie. C'est ma fleur préférée. Et je suis vraiment désolée pour le démérite. Je cherchais une façon de mettre fin à tes sorties nocturnes.

— Pourquoi?

Elle regarda autour d'elle nerveusement, puis chuchota :

— Il se passe des choses étranges, à Wyldcliffe. Tu dois être prudente.

Je voulais en savoir plus.

— Helen, il me semble avoir vu quelque chose d'étrange quand nous sommes allées au manoir Fairfax. Je sais que tu étais malade, ce jour-là, mais j'ai vu quelqu'un qui te ressemblait beaucoup, avec la même couleur de cheveux et tout. Est-ce que... ça pouvait être toi?

Son visage changea, comme si une ombre l'avait traversé. Madame Hartle venait d'entrer dans la pièce pour parler à mademoiselle Scratton. Helen sursauta.

— Je ne veux pas en parler.

— Mais...

— Laisse-moi tranquille!

Il me sembla que nous n'allions pas devenir amies, après tout.

Trente

JOURNAL DE LADY AGNES,
LE 2 MARS 1883

J'ai laissé tous mes amis derrière moi. Mes parents, Martha, les gens du village… Je les ai tous perdus. Je donnerais tout ce que j'ai pour me réveiller de ce cauchemar dans cette ville et me retrouver de nouveau dans les landes, avec les campanules en fleur, et lui à mes côtés…

Mais je ne dois pas penser ainsi. Ma vie est ici, maintenant. C'est mon nouveau chez moi.

J'ai trouvé un endroit où rester qui ne me coûte pas cher et même du travail. On me paye pour coudre des sous-vêtements élégants pour des femmes riches. Je travaille dans une pièce miteuse, au-dessus d'une boutique de Covent Garden, où s'entasse une douzaine de filles comme moi. Nous travaillons tard la nuit pour répondre aux commandes, et notre contremaître, monsieur Carley, est très dur. Je suis gênée de penser que j'ai déjà porté des vêtements de ce genre sans jamais me demander comment ils avaient été produits, ni à quel coût. Au moins, dans ma nouvelle vie, je gagne mon pain honnêtement. J'espère pouvoir garder cet emploi, car sans cela, je risque de me trouver très vite à court d'argent. Jusqu'ici, je n'avais jamais eu à penser à l'argent. J'ai tant de choses à apprendre.

Une des filles qui travaillent avec moi, une mince brune qui s'appelle Polly, est particulièrement gentille avec moi ; elle me fait découvrir les environs et m'aide chaque fois qu'elle le peut. Je crois qu'elle m'aime bien parce que je sais lire et que je lui ai dit que j'allais le lui apprendre. À mon arrivée, les autres filles doutaient de mon histoire et me regardaient avec suspicion, mais elles commencent à m'accepter. Je leur ai dit que j'avais 19 ans, que j'étais orpheline et que j'avais travaillé dans une famille riche en tant que gouvernante, mais qu'on m'avait mise à la porte sans me donner de références après que le maître des lieux se soit un peu trop intéressé à moi. C'est un conte assez banal et commun, mais elles semblent l'avoir trouvé crédible et même romantique. Elles soupirent et espèrent que je serai miraculeusement retrouvée par mes parents, qui, selon elles, sont un riche seigneur et sa dame, prêts à m'emporter dans leur carrosse. Si seulement elles savaient la vérité.

Mais je ne dois pas penser au passé. Je ne dois pas regarder en arrière. La seule chose qui me réconforte, c'est la fille rousse qui hante mes rêves comme une autre moi-même. La nuit dernière, je l'ai revue, marchant au bord d'une mer déchaînée. Je sais que ma destinée est liée à la sienne d'une manière ou d'une autre. À part cette fille, je me dois d'oublier tout ce qui me lie à Wyldcliffe.

Trente et un

Je ne savais pas vraiment pourquoi, mais c'était important pour moi de trouver un lien, quel qu'il soit, entre Wyldcliffe et moi, et j'étais emballée à l'idée d'aller à la ferme Uppercliffe. Les jours passaient rapidement pendant que je planifiais la sortie avec Sarah et que je m'entraînais à monter à cheval. Mais au fond, malgré toutes ces occupations, Sebastian me manquait beaucoup.

« Je t'en prie, pardonne-moi. Je t'en prie, communique avec moi », priais-je toutes les nuits, et tous les matins, je scrutais impatiemment les lettres étalées dans le hall. Il ne m'écrivait pas.

Je devais passer à autre chose et l'oublier. Mais une voix dans ma tête me disait :

« Je ne peux pas… Je ne l'oublierai pas. »

Le dimanche matin me sembla le plus long de toute ma vie. Le petit déjeuner servi tard, sans hâte. La marche vers l'église, avec les nuages qui menaçaient de se rompre. Les cantiques déprimants, les longues prières, la lecture de l'Évangile... *Les hommes ont préféré les ténèbres à la lumière, parce que leurs œuvres étaient mauvaises...* Puis le retour vers l'école, dans le froid, avant que nous puissions enfin être libres.

Je montai dans le dortoir où j'enfilai un jean et les bottes d'équitation que Sarah m'avait prêtées. J'enfilai un vieux pull dans lequel je cachai le collier de Frankie. J'étais contente de l'avoir encore sur mon ruban, surtout en ce jour où je devais aller voir où avait vécu la famille de ma grand-mère. Pendant que je me changeais, je me demandai s'il lui arrivait de penser à moi, et mon cœur se serra douloureuse-ment. Il y avait tant de choses en lien avec elle qui me man-quaient. La façon dont elle me réveillait le matin avec une grosse tasse de thé et un grand sourire. Comme elle aimait la mer, les étoiles et les fleurs des champs. Comme elle me donnait l'impression d'être importante, simplement en m'aimant.

« Je le fais aussi pour toi », tentai-je de lui dire en descen-dant à toute vitesse l'escalier de marbre.

Quand j'arrivai à l'écurie, Celeste et Sophie étaient déjà là, toutes bien vêtues avec leurs pantalons d'équitation immaculés et leurs vestes en tweed. Un adolescent que je n'avais jamais vu avant tenait les rênes de leurs chevaux à longues pattes. Il avait les cheveux couleur de blé et des yeux bruns et doux. Je me dis que ce devait être un garçon du coin qui venait donner un coup de main à l'écurie le week-end.

— Merci Josh, fit Celeste en montant sur la selle avec agilité.

Sophie et elle s'éloignèrent dans un bruit de sabots. Je souhaitai ne pas les croiser sur les landes. Le garçon me fit un petit sourire, puis se retourna pour s'occuper des autres chevaux.

— Hé! Evie, appela Sarah en menant Bonny et Starlight sur les pavés.

Je grimpai sur le large dos de Bonny et, bien vite, nous avancions sur le chemin hors de l'enceinte de l'école. J'expirai et tentai de faire confiance au trot régulier du solide petit poney. Je ne devais pas tomber. Je ne devais pas finir comme Agnes…

— Nous tournons ici. C'est un chemin qui mène vers Uppercliffe, très haut dans les landes. Il paraît qu'il y a déjà eu un hameau, là-bas, une simple ferme et quelques petites maisons. Mais les gens en sont partis il y a plusieurs années de cela. Peut-être qu'ils n'arrivaient pas à gagner assez d'argent avec leur terre.

Un oiseau dont je ne connaissais pas le nom poussa un cri plaintif, et le vent soupira sur les collines dénudées. La vie ici avait dû être très dure et solitaire, à une certaine époque, pensai-je. Ce n'était pas étonnant qu'ils aient préféré tout abandonner et déménager. Nous continuions à avancer, et le son du vent semblait rempli de voix du passé…

— J'ai découvert autre chose au sujet d'Agnes, dit Sarah qui trottait à mes côtés. Je suis allée à la bibliothèque après le dîner, hier soir, pour trouver un livre pour ma classe de français, et je suis tombée sur mademoiselle Scratton. J'ai pensé qu'elle pouvait savoir quelque chose, comme elle enseigne l'histoire et tout. Je lui ai dit que nous désirions en connaître davantage sur l'histoire locale et que nous avions jeté un coup d'œil sur le livre au sujet de l'école.

— Qu'est-ce qu'elle a dit?

— Elle a dit que le révérend Flowerdew n'était pas vraiment un historien fiable, et qu'on n'était pas certains qu'Agnes soit morte dans un accident d'équitation. Ça, c'est l'histoire officielle que répétaient des gens comme le révérend, et que la famille disait vraie. On a trouvé Agnes morte sur le sol, comme si elle était tombée de cheval, mais les domestiques racontaient qu'elle aurait été tuée par un intrus qui serait venu à Wyldcliffe.

— Tu veux dire... qu'elle aurait été assassinée ? C'est horrible.

— Ce n'est qu'une possibilité, selon mademoiselle Scratton.

— Elle a dit autre chose ?

Nous avancions lentement côte à côte.

— Elle a dit que la version des domestiques, celle du meurtre, a été écartée et considérée comme de simples ragots. Le coroner a conclu qu'il s'agissait d'un accident d'équitation.

— Mais pourquoi y aurait-il eu deux versions contradictoires de sa mort ?

— Je ne sais pas. Peut-être que les domestiques ont simplement mal compris. Mademoiselle Scratton a dit qu'Agnes était très populaire auprès des gens ordinaires. Son ancienne nourrice a même eu une sorte d'attaque quand elle a appris sa mort. J'imagine qu'il a suffit de la réaction hystérique de quelques jeunes servantes au moment où elles ont appris la nouvelle pour que la rumeur fasse rapidement le tour d'un endroit comme Wyldcliffe. Peut-être que les autorités et les Templeton n'ont dit la vérité au sujet de l'accident que plus tard.

J'espérais que ce fut le cas. L'idée que quelqu'un puisse délibérément tuer une jeune fille aux yeux brillants et à la chevelure flamboyante m'horrifiait. Mais ce sont des choses qui arrivent, qui sont toujours arrivées. *Des choses étranges se produisent, à Wyldcliffe… Cet endroit maudit.*

Non, ce ne pouvait être vrai. C'était impossible.

— Crois-tu vraiment aux fantômes, Sarah? lui demandai-je soudain.

— Oui. Oui, je pense bien. Je ne peux imaginer que l'énergie qui forme l'identité d'une personne puisse simplement être détruite et disparaître dans le néant. Je crois qu'une part de nous continue de vivre après notre mort, qu'on l'appelle esprit, âme ou autre chose. Alors si cela survit à la mort, n'est-il pas possible que certains esprits se perdent ou qu'ils restent coincés entre les mondes, comme un sou tombé dans une fissure?

— Et tu crois que c'est ce qui est arrivé à Agnes?

Sarah haussa les épaules.

— Ne dit-on pas qu'une personne qui a vécu une expérience très traumatisante, comme un assassinat, pourrait laisser une sorte d'énergie électrique derrière elle? Une sorte d'ombre ou d'empreinte? Et que les gens sensibles pourraient la percevoir?

— Tu veux dire, comme un signal radio, sauf que c'est la personne qu'on capte au lieu de la musique?

C'était en partie une blague, mais Sarah ne rit pas.

— Oui, je pense que c'est ça. D'ailleurs, je suis restée loyale à mes ancêtres tziganes. Les Tziganes ont toujours cru qu'une fois mort, notre vie n'est pas terminée, et que les morts peuvent revenir hanter les vivants.

— Les morts peuvent revenir, répétai-je.

Mon cœur se mit à battre à tout rompre, et je changeai de sujet.

— Nous devrions avancer plus vite, parce qu'il risque de faire noir avant que nous n'arrivions à Uppercliffe.

— D'accord. Tu es prête?

Nous étions maintenant sur un chemin assez large qui traversait les bruyères, et Sarah partit au petit galop. Je tentai de l'imiter. Bonny dressa les oreilles docilement et se lança derrière Starlight. Je crus d'abord que j'allais tomber, puis je m'adaptai au rythme et m'accrochai fermement à ma monture pendant que nous galopions sur les landes.

Sarah m'avait raconté tout ce qu'elle avait appris. Je n'avais pas été aussi franche avec elle. Moi aussi, j'avais fait des recherches, mais je gardais pour moi ce que j'avais découvert.

Sans rien lui dire, je m'étais glissée dans la pièce où se trouvait le téléphone, à l'école, et j'avais cherché le nom James dans l'annuaire. J'avais trouvé deux inscriptions, et j'avais appelé aux deux endroits. Non, il n'y avait pas de Sebastian James. Non, ils ne connaissaient personne de ce nom dans la région de Wyldcliffe. Non — ils commençaient alors à perdre patience —, ils n'avaient aucune idée de la manière dont je pouvais le joindre. Mais ne pas trouver son numéro, cela ne signifiait rien, me disais-je. Sans doute que sa famille ne figurait pas dans l'annuaire, ce n'était pas plus compliqué que cela. Je les imaginais dans une grande maison entourée d'un mur très haut qui les séparait du reste du monde. Exactement comme Sebastian avait tenté de me garder séparée du reste de sa vie.

Sarah ramena Starlight au pas.

— La voilà. C'est la ferme Uppercliffe.

On pouvait voir, dans un creux, les restes écroulés d'une petite maison de ferme. Des herbes avaient poussé dans les larges fissures des murs.

— Qu'est-ce qui lui est arrivé, selon toi? demandai-je.

— J'imagine que lorsque la famille a abandonné la ferme, des gens sont venus prendre des pierres pour réparer leur maison. Ça fait triste, non?

— Je vais voir à l'intérieur.

— Fais attention. Le toit ne semble pas très solide. J'ai une drôle d'impression. Je crois qu'on devrait commencer à rentrer.

Elle jeta un coup d'œil à la ronde nerveusement.

— Oh! Sarah, je t'en prie. On est venues jusqu'ici, on ne peut pas repartir aussitôt.

Nous descendîmes de nos montures et laissâmes les poneys brouter l'herbe, puis marchâmes jusqu'à la maison abandonnée. La porte était sortie de ses gonds, et l'escalier était pourri. Des crottes de moutons et de lapins jonchaient le sol. Toute la baraque semblait sur le point de s'effondrer.

Je ressentais une grande déception. Il n'y avait rien à voir, rien qui pouvait me lier aux gens qui avaient vécu ici un jour. Il nous fallait repartir. C'est alors que je l'ai remarqué.

— Regarde!

Je désignai un endroit au-dessus de l'ancien emplacement de la porte.

— Regarde la forme qui est là…

Au-dessus du cadre de porte, il y avait un bloc de pierre où une date avait été grossièrement sculptée. Et juste sous l'inscription, il y avait autre chose de gravé, une forme étrange que j'étais certaine d'avoir déjà vue.

— Qu'est-ce que c'est? demandai-je. Des fermiers ordinaires, comme ceux qui ont vécu ici, n'auraient sûrement pas d'armoiries familiales, ni rien de ce genre.

— Je ne pense pas. Je me demande ce que ça signifie.

En observant les ruines, j'essayais de m'imaginer à quoi la maison avait pu ressembler, avec ses solides murs de pierre et la fumée qui s'échappait de la cheminée. Là où aujourd'hui poussaient des herbes, il y avait eu des oignons et des pommes de terre, et quelques fleurs aux couleurs vives. Je fermai les yeux et me concentrai jusqu'à ce qu'une image tremblante apparaisse derrière mes paupières. Je pouvais sentir l'odeur de la fumée de bois. Dans le cadre de porte vide, je vis une belle porte de bois bleue qui était ouverte. Une petite fille potelée aux joues rouges sortit de la maison en chancelant et s'assit sur une marche. Elle tenait une pomme dans sa main, et le soleil faisait briller ses boucles dorées. Une voix de femme, lente et agréable, appela de l'intérieur de la maison. « Effie, fais attention d'être bien sage, d'accord mon poussin? »

Effie... Effie... Evie.

— Evie!

Le vent nous fit parvenir un long gémissement aigu. J'ouvris les yeux en sursautant. Il s'était passé quelque chose.

— Eviiiie... Saraaah... Eviiie!

— Quelqu'un nous appelle, dit Sarah. Allez, viens!

Nous courûmes jusqu'à Bonnie et Starlight, les enfourchâmes, et partîmes à toute vitesse dans la direction d'où venaient les cris. Peu de temps après, nous vîmes deux chevaux qui se promenaient librement et deux filles blotties dans les fougères. L'une d'elles était étendue d'une drôle de manière; sa jambe était tordue sous son corps. C'était

Celeste. Sophie était accroupie près d'elle, et son visage était livide et horrifié.

— Grâce à Dieu, gémit-elle. Je pensais que vous ne m'entendriez jamais.

— Qu'est-ce qu'il y a? Que s'est-il passé?

— Un lapin est apparu devant nous et il a fait peur au cheval de Celeste. Elle est tombée. Ça fait plusieurs fois qu'elle s'évanouit. Je ne voulais pas la laisser seule et aller chercher de l'aide. Nous vous avions vues vous diriger vers cette vieille maison, alors je savais que vous ne deviez pas être très loin. J'ai crié et crié encore. J'avais tellement peur que Celeste puisse… comme Laura…

Elle éclata en sanglots.

Sarah tenta de la calmer.

— Écoute, Sophie, elle ne va sûrement pas mourir, mais elle est blessée. Je vais repartir au galop vers Wyldcliffe chercher le médecin. Evie restera ici, avec toi. Ce ne sera pas long. Ne t'inquiète pas. Tout va bien aller.

Un instant plus tard, Sarah disparut. Il se mit à pleuvoir. Sophie cessa de pleurer et se mit à frissonner. Je posai mon bras sur ses épaules maladroitement.

— M-merci.

Nous restâmes en silence, mal à l'aise. Celeste gémissait faiblement, s'évanouissait, revenait à elle. Un oiseau chanta dans le ciel, indifférent à la pluie, inconscient de notre présence. Je cherchais quelque chose à dire.

— Ne t'en fais pas, tout va bien aller.

Cela semblait si insignifiant.

Sophie me regarda de côté. Après une longue pause, elle dit :

— Celeste n'a pas été très gentille avec toi, n'est-ce pas ? En fait, aucune de nous ne l'a été.

— Ça ne fait rien.

Sophie renifla et s'essuya le visage avec sa manche.

— C'est juste qu'elle aimait vraiment beaucoup Laura. On ne s'imaginerait pas que Celeste puisse être aussi émotive, mais elles étaient comme deux sœurs.

— Oh.

Elle leva les yeux vers moi.

— Je crois que l'amour est ce qu'il y a de plus important au monde, pas toi ?

— Hmm.

— À la maison, j'ai un chiot. Il m'aime. Il me manque.

Elle se roula en boule sous la pluie et cessa de parler. Je l'avais considérée comme une petite snob stupide, et je voyais maintenant qu'elle était tout simplement triste. Elle avait été expédiée dans un internat par des parents distants, elle s'accrochait à l'amitié de Celeste, et son petit chien lui manquait comme un ourson en peluche manquerait à une petite fille. Mais ses paroles banales m'avaient ouvert les yeux telle une profonde révélation.

L'amour est ce qu'il y a de plus important dans le monde.

Je vis qu'il ne fallait pas fouiller le passé. Je m'étais laissé détourner par mon imagination, j'avais cherché des trucs qui ne pouvaient tout simplement pas être là, et tout ce temps, j'avais tourné le dos à quelque chose de réel. Lady Agnes, le portrait, les gens de la vieille ferme… tout cela n'était rien en comparaison de ce que je ressentais pour Sebastian.

Assise sur la colline mouillée, je finis par m'avouer que je l'aimais. Et je ne pouvais plus lui tourner le dos, peu importe les promesses que j'avais faites à Sarah. L'amour était ce qu'il y avait de plus important. Je ne pouvais laisser une dispute idiote, ou des visions névrotiques, le détruire.

«Reste loin de lui», avait dit la fille en blanc. Mais je savais que je ne le pouvais pas. J'avais besoin de revoir Sebastian. Je devais découvrir s'il y avait quelque chose entre nous. Et si c'était le cas, j'allais m'y accrocher et ne plus jamais le laisser partir.

Trente-deux

Journal de Lady Agnes,
le 15 avril 1883

Comment ai-je pu le laisser aller aussi facilement ? Comment ai-je pu monter dans le train pour Londres et le laisser derrière moi ?

En arrivant ici, j'ai dû déployer d'immenses efforts pour trouver comment gagner ma vie ; le simple fait de me nourrir, de me vêtir et de me loger me demandait énormément.

Mon travail semble satisfaire monsieur Carley, et je gagne juste assez d'argent pour survivre. Maintenant que je peux répondre à mes besoins de base, je me sens terriblement malheureuse. Sans amour, vivre se résume à exister.

Hier, j'ai marché sur le bord de la rivière. Elle ne ressemble pas aux ruisseaux étincelants que l'on voit chez moi ; c'est une eau malodorante et stagnante enveloppée de brouillard et d'odeurs putrides.

« Comme il serait facile, ai-je pensé, de tomber dans ses profondeurs et de la laisser m'avaler... »

En rentrant chez moi, je me sentais malade et épuisée. Une fois dans ma chambre, j'ai verrouillé la porte, fermé les persiennes, dessiné le Cercle et chuchoté les incantations aussi bas que possible. C'était la première fois que je me laissais aller aux Mystères depuis mon arrivée en ville, et c'était dans un seul et unique but : voir le visage des gens que j'aime.

Des flammes vives et froides se sont élevées, rouges, or et blanches, comme des fleurs poussant dans une serre. Je les ai coupées avec une lame d'argent, gravant son nom dans les airs. Les flammes sont redescendues, et dans leur cœur étincelant, j'ai vu l'image de mon bien-aimé, si lointain. Son visage était rempli de douleur et de fièvre, et quand il a prononcé mon nom, il m'a maudite. Puis j'ai dirigé mon esprit vers la maison de mes parents, et j'ai vu une toute petite image d'eux dans les flammes ; ils se serraient l'un contre l'autre en sanglotant.

Une vague de fureur a traversé mon corps. Des étincelles ont jailli du Cercle, et j'ai créé une tornade de fantômes ; des étoiles et des planètes semblaient tourner au-dessus de ma tête, des cascades de lumière s'écrasaient sur le sol, tombant de mes mains tendues, et une multitude de créatures fantastiques sautaient autour de moi : des tigres de bronze, des paons miroitant et des chevaux galopant, tous roussis par le feu. Je me suis épanchée en esprit aux Pouvoirs :

« Comment se fait-il que je sache faire apparaître de telles merveilles, mais que je ne puisse être avec les gens que j'aime ? Pourquoi ai-je dû leur faire du mal ? Pourquoi m'a-t-on choisie pour tout cela ? »

Il n'y a pas eu de réponses. Je me suis laissée tomber sur le sol, désespérée, et j'ai brisé le Cercle. Les lumières et les flammes ont disparu, et je suis restée seule, frissonnant dans le noir, aussi tendue et nerveuse qu'un animal affolé. À ce moment-là, j'aurais fait n'importe quoi pour le retrouver.

Je sais maintenant que je ne me marierai jamais et que je n'aurai pas d'enfants. Mais si j'avais eu la chance d'avoir une fille, je lui aurais dit que si elle trouvait l'amour, elle devait s'y accrocher et ne jamais le laisser partir.

Trente-trois

C'est le moment. Je suis tout à fait éveillée, tendue et nerveuse comme un animal.

Dès que je suis sûre que les autres dorment, je descends à toute vitesse l'escalier des domestiques sans me préoccuper de la noirceur. Je ne pense qu'à revoir Sebastian. Je prie pour qu'il ne se soit pas lassé de rester toutes les nuits à m'attendre. Je dois le voir. Je dois savoir. Tout ce qui s'est passé avant menait à ce moment-ci. Maintenant, je vais connaître la vérité.

La grande maison paraît anormalement calme, comme si tout le monde était tombé dans un sommeil enchanté, même les souris. Je me bats contre le verrou de la porte qui mène à la cour de l'écurie. Me voilà dehors. Le ciel est sombre et sans nuages, richement orné d'étoiles froides et dures. Rien ne bouge. Le temps s'est arrêté. Je me mets à courir. Dans ma hâte, j'ai oublié de mettre mes chaussures, et mes pieds s'enfoncent dans l'herbe humide. Les ruines s'élèvent, menaçantes, devant moi ; impassibles et noires. Le lac scintille. On entend le hululement d'un hibou s'élever des arches de la chapelle. Sebastian a dit qu'il attendrait.

J'écoute, je regarde, les nerfs tendus. Il n'y a personne, ici. Maintenant, je sais.

C'est terminé.

Je ne suis rien pour Sebastian. Je ne suis qu'une autre petite fille idiote émerveillée par son beau visage. Mon souffle est rapide et haletant. Mon cœur bat si fort qu'il fait mal. C'est alors que je l'aperçois, affalé contre un muret dans les ombres de la nuit.

— Evie ?

Il se lève. Je cours vers lui, et il m'entoure de ses bras. Nous nous accrochons l'un à l'autre sans rien dire ; puis il m'écarte.

— Oh ! Evie, je suis tellement désolé. Je croyais ne plus jamais te revoir.

— Ça va, ça va. Moi aussi, je suis désolée, c'est ma faute.

— Non, ne dis pas ça. Je vais t'expliquer…

— Ce n'est pas grave, ce n'est pas important.

Je regarde son visage. Il est anormalement pâle et émacié. La peur monte en moi.

— Sebastian, qu'y a-t-il ? Tu as une mine épouvantable. Es-tu malade ?

— Ce n'est pas important.

Il tousse avec lassitude.

— Écoute, toute cette affaire, quand tu voulais rencontrer mes parents… j'aurais dû te dire la vérité dès le départ. Mes parents sont morts. Il n'y a personne à rencontrer. Je suis seul.

— Pourquoi ne me l'as-tu pas dit ?

— Je ne voulais pas… que tu aies pitié de moi.

Une lueur de fierté traverse son visage.

— J'ai été stupide. Je te prie de me pardonner.

— Il n'y a rien à pardonner. Moi aussi, j'ai été stupide. Tu m'as tellement manqué.

— C'est vrai? dit-il avec enthousiasme. Oh! Evie, sans toi, je ne me sentais pas vivant.

— Eh bien, je suis là, maintenant, répondé-je en le serrant contre moi.

Il semble si défait, si malade, que je voudrais lui enlever toute sa douleur.

— Je vais t'aider à aller mieux. Je ne te laisserai plus. Ne t'en fais pas; je suis là.

Il sourit comme un petit ange fragile et perdu.

— Oui, tu es là. Il faut fêter ça. Que devrions-nous faire?

— Que suggères-tu? Un pique-nique? Le cinéma? Nous n'avons pas beaucoup de possibilités.

Les yeux de Sebastian se mettent à briller.

— Je sais ce que j'ai envie de faire. Allons nager ensemble dans le lac. Nous pourrions faire comme si c'était la mer chez toi. Ça te plairait?

— Mais tu ne sembles pas bien, et il fait froid…

Il touche une mèche de mes cheveux, comme il l'avait fait à notre première rencontre. Je me sens faiblir.

— Je m'en fiche, dit-il en scrutant mon visage comme s'il cherchait à le fixer dans sa mémoire.

— Et je n'ai pas de maillot de bain.

Mais je sais que je ne pourrai résister.

Lentement, Sebastian tend les bras et défait mon peignoir, le laissant tomber sur le sol humide. L'air froid traverse ma chemise de nuit et me saisit. Je détache le collier de Frankie et le laisse tomber sur le peignoir.

— Qu'est-ce que c'est ? dit-il d'un ton insouciant.

— Le collier de ma grand-mère. Je ne veux pas le mouiller.

Il rit, doucement, tendrement.

— Tu es toujours aussi raisonnable, Evie, même lorsque tu t'apprêtes à nager dans un lac défendu au milieu de la nuit.

Il enlève son manteau et son ample chemise. Ses bras et sa poitrine luisent comme une pierre blanche, contrastant avec son pantalon d'équitation noir.

— Es-tu prête ? chuchote-t-il.

Il me prend dans ses bras, comme si j'étais une jeune mariée à qui on fait franchir le seuil de la maison, et entre dans les eaux silencieuses du lac.

De noires vaguelettes s'écartent pendant que nous nageons côte à côte. Nos mains se touchent, nos yeux se croisent et nos membres s'enchevêtrent comme un lierre grimpant. Nos bouches se cherchent. À ce moment, une sorte de décharge électrique me traverse le corps. J'aspire et avale de l'eau. Je suis attirée sous l'eau. La panique monte en moi ; je ne sais plus nager. Je ne suis plus moi-même, mais Laura, étouffant avec horreur dans les eaux boueuses du lac.

Quelque chose — ou quelqu'un — s'accroche à moi, m'attirant vers le fond. Je plonge sous la surface de l'eau. Je me trouve entourée d'un cercle de visages blancs portant des capuchons noirs ; des femmes effrayantes, mons-trueuses, tendent les bras vers moi et hurlent, appelant un

nom qui résonne dans ma tête : «Sebastian! Sebastian!»
Puis une autre voix crie : « Evie, Evie… »

C'est ma mère. Je n'ai jamais entendu cette voix auparavant, mais je sais que c'est elle. Avec le peu de forces qu'il
me reste, je donne un coup avec mes jambes et remonte à la
surface, luttant pour me libérer.

— Evie! Evie!

Cette fois, c'est Sebastian qui m'appelle. Je suis dans ses
bras sur l'herbe tendre, tout près du lac; j'ai des haut-
le-cœur, je tremble. Je le repousse et l'attaque avec mes
poings.

— Arrête, dit-il en tentant de m'apaiser. Ne fais pas ça,
Evie. Tout va bien, maintenant.

— Reste loin de moi, ne me touche pas!

— De quoi parles-tu? Evie, c'est moi, Sebastian.

J'éclate en sanglots déchirants et sans larmes.

— Je… je les ai vues. Je… j'ai vu ces femmes.

— Quoi? Qu'est-ce que tu as vu?

Je regarde ses beaux yeux angéliques. Était-ce contre ça
que la fille rousse essayait de me prévenir?

— Ces femmes. Elles essayaient de me tuer. Et elles
criaient ton nom.

Il semble surpris, presque effrayé; puis son visage se
durcit.

— Il n'y avait personne, Evie. Et je ne laisserai personne
te faire de mal. Tu dois le croire.

— Mais elles étaient là, sous l'eau!

— Tu as simplement eu une crampe et tu as paniqué.

— Ce n'est pas juste ça. J'ai vu d'autres choses, des gens
que je ne connais pas, j'ai entendu des voix, j'ai imaginé

toutes sortes de trucs curieux. Je pensais pouvoir ignorer tout ça, mais je crois que je suis en train de devenir folle.

— Tu ne l'es pas, Evie. Tu es bonne, vraie et belle, et je ne laisserai pas cet endroit te faire du mal. Je prendrai soin de toi, je te le jure.

Il m'attire contre lui, comme s'il n'allait plus jamais me laisser aller, et dit :

— Je t'aime.

Tout le reste disparaît. Je suis calme, plus calme que je ne l'ai été de toute ma vie. Le monde n'est plus un lieu terrifiant. Je ne suis pas seule. Sebastian m'aime. Rien n'est plus important que cela. Il me caresse le visage, les cheveux.

— Reste avec moi, Evie. Je veux que tu sois avec moi... pour toujours.

Il me soulève avec légèreté, facilité, et m'emporte loin du lac. Je m'accroche à son cou et respire l'odeur de sa peau mouillée. J'ai envie de crier aux collines, aux arbres et aux étoiles : « Je l'aime, je l'aime, je l'aime tant, comme la chanson infinie de la mer. »

C'est le moment.

Il entre sous les arches cassées de la chapelle et m'installe parmi les ombres profondes et silencieuses. Par la voûte sans toit au-dessus de moi, je vois les étoiles couronner la tête de Sebastian de flammes blanches et froides au moment où il se penche sur moi pour m'embrasser enfin.

C'est de la joie, de la joie pure. Nous nous embrassons encore et encore, puis nous ouvrons les yeux et contemplons le miracle que l'autre représente. Et, les unes après les autres, les étoiles clignotent et disparaissent, et les oiseaux se mettent à chanter.

Trente-quatre

Le lendemain, je descendis prendre le petit déjeuner en flottant. J'aurais voulu courir au lieu de marcher, voler au lieu de courir. Tous mes doutes, toutes mes peurs avaient disparu. Jamais, de toute ma vie, je n'avais été aussi heureuse.

— C'est pour toi.

Sophie était debout près de la table ; elle participait au tri du courrier de la journée. Depuis l'accident de Celeste, elle semblait déterminée à être plus aimable avec moi.

— Merci, Sophie.

Je pris la lettre avec empressement, espérant qu'elle soit de Sebastian, mais l'enveloppe était adressée au nom de Mademoiselle Evelyn Johnson, et l'écriture ne m'était pas familière. Au verso, les mots « Maison de repos Beechwood » étaient imprimés.

— J'espère que ce ne sont pas de mauvaises nouvelles, dit Sophie avec la lèvre qui tremblait légèrement. Savais-tu que Celeste s'est fait une très mauvaise fracture à la jambe ? Elle ne reviendra pas à l'école avant longtemps.

— Oh ! je suis désolée. Je ne savais pas.

— Pauvre Celeste.

— Ouais. À plus tard, Sophie.

Je m'éloignai rapidement, mais j'hésitai à ouvrir la lettre. De mauvaises nouvelles, avait dit Sophie. Je ne pourrais supporter de recevoir de mauvaises nouvelles au sujet de Frankie. Je ne voulais rien qui vienne gâcher mon bonheur avec Sebastian.

Quand vint le temps de la pause de la matinée, je commençais à avoir honte de ma lâcheté. J'étais totalement égoïste. Il était évident que je voulais savoir comment se portait Frankie. C'était peut-être même une lettre que Frankie, rétablie, m'avait écrite, comme elle l'aurait fait à une certaine époque. Je décidai de sortir pour la lire seule.

— Hé ! fit Sarah en s'approchant de moi au moment où je me dirigeais vers la porte. Veux-tu aller à l'écurie avec moi ?

— Bien sûr.

Je me sentais coupable d'avoir revu Sebastian malgré la promesse que je lui avais faite. Je devrais le lui expliquer, mais pas maintenant.

— J'ai reçu une lettre, fis-je en la sortant de ma poche avec une feinte légèreté. Ce sont peut-être de bonnes nouvelles au sujet de Frankie.

— Bon. Alors, je vais aller voir les poneys et je te laisserai seule pour la lire.

Je m'assis sur un banc qui se trouvait à l'extérieur de la sellerie. Dans l'enveloppe, je trouvai un mot et un morceau de papier jauni plié. En les lisant, j'eus l'impression que mon sang chantait dans mes oreilles.

— Sarah! Sarah!

Elle arriva précipitamment de l'autre extrémité de la cour.

— Qu'est-ce qu'il y a? Qu'est-ce qui est arrivé?

Je ne pouvais répondre. Je lui tendis simplement le mot.

Chère Evelyn,

Vous ne me connaissez pas, mais je suis une des infirmières qui soignent votre grand-mère, ici, à Beechwood. Tout le monde ici l'aime beaucoup. La semaine dernière, elle semblait aller beaucoup mieux. Elle est parvenue à nous faire comprendre qu'elle voulait que le document ci-joint vous soit envoyé. J'ai demandé à la directrice si je pouvais le faire, et elle a accepté. Elle m'a donné l'adresse de votre internat. Vous avez beaucoup de chance d'être là-bas, n'est-ce pas? Malheureusement, j'ai oublié de poster le document, parce que le lendemain, l'état de votre grand-mère s'était de nouveau détérioré. Je suis certaine que votre père vous tient au courant de ce qui se passe au fur et à mesure. Son état est stable, maintenant, même si je ne suis pas sûre qu'elle comprenne ce qui se passe autour d'elle. C'est vraiment dommage, mais vous ne devez pas être triste, car nous faisons tout, ici, pour l'aider, et je suis sûre qu'elle ira mieux bientôt.

Sincères salutations,
Margaret Walsh

— Et c'est quoi, le document?

Je lui passai le vieux bout de papier.

— « Les générations de notre famille », lut Sarah. « En commençant par Evelyn Frances Smith, que l'on appelait Effie. Née en 1884, elle venait d'ailleurs, mais tout le monde l'adorait, à Uppercliffe. » Et c'est suivi d'une liste de noms de femmes, avec une écriture différente pour chacun.

— Lis les noms à voix haute.

— « Eliza Agnes, fille d'Effie, née en 1904, partie de la vallée à l'âge de deux ans. Frances Mary, née en 1933. » Puis c'est écrit « Clara, ma fille chérie. Noyée juste avant son trentième anniversaire. »

Sarah cessa de lire et me jeta un coup d'œil.

— Continue.

— Le dernier nom de la liste, c'est Evelyn Johnson. C'est toi ?

— Tout le monde m'appelle Evie.

— Alors, Clara, c'est ta mère, et Frances Mary, ce doit être Frankie, c'est ça ?

Je hochai la tête. J'étais incapable de parler.

Sarah regarda le papier en fronçant les sourcils.

— Eliza, c'était ton arrière-grand-mère, et l'autre Evelyn — Effie —, c'était ton arrière-arrière-grand-mère.

L'image d'une petite fille aux boucles dorées assise au soleil m'apparut. Était-ce elle, Effie ? L'avais-je réellement vue ?

— Au verso, il y a une sorte de dessin, continua Sarah. Un croquis, ou quelque chose du genre. Et c'est écrit : « Héritage des filles d'Evelyn Frances Smith. Que cela reste toujours entre leurs mains et ne tombe jamais dans les ténèbres. » Je ne comprends pas ce que ça veut dire. Et toi, Evie ?

— Je crois comprendre, répondis-je lentement.

Mes mains tremblaient quand je sortis mon collier de sa cachette sous la chemise de l'école. Le bijou avait la même forme que le dessin sur la feuille.

— Evie, nous avons vu la même chose au-dessus du cadre de porte dans la ferme, tu te souviens ? Ce papier, la maison et ton collier, tout cela est lié.

— Ce collier représente donc l'héritage.

Je le regardai, émerveillée.

— Et maintenant, il m'appartient.

Une cloche retentit. La vie à Wyldcliffe continuait. Je replaçai le collier dans mon chemisier.

— C'est l'heure d'aller en classe, dit Sarah. Mais il faudra trouver le lien entre tout ça et Lady Agnes. Attends... 1884, quand cette Effie est née, c'est aussi l'année où Agnes est morte, non ? Tu te souviens que le portrait d'elle a été peint en 1882, deux ans avant son accident ?

— Je ne vois pas le lien avec Agnes.

— Une de ces femmes, parmi tes ancêtres, porte le même nom. Regarde, c'est écrit « Eliza Agnes ».

— J'imagine que c'était un prénom commun, à l'époque. Ça ne signifie pas qu'il y ait eu un lien entre cette Eliza Agnes et Lady Agnes Templeton.

— C'est quand même un début, non ? dit Sarah avec excitation.

Elle fronça les sourcils.

— C'est bizarre que Frankie t'ait envoyé ça juste maintenant, comme si elle savait que tu en avais besoin.

« Est-il possible que Frankie l'ait su ? » me demandai-je.

En rentrant dans l'école, je souhaitai de tout mon cœur avoir la possibilité de la revoir, de lui parler. Il y avait tant de choses que je désirais savoir.

Toute la journée, mon esprit se promena très loin, avec ces femmes dont la vie faisait partie de la mienne. J'avais le même prénom que l'une d'elles. Evelyn... Evie... Effie. C'était le chaînon manquant, la grand-mère que Frankie n'avait jamais connue. Mon arrière-arrière-grand-mère. C'était son prénom que j'avais entendu là-haut dans les landes, près de la ferme en ruine. Et je sais que je l'avais vraiment vue assise sur le pas de la porte en train de manger une pomme, il y a longtemps, par un matin de printemps. Je ne voulais pas voir des choses auxquelles les autres n'avaient pas accès. Je n'étais pas, comme Sarah, excitée par l'inconnu. Je voulais être Evie Johnson, saine et raisonnable, lovée dans les bras de Sebastian.

Mais quelque chose me dérangeait, et je n'arrivais pas à lâcher le morceau.

Pourquoi est-ce qu'Effie — Evelyn Frances Smith, une femme humble, vivant dans une ferme pauvre à flanc de colline — avait été importante au point de posséder un héritage qui avait été transmis soigneusement de mère en fille pendant cinq générations ? La question me hanta toute la journée. D'où venait ce collier ? Avait-il une quelconque valeur ? Et comment pouvais-je le découvrir ?

Trente-cinq

Le collier d'argent est tout ce qu'il me reste. La Voie mystique m'est désormais fermée. Je n'ai plus aucun pouvoir, il ne m'en reste même pas assez pour éteindre une bougie. Il m'est à peine supportable d'écrire ce que j'ai fait, mais je le dois. Je dois accepter ma nouvelle réalité.

J'ai observé S. de nombreuses fois dans les flammes, nuit après nuit. C'était comme une drogue. Je ne pouvais m'en empêcher; j'avais besoin de savoir ce qui lui arrivait. Un jour, j'ai vu qu'il s'était remis de sa maladie et qu'il planifiait venir à Londres, car il était prêt à tout pour me retrouver. Non, ce n'est pas cela. Ce n'était pas moi qu'il souhaitait trouver, mais un moyen d'atteindre le Feu.

Après une longue réflexion et beaucoup de souffrance, j'ai décidé qu'il ne fallait plus que je possède la capacité de lui donner ce qu'il cherchait. Maintenant, même s'il découvrait ma cachette, je ne pourrais plus me laisser tenter par ses larmes de désespoir et ses airs suppliants. Je ne peux plus lui faire de mal, et les Mystères resteront gardés jusqu'à ce qu'ils se retrouvent entre les mains de la fille qui, un jour, saura les utiliser à bon escient.

Une fois ma décision prise, j'ai traîné dans les marchés et me suis défaite de mes derniers shillings pour acheter d'un marchand oriental parlant à peine l'anglais un étrange bijou gravé. Il y a tant de nationalités différentes dans ces rues pleines de monde où tous cherchent à vendre quelque chose. J'ai marchandé un peu, puis nous sommes parvenus à un accord, et le marchand a accroché le colifichet sur une chaîne d'argent. Je suis retournée dans ma chambre, satisfaite de mon affaire.

Ce soir-là, j'ai créé le Cercle sacré pour une dernière fois. J'ai tout fait avec un grand soin, souhaitant me rappeler la beauté de ce don que j'allais redonner.

Après avoir invoqué les flammes, je les ai fait danser autour de moi, hautes, comme une forêt d'arbres argentés se balançant au vent. Pendant longtemps, j'ai regardé avec ravissement la lumière et les couleurs, puis j'ai dû me mettre au travail.

J'ai concentré tous mes pouvoirs, jusqu'à ce que je ne voie plus avec mes yeux, mais avec mon esprit. Je devais entrer dans le cœur du Feu, alors j'ai invoqué son esprit gardien, et l'Esprit m'a répondu. J'ai eu l'impression de me retrouver dans la caverne dont j'avais rêvé un jour, où une colonne de flammes tourbillonnant sans fin s'élevait du centre du monde créé. Je n'avais pas peur. J'ai pu m'approcher, puis j'ai eu à choisir. Il me suffisait de tendre la main pour faire partie de la beauté et du pouvoir immortels. Au lieu de cela, j'ai fait entrer le bijou d'argent dans la colonne de feu. Et, pour la première fois, la chaleur m'a brûlée jusqu'à me donner le sentiment que j'allais mourir. Ma force vitale semblait aspirée hors de moi et transférée dans le bijou d'argent. J'ai vu deux visages aimés, à lui et à elle, et j'ai fait le vœu de les protéger. La douleur est devenue alors si forte que je me suis évanouie dans le néant. Quand je me suis réveillée, j'étais seule dans ma chambre pauvre et dénudée, et le collier dans ma main était froid.

Ma lutte est terminée. Mes pouvoirs sont enfermés dans ce talisman étincelant, hors de son atteinte et de la mienne. Je sais qu'il ne m'a jamais vraiment aimée, mais je ne l'en blâme pas. Ses sentiments étaient ceux d'un jeune homme avide de vivre une merveilleuse aventure. Il voulait l'excitation et le pouvoir, et non mon amour.

Les secrets de son cœur, c'est elle qui les lui fera découvrir.

Et maintenant, je dois mettre de côté mon amour pour lui, comme un vêtement nuptial dont on n'a plus besoin. J'ai écarté tout un pan de ma vie pour sauver la leur. C'est mon choix. C'est ma liberté.

Trente-six

Ce fut une longue journée remplie d'agitation. Je mis de côté mes pensées au sujet de Sebastian et je lus en secret les lettres que j'avais reçues de la maison de repos, encore et encore, cachées dans les pages de mes manuels scolaires, tentant de démêler tout cela. Puis, ce fut l'heure de se préparer pour la nuit. J'entrai dans la salle de bain et en verrouillai la porte. Assise sur le sol, je défis le ruban autour de mon cou et examinai le collier avec attention. Il était fait de fils d'argent entrelacés avec, au centre, un cristal scintillant, qui brillait de différentes couleurs quand je le tournais sous la lumière. Il était joli, même si je ne l'avais pas considéré jusqu'ici comme un bijou, mais plutôt comme un objet me liant à Frankie.

Quelqu'un tambourinait à la porte de la salle de bain.

— Dépêche-toi!

C'était India, toujours impatiente et plus bourrue que jamais depuis que Celeste n'était plus là pour calmer son ego. Je soupirai et me levai. En me regardant dans le miroir pour attacher le collier, j'eus un choc et manquai perdre l'équilibre. Ce n'était pas mon visage qui me regardait, mais celui d'une fille avec de longues boucles auburn. Elle était vêtue d'une robe noire, portait une chaîne scintillante autour du cou et tenait un bébé dans ses bras. C'était Agnes.

Je m'agrippai au lavabo. C'est alors que je l'entendis chanter :

La nuit est noire, mais le jour vient
Dors mon bébé, et ne crains rien…
Dors, petite Effie, maman est là…

Le tambourinage recommença.

— Tu es tombée raide morte ou quoi ?

J'ouvris d'un coup la porte, bousculai India et partis à grandes enjambées en direction du dortoir. Ignorant tout le monde, je fermai le rideau autour de mon lit et tirai les couvertures jusqu'à mon menton.

« Agnes avait un bébé qui s'appelait Effie. Agnes a eu un bébé ; Agnes était la mère d'Effie… »

Les mots passaient dans ma tête à toute vitesse. Je ne pouvais plus ignorer ce que je voyais. Il n'y avait plus d'explications qui m'auraient permis de l'écarter. C'était réel. Pour la première fois, je crus que c'était Agnes elle-même qui essayait de me faire voir ce qui lui était réellement arrivé.

Elle avait eu un bébé, mais elle n'était pas mariée. Et sa petite, c'était Effie, avec ses boucles dorées. Je me dis qu'à l'époque, Agnes n'avait pas pu la garder, car cela aurait été un terrible scandale. Et si on avait envoyé Effie vivre dans une ferme du coin ? Et si on lui avait donné un nom derrière lequel se cacher — Evelyn Frances Smith — et qu'elle avait grandi comme n'importe quelle petite fille de fermiers ? Ensuite, elle se serait mariée et aurait eu, elle aussi, une fille : Eliza Agnes, mon arrière-grand-mère, dont le deuxième prénom permettait d'établir un lien avec l'abbaye, qui était l'endroit auquel Effie appartenait vraiment.

Mes pensées tourbillonnaient. Je me sentis prise de nausées quand je repensai aux rumeurs entourant la mort d'Agnes, selon lesquelles ce n'était pas vraiment un accident. Était-il possible qu'on ait voulu se débarrasser d'elle pour étouffer le scandale qu'aurait causé la naissance de son bébé ? Lord Charles était riche et puissant ; il aurait pu avoir engagé des voyous, avoir tout arrangé avec les autorités et avoir fait courir l'histoire de l'accident d'équitation. Je l'imaginais en père de l'époque victorienne, froid et cruel, plus préoccupé par sa réputation que par son unique fille. Ce n'était pas étonnant que Wyldcliffe soit un lieu maudit.

Non, c'était impossible. J'allais trop loin, maintenant ; aucun parent ne ferait une chose pareille. Et Sarah avait dit que Lord Charles avait eu le cœur brisé et était parti à l'étranger après la mort de sa fille. Mais était-il parti à cause de sa douleur ou à cause de sa culpabilité ?

Je m'assis dans mon lit, la tête sur le point d'exploser, prête à tout pour arriver à démêler cette histoire.

Quels que soient les détails, une chose était claire pour moi : Agnes était morte dans des circonstances mystérieuses, et la violence de sa mort avait laissé une empreinte énergétique à Wyldcliffe. Et moi, j'aurais capté ces ondes, comme l'avait expliqué Sarah, parce qu'Agnes était mon ancêtre. Voilà que tout se tenait. Les aperçus que j'avais eus de son monde étaient extraordinaires, mais en même temps, tout à fait logiques, une sorte de phénomène scientifique. Après tout, je n'étais peut-être pas en train de devenir folle.

Je voulais danser de soulagement ; puis je me rappelai le doux visage de la jeune mère que j'avais entrevu de l'autre côté de la barrière du temps et je me sentis triste pour elle. Pauvre Agnes, pensai-je. Elle devait être à peine plus vieille que moi ; elle avait dû avoir si peur. Je me demandais à quoi pouvait ressembler l'homme qu'elle avait aimé. J'espérais qu'ils avaient été heureux ensemble, du moins, un certain temps. Mais il l'avait sans doute abandonnée, sans cela, elle n'aurait pas eu à faire face seule à sa grossesse. Soudain, cela m'apparut : *Reste loin de lui*. Ces paroles ne concernaient pas Sebastian. Elle devait penser à l'homme qui l'avait trompée, et non à Sebastian.

La joie que j'avais ressentie la nuit précédente remonta en moi. Il n'y avait aucune raison d'avoir peur. Il n'y avait aucun mal à l'aimer.

J'avais l'impression que les dernières pièces du casse-tête étaient en train de se mettre en place. Maintenant, je pouvais tout dire à Sebastian. En fait, il connaissait peut-être même des détails de l'histoire d'Agnes. Ne m'avait-il pas raconté des choses sur Lord Charles et sa famille ? Je devais le voir aussitôt que les autres filles seraient endormies. Ensuite, au matin, je pourrais raconter fièrement toute l'histoire à Sarah, comme un détective qui vient de résoudre une énigme insoluble.

Je tâtai le collier sous ma chemise de nuit. Maintenant, j'allais toujours le porter, pas seulement pour Frankie, mais pour toutes les femmes venues avant moi et, plus particulièrement, pour Agnes. C'était la moindre des choses.

Trente-sept

J'ai commencé ce journal il y a plus de deux ans. Je n'ai rien écrit depuis plusieurs mois, mais je me dois maintenant de reprendre la plume et de continuer mon histoire, ne serait-ce que pour que ma petite fille puisse avoir des traces de cette époque extraordinaire. En relisant ces pages, j'ai l'impression que les jours vécus à Wyldcliffe faisaient partie d'une autre vie, dont je me souviens à peine, comme si j'avais été somnambule. Quand je me suis sauvée à Londres, j'étais encore une enfant, prise dans une grande aventure, et même les dangers semblaient alors faire partie de l'histoire romantique que j'étais en train de vivre. Mais j'ai changé, depuis. Je suis une femme, avec une enfant dont je dois m'occuper, que je dois protéger; je suis de cette longue lignée de mères qui nourrissent des espoirs pour l'avenir et se souviennent du passé.

Mon enfant, pauvre petite, ne connaîtra jamais son père. Il y a quatre semaines, nous avons enterré Francis. Il a été bon, doux et

patient jusqu'à la fin. J'ai su dès le départ qu'il souffrait de tuber-
culose, mais je ne croyais pas qu'il nous restait si peu de temps
ensemble. Son déclin, une fois commencé, a été rapide. C'est
presque trop douloureux et intime pour que j'en parle ici, mais j'ai
compris alors que, d'une étrange façon, la souffrance m'avait
rendue forte.

Même si le perdre a été très difficile, je suis reconnaissante
pour les quelques mois de bonheur que nous avons connus. Notre
rencontre a été le fruit du hasard. Polly m'avait parlé d'un jeune
homme, Francis Howard, qui habitait dans le quartier; un artiste
venant d'une famille riche qui l'avait mis à la porte parce qu'il
avait choisi de poursuivre ses rêves, et qui était maintenant si
pauvre qu'il échangeait ses tableaux contre un repas chaud. Il
avait peint Polly, un soir, et elle avait hâte de me montrer le
résultat. C'est ainsi que nous nous sommes rencontrés et que ma
vie a changé. Était-ce un coup de chance ou du destin? Si je n'étais
pas allée, ce dimanche après-midi, voir le portrait de Polly, serions-
nous passés sans nous voir dans ce monde? Je ne sais pas, mais
j'ai espoir que nous nous rencontrerons de nouveau dans un
monde meilleur.

Après ma fuite de Wyldcliffe, je croyais ne plus jamais pouvoir
aimer. Mais je sais désormais qu'il existe différentes sortes
d'amour. Francis m'a fait découvrir qu'aimer quelqu'un n'était pas
forcément douloureux. Il était tendre, honnête et bon. Ses tableaux,
tout comme son cœur si doux, étaient remplis de joie de vivre. Et
maintenant, je me dis que plus personne ne saura apprécier son
œuvre. J'ai dû échanger ses dernières toiles contre de la
nourriture.

Je suis heureuse que Francis ait vécu assez longtemps pour
voir notre fille. Elle fait la joie de mon cœur, et même si j'ai été très
malade après mon accouchement, elle m'a permis de rester en vie.

Tout est magnifique chez elle : ses petites mains, ses yeux brillants, la délicieuse odeur de sa peau si douce. Je la tiens contre moi et la berce pour l'endormir tous les soirs, lui chantant, comme me chantait Martha quand j'étais petite :

La nuit est noire, mais le jour vient
Dors mon bébé, et ne crains rien...

J'ai peur, maintenant. Je ne peux subvenir à nos besoins avec mes travaux de couture et, même si les gens qui m'entourent se sont montrés très gentils — Polly, sa mère et tous les autres voisins —, je ne peux rester ici. J'ai pris la décision de rentrer à Wyldcliffe. J'essaierai de revoir mes parents. Ce n'est ni leur argent ni leur grande maison que je veux pour mon enfant, mais leur amour. Je veux qu'elle puisse connaître sa famille et la vallée sauvage, cet endroit auquel elle appartient. Je ne mérite pas le pardon pour la douleur que je leur ai causée, mais ma fille, elle, le mérite.

Je n'irai pas directement à l'abbaye, cependant, au cas où je ne serais pas la bienvenue. J'irai d'abord voir Martha, qui a réussi à m'écrire de temps en temps. Elle vit à la ferme avec son neveu et dit qu'elle a très hâte de voir ma « fifille ». Et moi, j'ai très hâte de rentrer chez moi.

Trente-huit

Tous les atomes de mon corps mouraient d'envie de revoir Sebastian. Je ne pouvais attendre une seconde de plus. Dans le dortoir, tout était calme, alors je décidai de me risquer à sortir. Je traversai la chambre aussi discrètement qu'un chat et me dirigeai vers la porte.

— Evie!

C'était Helen, je voyais ses yeux briller dans le noir.

— Qu'est-ce qu'il y a? chuchotai-je d'un ton que je voulais désinvolte.

— Ne sors pas cette nuit. Tu ne dois pas y aller.

— Je ne sais pas de quoi tu parles.

— C'est la nouvelle lune. Elles seront toutes là.

— Qui? Qui sera là?

— Je… Je ne peux rien te dire.

— Oh! tu me rends folle. Mais je n'ai pas l'intention de me laisser avoir par cet endroit, tu comprends?

— Il y a des choses que tu ne sais pas au sujet de ce lieu. Il faut que tu sois prudente.

India remua dans son sommeil. Nous risquions de la réveiller. Je me rapprochai d'Helen.

— Écoute, Helen, je te suis reconnaissante de tes conseils, et tout ça, mais je n'ai pas besoin de ton aide. Je peux m'occuper de moi.

Je me retournai et me glissai hors de la chambre, puis je dévalai le plus rapidement possible l'étroit escalier arrière. Enfin, je pus ouvrir la vieille porte verte et sortir dans l'air frais de la nuit.

Sebastian m'attendait en marchant de long en large dans la cour. Il me tira vers un endroit dans l'ombre et m'embrassa, puis me serra très fort contre lui.

— Dieu merci, tu vas bien. J'étais si inquiet.

— Pourquoi? Qu'est-ce qu'il y a?

— Chaque fois que je dois te laisser partir, je ne sais pas quand nous nous reverrons la prochaine fois. Chaque seconde passée loin de toi m'est douloureuse.

Il embrassa mes lèvres, mes yeux, mon front, comme si des ailes de papillon me caressaient le visage.

— Ma chère Evie, mon Evie chérie, murmura-t-il. Nous ne pouvons rester ici.

Il me mena par la cour des écuries jusqu'au jardin potager. Les tuteurs des haricots ressemblaient à des sentinelles dans la lumière de la lune.

— Qu'est-ce qu'on vient faire ici? demandai-je.

— Je crois que quelqu'un surveille le lac.

— Qui?

Il haussa les épaules.

— Un des employés qui patrouillent ici, qui gardent à l'écart les indésirables comme moi. Installons-nous plutôt ici pour parler.

Nous trouvâmes un banc de pierre dans un coin sombre. Sebastian parut respirer avec plus de facilité et sourit.

— Est-ce que je t'ai manqué, aujourd'hui ?

— Chaque heure, chaque minute, chaque seconde, lui répondis-je en souriant.

Il m'entoura de ses bras, et je me blottis contre lui, contre sa chaleur, en sécurité. Tout allait bien se passer. Je lui faisais entièrement confiance, et je n'avais pas besoin de lui cacher quoi que ce soit.

— Sebastian, je voulais te demander ce que tu savais au sujet de Lady Agnes.

— Agnes ? Que veux-tu savoir ?

Son corps était maintenant raide et tendu contre le mien.

— Tu m'as raconté tous ces trucs au sujet de Lord Charles en me montrant la vieille grotte, l'autre jour, alors j'ai pensé que tu connaissais peut-être aussi des détails de la vie de Lady Agnes. J'ai beaucoup pensé à elle et à ces choses étranges que je vois parfois... Je crois qu'il y a un rapport avec Agnes. Elle m'est, en quelque sorte... proche. Comme si nous étions liées. C'est difficile à expliquer, mais je me demandais si tu avais entendu dire qu'elle aurait eu un bébé avant de mourir. Je sais que ça doit paraître fou.

Sebastian me lâcha et se releva.

— C'est vrai, dit-il lentement. Elle s'est sauvée de Wyldcliffe et a épousé un peintre en haillons, un artiste qui essayait de percer. Ils ont eu un bébé. Une fille.

Ainsi, la première partie de ma théorie était fausse. Agnes s'était mariée. Mais Effie était-elle vraiment la fille d'Agnes ?

— Sais-tu ce qui est arrivé au bébé ? demandai-je avec impatience.

Sebastian se tourna vers moi, le regard fatigué.

— Pourquoi me demandes-tu ça?

— Je pensais avoir compris quelque chose qui établissait un lien entre Agnes et ma famille, mais je dois m'être trompée.

— Que veux-tu dire?

Tout est sorti en même temps : la lettre de la maison de repos; la petite fille, Effie, qui était arrivée à Uppercliffe l'année où Agnes était morte; et mon idée qu'elle aurait pu être l'enfant illégitime d'Agnes. Je lui parlai du papier avec le mystérieux message au sujet d'un «héritage» pour les descendants d'Evelyn Smith, et du dernier cadeau que m'avait donné Frankie.

— Un collier?

La voix de Sebastian était pressante. C'est celui que tu portais l'autre jour? Je ne l'avais pas bien vu. Montre-le-moi.

— D'accord. Attends un instant.

Il y eut une sorte de bruissement dans les bosquets pendant que je cherchais à défaire le ruban. Je jetai un œil autour de moi, n'ayant soudain plus envie d'enlever le collier, même pour Sebastian. Mais je lui tendis la forme argentée qui brillait dans la lumière de la lune, et il tendit la main pour la prendre.

Il y eut un éclair de lumière bleue, et Sebastian recula en titubant, se tenant le bras. Le collier tomba sur le sol.

— Sebastian! Qu'est-ce qui est arrivé?

Il avait les yeux fermés et ne parlait pas; puis il leva le regard vers moi et me fit un étrange sourire, tourmenté, difforme.

— C'est juste une petite décharge... de l'électricité statique. C'est toi qui me fais cet effet.

Il s'effondra sur le banc, le visage dans les mains. Je me précipitai vers lui et le serrai dans mes bras.

— Qu'est-ce qu'il y a ? Qu'est-ce qui se passe ?

Il grogna.

— Que va-t-il nous arriver, Evie ?

— Rien de spécial. Je vais convaincre mademoiselle Scratton de nous permettre de nous rencontrer dans les règles... tu sais, les week-ends. J'écrirai une lettre à mon père où je lui expliquerai tout, et il arrangera les choses avec l'école. Il n'y a pas de raison de s'inquiéter.

Mais tout en parlant, je savais que ce n'était pas possible.

— Ça ne fonctionnera pas, dit-il les yeux baissés. Ça ne peut pas marcher. Je dois partir.

Ma tête se mit à tourner. Ce n'était pas en train de se produire. Il n'était pas en train de prononcer ces mots. Déjà, il se relevait, s'éloignait de moi, se préparait à partir.

— Tu ne peux pas... pas comme ça, Sebastian, criai-je.

— Evie, un jour, tu m'as promis de ne jamais penser de mal de moi. Je veux que tu te rappelles cette promesse quand je serai parti.

— Mais la nuit passée... tu as dit que nous serions toujours ensemble.

— Tu le regretterais pour l'éternité.

— C'est faux, je ne le regretterais pas !

— Mais moi, oui, fit-il durement. Moi, oui, Evie.

Les larmes piquaient mes yeux. Un horrible poids pesait sur mon cœur. Je devais avoir fait quelque chose de mal, la nuit passée. Mais je lui avais seulement rendu ses baisers avec un grand bonheur. Je me sentais perdue sur une mer traîtresse sans personne pour me guider. Je courus derrière lui.

— Où vas-tu? Reste avec moi, le suppliai-je.

— Je ne peux pas. Il y a une chose que je dois savoir. Tout dépendra de cela. Retrouve-moi près des grilles de l'école demain quand la nuit sera tombée. Je t'y attendrai.

Il partit rapidement, puis se retourna une dernière fois, le visage rempli de douleur et de désespoir.

— N'oublie pas que je t'aime.

Quelques instants plus tard, il était parti, et j'étais seule dans la nuit noire, comme si toutes les lumières avaient été éteintes. Je savais que la prochaine fois que nous allions nous revoir, ce serait pour nous dire adieu. Et je savais que, peu importe ce qu'avait dit Sebastian, ce n'était pas de l'électricité statique qui avait causé l'étincelle de lumière bleue.

Mon collier étincelait toujours sur le sol humide. Je me penchai et le ramassai et, lentement, je sortis du jardin, telle une somnambule.

Trente-neuf

Le collier. L'éclair bleu. L'enfant. Sebastian.

Quel était le lien entre ces éléments ? Je ne savais ni comment ni pourquoi, mais je sentais que Lady Agnes était au centre de tout cela. C'était quand j'avais parlé d'elle que Sebastian s'était mis à se comporter de façon si étrange, qu'il était devenu anxieux et tendu... Je me traînai jusqu'au dortoir et, au moment de m'endormir, il me sembla que c'était son visage à elle, et non celui de Laura, qui me regardait. À mon réveil, je n'arrivais plus à la chasser de mon esprit.

J'avais prévu tout raconter à Sarah le matin, sûre d'avoir résolu tous les mystères, mais j'étais maintenant désorientée et effrayée. Je restai muette, me demandant ce que Sebastian voulait savoir. Qu'est-ce que cela pouvait donc être ? Et s'il m'aimait, pourquoi disait-il vouloir me quitter ?

Les secondes et les minutes se déroulaient dans une lenteur douloureuse. Je luttais pour me concentrer sur ce que l'enseignante de biologie nous expliquait avec beaucoup de détails abrutissants, et je parvins de justesse à éviter une retenue en latin pour avoir massacré tout un passage de Virgile. Mais chaque heure qui me torturait me rapprochait davantage des réponses que je cherchais.

Le soleil de décembre s'était couché dans un ciel d'un jaune terne tel un fruit dur et amer. Il faisait noir dehors, et les lampes étaient allumées pour le dîner. Je passais mon temps à regarder ma montre. J'allais bientôt le voir. J'allais bientôt savoir…

— Evie, qu'est-ce qui ne va pas ? me demanda Sarah en se penchant sur la table.

— J'ai mal à la tête.

Elle ne parut pas convaincue par mon mensonge. Je fis un plus gros effort.

— C'est l'anniversaire de Frankie. C'est difficile.

C'était la vérité, mais ce n'était pas toute la vérité. Il n'y avait pas que Frankie qui me déchirait le cœur.

Enfin, nous nous levâmes pour les prières, et les élèves purent sortir du réfectoire. Sarah me fit un petit sourire, et je restai derrière comme toujours pour préparer les plateaux pour le café avec Helen. Je fis exprès de ne pas lui parler pendant que nous travaillions côte à côte. J'avais assez de choses en tête pour ne pas avoir en plus à me soucier d'elle. Quand nous eûmes déposé la dernière cuillère d'argent, elle me glissa un papier dans la main.

— Qu'est-ce que c'est ? demandai-je sèchement.

— C'est quelque chose que tu dois savoir.

Elle n'avait vraiment pas l'air bien, semblait nerveuse et épuisée.

— Lis-le, c'est tout.

Elle sortit en se traînant les pieds, la tête baissée. Je dépliai le papier et l'ouvris sur une des tables. C'était une coupure du journal local. Un tableau volé, disait le titre. Je m'assis, intriguée, et commençai la lecture.

Un cambriolage a été commis il y a quelque temps dans un immeuble historique, le manoir Fairfax. Un vieux portrait de famille aurait alors été volé. Le tableau, peint à l'huile, ornait l'endroit depuis l'époque victorienne. Les voleurs ont forcé l'entrée du manoir, qui est aujourd'hui un musée, et ont emporté le portrait de Sebastian Fairfax, le fils excentrique de Sir Edward Fairfax.

J'eus l'impression qu'une main froide m'avait touché la nuque, et mes yeux se mirent à parcourir à toute vitesse le reste de l'article.

À l'époque, on a raconté que Sebastian s'était suicidé, mais son corps n'a jamais été retrouvé. La directrice du musée, madame Melinda Dawson, a raconté : « C'est très triste que nous ayons perdu le seul portrait que nous avions de ce personnage coloré. Et le fait que rien d'autre n'ait été volé demeure un mystère. Le tableau n'a pas une grande valeur, mais c'est une grande perte pour le manoir. »

Au bas de l'article, on pouvait voir une reproduction du tableau disparu. C'était le portrait tout craché de mon Sebastian. Les mêmes yeux, les mêmes cheveux, la même expression moqueuse.

« Impossible. »

Je courus pour rattraper Helen, mais elle avait déjà disparu.

— Avez-vous vu Helen Black?

J'avais posé la question à un groupe de jeunes filles d'environ 12 ans qui montaient l'escalier de marbre en direction des dortoirs, mais elles haussèrent les épaules et secouèrent la tête.

— Vous cherchez Helen? demanda une voix derrière moi.

C'était mademoiselle Dalrymple. À côté d'elle se trouvait la professeure de mathématiques, mademoiselle Raglan, avec son air revêche et sa stature solide. Elles ressemblaient à des corneilles noires dans leurs vêtements mornes, mais mademoiselle Dalrymple était tout sourire.

— J'ai bien peur que la pauvre Helen ait une retenue, ce soir. Quelle petite sotte! Elle devrait connaître les règles, depuis le temps qu'elle est ici.

— Certaines personnes n'arrivent tout simplement pas à éviter les ennuis, fit froidement mademoiselle Raglan.

— Mais je dois lui parler, juste un instant, suppliai-je. Où est-elle?

— Oh! ma chère, je crois bien qu'il vous faudra attendre, fit mademoiselle Dalrymple. À moins que...

Ses yeux se plissèrent.

— À moins que vous souhaitiez que nous lui portions un message?

— Non... non..., fis-je en reculant. Non, merci.

Étendue sur mon lit, j'attendis qu'Helen revienne, mais quelques heures plus tard, elle n'était toujours pas là, et je ne pouvais attendre plus longtemps. Peut-être qu'elle était malade et qu'elle était retournée à l'infirmerie. Mais je n'avais pas le temps de m'en faire pour Helen. Je devais trouver Sebastian avant qu'il ne soit trop tard. Trop tard, trop tard. Les mots résonnaient dans mon esprit tel un avertissement.

Sebastian m'attendait près de la grille, comme convenu. La coupure de presse était cachée dans le fond de ma poche. Ça pouvait attendre. Je voulais d'abord entendre ce qu'il avait à me dire.

— Merci d'être venue, me dit-il, comme si j'étais une invitée à un dîner surréaliste.

Sa voix tremblait et sa main tressaillit quand il m'aida à monter sur le cheval. Je m'accrochai à lui comme si je pouvais rester comme ça pour toujours, mais pendant que nous nous éloignions au galop, les sabots du cheval semblaient taper le même message : « trop tard, trop tard… » Une brume s'élevait, tourbillonnant sur les collines, et la lune trônait très haut dans le ciel. Sebastian pressa le cheval d'aller de plus en plus vite par les landes. Bientôt, je reconnus les contours d'un immeuble qui se découpaient dans l'ombre un peu plus bas. Nous arrivions au manoir Fairfax.

Sebastian s'arrêta, et le cheval prit le chemin descendant vers la vieille maison. Je pouvais voir le lac peu profond où nous nous étions assises pour dessiner cette stupide fontaine ornementée. L'alimentation de la fontaine avait été coupée, et tout était calme et silencieux.

— P-pourquoi sommes-nous i-ici ?

Le froid faisait claquer mes dents.

— Je veux te montrer quelque chose.

Je me laissai glisser en bas du cheval et suivis Sebastian dans l'herbe jusqu'à ce que nous arrivions à une forme sombre : une dalle de pierre à moitié enterrée sous un enchevêtrement de buissons épineux. C'était l'endroit où j'avais vu Helen, ou cru la voir, lors de notre visite au manoir.

— Viens voir, Evie.

Sebastian me prit la main dans ses doigts froids, et nous restâmes côte à côte devant la plaque de marbre.

À la mémoire de notre fils bien-aimé,
Sebastian James Fairfax,
Né en 1865.
On croit qu'il a quitté ce monde,
En 1884,
En s'enlevant la vie.
QUE DIEU AIT SON ÂME

— Cette plaque est pour moi. Voilà qui je suis.

La peur monta en moi comme une vague glacée.

— Ne sois pas si théâtral; c'est idiot…

— C'est vrai.

Il semblait terriblement fatigué et triste.

— Mes parents ont érigé cette pierre à un endroit visible de leur maison. Mais ils ne savaient pas la vérité. Je ne suis pas mort en 1884. Je ne suis jamais mort.

«Non, non, non.»

Je voulais crier, mais je fis un gros effort pour demeurer calme. Saine, raisonnable Evie, calme, logique, sensée…

— Mais ton nom n'est pas Fairfax.

— Sebastian James, tu te souviens? Je ne t'ai donné que mes deux prénoms. J'ai oublié, par convenance, le nom de Fairfax. Je suis désolé de t'avoir menti. Je n'avais pas le choix.

— Arrête, je t'en prie…

— Pauvre Evie, tu dois penser que je suis fou, non ? Et tu as raison. C'était fou de ma part de commencer à te voir, fou de continuer à le faire et fou de me laisser aller à ressentir de l'amour pour toi.

De l'amour.

Ce mot semblait venir d'un autre monde. Mais c'était tout ce que j'avais. Sebastian m'aimait. J'aimais Sebastian. Je devais m'accrocher à cela et ne pas le lâcher.

— C'est parce que je t'aime que je dois t'avouer la vérité. Il est trop tard pour prétendre que cette histoire pourrait avoir une fin heureuse.

« Trop tard. »

Mon cœur semblait vide, comme un tombeau profané.

— Quand tu retourneras à l'école, cette nuit, tu ne pourras plus jamais me revoir. Je dois bien t'expliquer les choses. Laisse-moi, s'il te plaît, tout te raconter.

— D'accord, répondis-je de façon mécanique, même si mes mots semblaient sortir des profondeurs d'un rêve.

Nous nous éloignâmes de la pierre de granite, et Sebastian étendit son manteau sur le sol pour moi. Je m'assis, mais il continua à marcher avec agitation, comme s'il ne savait par où commencer. Puis il tira un petit cahier noir de sa poche et me le donna.

— Tu dois le lire. Si tu ne crois pas ce que je te dis, tu la croiras, elle.

— Qui ? De quoi parles-tu ?

— D'Agnes, bien sûr. C'est son journal. Tout ce que tu dois savoir est ici.

Je regardai ébahie le cahier taché par l'humidité et dont se dégageait une odeur de moisi. Ses pages étaient recouvertes d'une petite écriture penchée. Certaines pages étaient collées ensemble, et l'encre s'était étalée et effacée. Il paraissait assurément très vieux.

Ma voix se cassa tellement j'étais paniquée.

— Où as-tu trouvé ça ?

— Je t'en prie, Evie, lis-le, c'est tout. Pour moi. Pour nous. Je t'en prie.

Les mots dansaient devant mes yeux. Allais-je enfin découvrir la vérité ? Je commençai à lire les petites boucles à moitié effacées : « Ma nouvelle aujourd'hui est que ce cher S. est enfin revenu. »

Quarante

J'avais enfin atteint la dernière inscription du journal. Sebastian et moi étions restés assis côte à côte pendant toute la nuit sans remarquer le temps qui passait, pendant que je suivais pas à pas Agnes dans son étrange périple. Et maintenant, elle avait presque fini de raconter son histoire.

LE 11 DÉCEMBRE 1884

Nous sommes arrivées à Wyldcliffe après un voyage épuisant il y a quelques jours. Martha et sa famille ont juré de ne pas révéler notre présence ici jusqu'à ce que je trouve le bon moment pour communiquer avec mes parents. L'entourage de Martha est très gentil. Son neveu John vient de se marier, et sa femme me supplie de la laisser câliner mon bébé et s'émerveiller sur ses petits doigts et orteils. Ils sont tous déjà amoureux d'elle. Leur amour et leur compréhension me rendent la tâche un peu plus facile, mais je crains la première rencontre avec mes parents. Je n'ai toujours pas décidé s'il valait mieux que j'aille directement frapper à leur porte ou que je leur envoie d'abord une lettre. Je fais de longues promenades à la nuit tombante, laissant mon bébé – et l'autre trésor que je garde – en sécurité avec Martha pendant que j'erre dans les lieux que j'aimais tant, avant, ressassant mes souvenirs.

Une fois, j'ai cru voir au loin un jeune homme sur un cheval noir, et mon cœur s'est serré à la pensée que ce pouvait être lui. Mais Martha m'a dit qu'on raconte qu'il sort à peine du manoir et qu'il vit dans un isolement presque total. C'est mieux ainsi, même si je dois avouer que j'aimerais le revoir pour savoir s'il s'est remis de sa folie. Je prie pour que ce soit le cas, pour le bien de nous tous.

Si seulement nous pouvions revenir avant que tout cela ne commence et faire une dernière balade dans les landes, comme lorsque nous étions enfants. En même temps, je ne peux rien regretter de ce qui s'est passé, car si ce n'avait été de cette histoire compliquée, je n'aurais jamais eu mon bébé, mon Effie chérie. Sa vie est tout ce qui compte pour moi, maintenant. Je devrai bientôt trouver le courage de rencontrer mes parents pour savoir quel sera le destin de ma petite, s'ils voudront la protéger quand je serai partie. Car quelque chose en moi me murmure que je suis revenue à Wyldcliffe pour y mourir.

Malgré cela, mon cœur est rempli d'espoir. Je suis sûre que mon enfant aura une meilleure vie que la mienne. Et quand je regarde l'avenir avec le peu de force qu'il me reste, je sais qu'après que ma fille et la fille de ma fille auront quitté cette terre, alors, la fille que j'ai vue dans

*mon esprit viendra de la mer agitée et mettra fin à toute
cette douleur.*

Des larmes me brouillèrent la vue. J'arrivais à peine à voir
suffisamment pour lire les dernières lignes.

*J'ai de nouveau rêvé à elle, la nuit dernière. Elle était au
sommet des landes, les cheveux au vent, et mon cadeau
pendait à son cou. Pendant que je la regardais, je l'ai vue
lever la main, et les collines autour d'elle se sont transfor-
mées en grosses vagues vertes se déchaînant dans une
immense tempête. Je ne sais ce que cela signifie. Mais elle
est ma fille, ma sœur, mon espoir. Je sais que je suis toujours avec elle et que je pourrai l'aider avant la fin.*

Toute cette douleur. Pendant que je m'essuyais les yeux,
je voyais en esprit Agnes aussi clairement que l'herbe sauvage à mes pieds. Elle se penchait sur une table basse, grif-
fonnait avec une vieille plume, puis elle levait son visage
pâle et sérieux vers moi pour me sourire.

Des images de feu et d'eau tourbillonnaient dans ma
tête, avec des rencontres et des disputes, d'étranges rituels
et des ombres menaçantes. Et au travers de cela, il y avait un
garçon aux cheveux noirs, passionné, entêté et superbe.
Un garçon du nom de Sebastian James Fairfax. Je laissai le
livre tomber de mes genoux et fermai les yeux.

— Tu sais tout, maintenant, fit Sebastian d'une voix
grave.

— Je sais quoi ? dis-je avec effort. Ce journal doit être
faux, c'est une blague.

Mais je savais dans mon cœur que ce n'était pas le cas.

— Ce n'est pas un faux. Ce journal a été enterré dans une boîte de plomb à côté de la tombe d'Agnes. Pendant toutes ces longues années vides, j'ai respecté son lieu de repos, mais la nuit dernière, l'idée de ces feuilles cachées m'a tourmenté au-delà de ce qui est endurable. Agnes m'avait déjà parlé d'une fille qu'elle avait vue dans une étrange vision. Je devais savoir si cette fille, c'était toi — si tu faisais partie de notre histoire compliquée.

Il se détourna, comme s'il avait honte.

— Je… j'ai déterré la boîte la nuit passée. Je devais savoir si Agnes m'avait laissé un indice qui me permettrait de connaître la vérité.

— Oh ! bon Dieu…

— C'est de toi qu'elle parle, tu es celle qu'elle attendait. C'est vrai. Tu es sa descendante. La dernière fois que j'ai vu Agnes, elle m'a dit que son enfant était morte, mais en fait, elle vivait secrètement à Uppercliffe avec la vieille Martha. Après la mort d'Agnes, la famille de Martha a caché le journal et a élevé l'enfant comme si elle était une des leurs. Tu avais déjà deviné cette partie de l'histoire et tu savais que c'était le collier d'Effie que tu portais.

Une lueur d'avidité traversa son visage.

— Le collier est la clé de tout.

Je tentai une dernière fois d'échapper à la vérité.

— Agnes ne peut t'avoir tout raconté, Sebastian. Elle est morte il y a plus de 100 ans, et toi, tu es ici, avec moi, maintenant. Tout cela, c'est du passé, c'est fini. Tu es juste troublé, tu ne vas pas bien.

Sebastian secoua la tête.

— Cela ne sert à rien, Evie. Pense à tout ce que tu viens de lire. Contre quoi Agnes avait-elle prévenu son ami, son bien-aimé ? Qu'est-ce qui risquait de lui empoisonner l'existence, selon elle ?

Le ciel sembla soudain oppressant, et les collines observaient, attendant qu'une catastrophe survienne. Je ne voulais pas prononcer les mots. Mais je devais le faire.

— Elle lui a dit de ne pas chercher à atteindre la vie éternelle.

— Et il a ignoré ses avertissements. Et il est descendu sur ce chemin sombre aussi loin qu'il le pouvait sans son aide. Pas assez pour atteindre la véritable immortalité, mais assez pour vivre 100 ans, 200 ans peut-être. Assez pour pouvoir parler avec Agnes, et ensuite avec toi, cinq générations plus tard.

— Je dois partir.

Je commençai à m'éloigner. Tout ce que je souhaitais, c'était retourner à l'école, me traîner jusqu'à mon lit et faire disparaître toutes ces insanités de mon esprit.

— Evie, attends… je peux te le prouver. Attends !

Je me retournai à contrecœur et vis Sebastian sortir quelque chose de sa poche. Il y eut une lueur argentée dans la lumière de la lune au moment où il levait l'objet près de sa tête.

— Regarde-moi, Evie.

— Non !

Le bruit de la détonation résonna dans les landes, amplifié cent fois dans la nuit silencieuse. Des oiseaux poussèrent des cris et s'envolèrent des arbres dans un battement d'ailes. Je me précipitai sur le corps effondré de Sebastian.

Un pistolet ancien était tombé de sa main. Du sang coulait sur ses joues, et ses yeux fixaient les étoiles. Je couvris son visage avec horreur, tremblante, terrifiée. Quelques minutes plus tard, une voix grave se mêlait au vent.

— Ne pleure pas, Evie. Je devais juste te prouver que je disais la vérité.

Je levai les yeux et criai. Sebastian était agenouillé à côté de moi et tentait de me réconforter. Là où j'avais vu cet horrible trou sur le côté de sa tête, il n'y avait plus aucune marque, comme si tout cela n'était jamais arrivé.

— Tu vois, je ne peux mourir. Je ne suis jamais mort. Je suis Sebastian Fairfax. Tu me crois, maintenant ?

Je ne pouvais répondre. Je me levai et m'éloignai d'un pas chancelant, puis je me penchai au-dessus de l'herbe et restituai tout ce que j'avais dans le ventre.

— Tu te sens mieux ?

Je ne pouvais répondre. Sebastian avait essuyé mon visage et m'avait enveloppée de son manteau, mais je tremblais toujours.

— Je suis désolé de t'avoir causé un tel choc. C'était la seule manière que j'avais de te convaincre.

— Je sais.

Je connaissais enfin l'impossible vérité. Sebastian avait connu Agnes. Il vivait depuis près de 150 ans, et pourtant, il avait toujours 19 ans… Il ne pouvait mourir… Je devais me le répéter, encore et encore. Je sortis la coupure de journal de ma poche et la lui donnai.

— C'est toi qui as volé le tableau au manoir Fairfax, n'est-ce pas ? Pour que je ne sache pas qui tu étais ?

— Oui. Je croyais que cela mettrait fin à ce qu'il y avait entre nous. Et je ne pouvais supporter l'idée de ne plus te voir. Je sais que c'était égoïste. Mais tu es la seule bonne chose que j'avais, la seule lumière dans les horribles ténèbres qui m'entouraient. Je suis désolé.

— Dis-moi tout, Sebastian. Je veux comprendre.

Il hésitait.

— Il y a tant de choses que je souhaiterais que tu n'aies pas à savoir. Et quand je te les aurai dites, tu comprendras pourquoi nous ne pourrons plus jamais nous revoir.

— Mais si nous nous aimons…

— L'amour peut être détruit, Evie, répondit-il d'un ton grave. Je ne crois pas qu'il te restera de l'amour pour moi quand je t'aurai tout dit.

Je ne pensais pas que je puisse encore être choquée par quelque chose.

— Je veux juste connaître la vérité.

— Tout ce qu'Agnes a écrit dans son journal est vrai. La façon dont j'ai trouvé le livre, comment nous avons commencé à suivre la Voie mystique. Au départ, c'était comme un jeu, mais Agnes avait un don extraordinaire. Elle avait raison : j'étais jaloux d'elle. J'avais l'habitude d'être celui qu'on adorait, le plus vieux, le plus sage, le plus savant… du moins, c'était comme ça que je me percevais. J'ai travaillé fort pour la suivre, me forçant à étudier toujours plus, à aller toujours plus loin, mais elle avait un don naturel.

» Tu sais ce qui est arrivé par la suite. Une folle ambition s'est emparée de moi. Je la maltraitais pour qu'elle me donne ce que je voulais. Je savais qu'elle m'aimait, mais j'étais trop égoïste pour ressentir de l'amour en contrepartie. Je voulais du pouvoir et non de l'amour. Je voulais vivre éternellement. Agnes aurait pu trouver une façon d'atteindre ce que je lui demandais, mais elle savait que ce serait mal. Cela aurait déformé ses pouvoirs et l'aurait emportée dans des sphères dangereuses. Et pourtant, c'était un tourment pour elle de ne pas pouvoir me donner ce que je désirais, alors elle s'est sauvée de moi.

» Quand elle est partie, je suis devenu furieux. Mon orgueil me forçait à démontrer que je pouvais réaliser mes rêves sans son aide, sans même lui en parler. Oh ! Evie, je ne peux te décrire les chemins horribles que j'ai empruntés ! Mais j'étais satisfait de moi ; je croyais faire quelque chose de courageux, de brave, de formidable. J'ai fini par apprendre comment étirer la vie au-delà des rêves des hommes. J'allais traverser plusieurs générations, mais un jour, mon temps serait révolu. Je ne pouvais atteindre la véritable immortalité. J'avais encore besoin du contact du Feu éternel qu'Agnes pouvait toucher si facilement grâce à son esprit incorruptible.

» Agnes s'était cachée dans les rues nauséabondes de Londres alors que ses parents prétendaient qu'elle était partie en voyage quelque part en Europe. Ils avaient terriblement peur du scandale et continuaient d'espérer que leur fille chérie franchirait un jour le seuil de la porte, comme si rien ne s'était passé. J'ai cherché Agnes avec toute la force de mon désespoir, mais sans succès. Mais quand elle a fini par oser revenir à Wyldcliffe, mes espions l'ont facilement retrouvée. Toutes les nuits, elle marchait dans les ombres des murs de l'abbaye, tentant d'amasser le courage de rentrer chez elle. Je l'ai attendue et, une nuit, nous nous sommes enfin revus.

Il gémit et se couvrit le visage des mains.

— Oh ! Evie, dis-moi que tu m'aimes maintenant, pour la dernière fois.

Je pris ses mains dans les miennes et le regardai dans les yeux. Sa beauté était obscurcie par la peur, la douleur et l'épuisement, mais cela ne changeait rien.

— Je t'aime, Sebastian. Et je t'aimerai toujours.

Il embrassa mes mains et se força à continuer.

— Agnes était plus belle que jamais, même si elle était pâle et maigre. Une fois l'étonnement passé, elle a été ravie de m'avoir retrouvé. Mais, comme toujours, je n'étais pas aimable avec elle. Elle m'a parlé de son mariage et de l'enfant. Je l'ai accusée de s'être rabaissée en se mariant avec quelqu'un d'autre que moi. J'ai fait des menaces terribles contre son mari et la petite. C'est alors qu'elle m'a expliqué que son mari — Francis — était mort, et que le bébé était mort aussi. Je l'ai crue et l'ai suppliée de venir avec moi, de tout recommencer. Elle a refusé et a dit qu'elle ne pouvait plus m'aimer comme on aime un époux, mais seulement comme un frère. Je me suis fâché. Je lui ai dit que je l'aimais, ce qui était un mensonge. Je lui ai dit que j'avais besoin d'elle, ce qui était vrai.

» Tu vois, Evie, je rêvais encore d'atteindre la véritable immortalité. Vivre 200 ans, ou même 500 ans, ce n'était pas assez pour moi. J'ai supplié Agnes encore une fois de m'aider. Mais elle m'a dit qu'elle avait renoncé à ses pouvoirs qu'elle avait enfouis dans un talisman que je ne pourrais jamais retrouver. Je me suis énervé et je l'ai secouée, lui demandant où se trouvait sa cachette. Elle a essayé de se libérer, mais une folie furieuse et aveugle s'est emparée de moi. Je ne pouvais la laisser aller. Je voulais lui faire mal à cause de la douleur qu'elle me causait. Je l'ai jetée sur le sol avec colère, et elle… elle…

Il se tut.

— Qu'est-ce qui est arrivé ? Dis-moi !

— Elle s'est cogné la tête contre le mur en tombant. C'est arrivé si vite, en un bref moment. Son corps était étendu sur le sol, aussi immobile qu'une fleur dans le clair de lune. J'ai éclaté en sanglots, lui demandant pardon, la suppliant de me parler. Elle ne pouvait rien dire.

Il me regarda le visage couvert de honte et de douleur.

— Agnes était morte. Je l'avais détruite.

Quarante et un

Un oiseau chantait, loin dans les landes. Le ciel commençait à devenir clair. La nuit était presque terminée, mais l'aube n'apportait aucun espoir, aucun réconfort. Sebastian avait tué Agnes, et nous devions continuer à avancer dans l'épuisante confusion de la vie.

— Je me hais et je me méprise.

— Non, tu ne dois pas dire ça.

— Et pourquoi, si c'est vrai ?

Je ne répondis pas. J'étais terriblement fatiguée. Plus rien ne semblait tout à fait réel.

— Alors, que va-t-il se passer maintenant ? demandai-je en me forçant à parler.

— J'aimerais que tu quittes Wyldcliffe aussi vite que possible, fit Sebastian. C'est ton seul espoir de t'en sortir.

— Mais je n'ai nulle part où aller. Et je veux rester près de toi.

— Evie, c'est la dernière chose que tu devrais souhaiter !
Je suis un monstre et un assassin.

— C'est faux ! C'était un accident. Tu ne voulais pas lui
faire de mal, je sais que tu ne le voulais pas.

— Chère Evie. Tu es toujours si bonne, si confiante.

Il soupira.

— Ce n'est pas tout. Tu n'as pas encore entendu toute
l'histoire. Je dois te raconter le reste, maintenant, pendant
que j'en ai encore le courage. Mais d'abord, partons d'ici.

Nous partîmes lentement en direction de l'abbaye, tirant
le cheval dans l'herbe sauvage. J'étais contente de m'éloigner
du sombre monument sous les buissons épineux. Je lançai
un regard au visage tourmenté de Sebastian. À ce moment
précis, je ne pouvais dire si je ressentais de l'amour ou de la
pitié pour lui, mais je savais que mon cœur était brisé.

— Que voulais-tu me dire ? C'est en lien avec Agnes ?

Il hocha la tête.

— Quand je me suis rendu compte qu'Agnes était… que
c'était terminé, je n'ai pas pu la laisser comme ça sur le sol.
Je l'ai levée et transportée dans l'enceinte de l'abbaye par un
petit portail, puis jusqu'aux jardins. Il n'y avait personne
aux alentours. Je suis entré dans les ruines de la vieille chapelle et je l'ai étendue sur un lit d'herbe verte, là où un jour,
il y avait eu un autel. À ce moment-là encore, j'étais plus
préoccupé par ma situation que la sienne ; je pensais à
ma peine, à ma honte et à mes peurs. J'ai pensé qu'elle aurait
peut-être autour du cou le talisman dont elle avait parlé et
qu'il était possible que j'arrive à utiliser les pouvoirs qu'elle
y avait scellés pour la ressusciter. C'est du moins ce que je
me suis dit. Mais elle ne le portait pas. J'ai fouillé dans ses

poches. Il n'y avait rien dedans, sauf un petit bout de ruban. J'ai pensé que c'était un souvenir de son bébé.

» J'ai entendu un bruit entre les arbres. Le veilleur de nuit avait quitté le poêle dans son poste de garde afin de faire une inspection des lieux. Il devait avoir vu la robe d'Agnes flotter sur l'herbe, et moi agenouillé à côté d'elle. Il s'est précipité sur moi avec une paire de pistolets en argent et appelant à l'aide. Je l'ai assommé et je me suis emparé d'un de ses pistolets que j'ai appuyé sur sa tête en le menaçant de tirer. Mais l'idée de tuer encore quelqu'un me donnait la nausée. Je l'ai laissé aller, puis je suis reparti en courant. Mais l'alerte avait été sonnée. Des domestiques accouraient dans leurs chemises de nuit. J'ai réussi à leur échapper, mais le veilleur de nuit a visé avec son pistolet et tiré. La balle m'a traversé au niveau du cœur.

Il éclata soudain d'un rire étrange et discordant.

— C'était si étrange, Evie. J'étais heureux de mourir. Après tout ce que j'avais fait pour éviter la mort, je l'aurais finalement accueillie à bras ouverts. Mais ça ne s'est pas passé comme ça. J'ai senti le sang gicler de ma poitrine. Je me suis effondré sur le sol et… c'est difficile à expliquer… J'étais toujours conscient, mais transformé. Je venais de passer dans le monde des ombres. La douleur a disparu et je me suis relevé. Les domestiques me dépassaient en courant et en hurlant : « Où est-il ? Est-ce qu'il s'est sauvé ? »

» J'ai crié : « Je suis ici, espèce d'idiots ! Venez m'attraper. » Mais ils ne semblaient ni m'entendre ni me voir. Je n'étais pas mort, mais je n'étais plus vivant. Je ne ressentais plus ni faim, ni soif, ni douleur. Les potions secrètes que j'avais bues, tous les rites diaboliques que j'avais effectués dans le but d'atteindre l'immortalité m'avaient laissé ainsi : je n'étais plus vivant, mais je ne pouvais mourir tout à fait.

Il baissa les yeux vers la vallée.

— J'aurais pu accepter cela, Evie, comme une juste punition pour ce que j'avais fait. Une existence éternelle sans signification, sans joie. Plus tard, quand je me suis sauvé de l'abbaye, j'ai compris que c'était bien pire que ça.

Un frisson parcourut son corps tel un spasme de douleur.

— Les maîtres des ténèbres que j'avais servis au cours de ma recherche de connaissances interdites m'ont dit qu'un choix m'était offert dans le monde des ombres dans lequel je me trouvais désormais. J'avais une dernière occasion de devenir un des Insoumis, comme eux, qui vivaient éternellement hors de l'atteinte du temps et de l'espace, en-dehors des règles de Dieu et des hommes. Mais pour cela, il me fallait le talisman.

— Mais pourquoi ? Qu'a-t-il donc de si spécial ?

— Agnes, en plus d'y avoir enfermé ses pouvoirs, y avait aussi enfoui son amour pour moi. C'était la seule chose qui pouvait m'aider.

— Mais si tu n'arrivais pas à le trouver ?

Sebastian grimaça, comme s'il hésitait à se rappeler un souvenir douloureux.

— Sans le talisman, je ne pourrais rester comme j'étais. Je ne pourrais plus être tué par un tir de pistolet ou un coup de couteau, mais je finirais un jour par me dissiper.

— Te dissiper ? Je ne comprends pas.

Je me disais que je n'arriverais jamais à comprendre.

— Se dissiper, c'est flétrir et se décomposer, heure après heure, minute après minute, jusqu'à ce qu'on devienne un esprit maléfique des ténèbres, un supplice pour soi et les autres. En d'autres termes, un démon. Se dissiper, c'est perdre toute étincelle d'humanité tout en étant éternellement conscient de sa dégradation. Et c'est ce qui m'attend. Oh! ça peut prendre de nombreuses années, plus d'une centaine, mais un jour, ça va arriver.

Il frissonna. J'eus la nausée en imaginant Sebastian — si beau, si vivant — se transformer en un spectre hideux. Je continuais de penser :

« Cela ne peut être vrai ; ce n'est pas en train de se produire. »

Mais ce l'était. La terre était sous mes pieds, et le ciel, au-dessus de ma tête. J'étais éveillée. Et la voix de Sebastian continuait implacablement de cracher tous ses horribles secrets.

— Un tel destin me faisait peur. Je désirais être vivant, et non un mort vivant. J'ai juré que j'allais faire tout ce qui était possible pour trouver le talisman et libérer ses pouvoirs. J'ai réuni mon assemblée de fidèles autour de moi et leur ai ordonné de m'aider à garder en vie mes espoirs tourmentés. J'ai tenté de me convaincre que si je pouvais trouver le talisman, je pourrais de nouveau vivre comme un homme, et non comme un de ces horribles Insoumis ; que j'allais devenir la personne qu'Agnes aurait voulu que je sois ; que j'allais avoir des centaines de vies pour réparer les erreurs que j'avais commises. Ainsi, je l'ai cherché pendant de nombreuses années, vides et pleines d'ennui. Puis, quelque chose est arrivé… quelque chose de terrible…

— Quoi ? demandai-je horrifiée. Qu'est-ce qui est arrivé ?

— Je… Je ne peux imaginer te le dire. Mais je te jure que ça m'a obligé à regarder enfin mes crimes en face. J'ai abandonné la lutte pour le talisman. Je me suis détourné de ce qui m'avait... nourri. J'ai accepté ma destinée finale. Devenir un démon infect était ce que je méritais. Et c'est à ce moment-là, quand j'étais faible et que je commençais à me dissiper, que je t'ai rencontrée.

Sebastian retourna ma main dans la sienne. Il traça une cicatrice à peine visible à l'endroit où je m'étais coupée avec la vitre la nuit où nous nous étions rencontrés. Je comprenais maintenant comment il avait pu la réparer, et pourquoi il paraissait si pâle et malade la première fois que je l'avais vu. Sebastian n'était pas malade ; il était en train de disparaître de l'existence, de me laisser derrière lui, de quitter ce monde pour aller vers les ténèbres...

— Cette première nuit, j'ai été surpris que tu puisses me voir. Habituellement, je me dissimule aux innocents.

— Comment ? Et où as-tu vécu tout ce temps ? Où vas-tu quand tu n'es pas avec moi ? Comment vis-tu ?

Il y avait des centaines de choses que je voulais lui demander.

— Je marche dans les Ombres, coincé entre la vie et la mort. J'ai encore suffisamment de pouvoirs. J'ai appris comment me montrer aux vivants, ou je peux choisir d'être caché. Il m'est arrivé de retourner dans la vie pour essayer de tout oublier. J'ai été ouvrier, berger, voyageur. Pendant un temps, j'ai vécu avec des nomades tziganes. Ils étaient bons avec moi, comme des frères. Mais je ne pouvais jamais rester trop longtemps à un endroit ou avec un groupe de personnes. Un jeune homme de 19 ans qui ne vieillit jamais, qui ne mange pas, ne dort pas et qui n'a pas de liens familiaux ? Je ne pouvais faire ma place nulle part. Et je revenais toujours à Wyldcliffe.

» La nuit où nous nous sommes rencontrés, j'ai tout de suite su qu'il y avait quelque chose de spécial chez toi, Evie. Je nous avais dissimulés, mon cheval et moi, grâce à de simples charmes, comme d'habitude. Et pourtant, tu m'as vu. Je ne savais plus comment être aimable, ou même un peu humain, quand je t'ai parlé la première fois, mais quelque chose me faisait sentir vivant de nouveau, et ce n'était pas seulement parce que tu ressemblais à Agnes. J'étais désespéré, si misérable et seul que je n'ai pu résister à l'envie de te revoir. Après tout, j'étais condamné, alors quelle différence cela faisait si je me permettais un dernier plaisir? Mais tu étais jeune, naïve et bonne — tout ce que j'avais perdu — alors, après un certain temps, j'ai dû cesser de te voir, pour ton bien. Pour la première fois de mon existence, je savais ce que c'était que de tenir à quelqu'un. J'avais été obsédé par Agnes, lié à elle d'une manière que je ne comprenais pas bien, mais avec toi, c'était différent.

Ses yeux bleus croisèrent les miens.

— Pour moi, il n'y a que toi. Tu m'as montré ce que c'est qu'aimer.

— J'en suis heureuse, dis-je avec force.

— Et moi aussi.

Un faible sourire illumina son visage; puis il soupira.

— Mais j'étais trop faible pour tenir ma résolution. J'ai continué de te voir. Et l'ironie, dans tout cela, c'est que c'est toi qui m'as mené vers le talisman.

— Comment?

— C'était si simple, mais en même temps, cela ressemblait tant à Agnes. Il y a eu toutes sortes de rumeurs à notre sujet après la mort d'Agnes et ma disparition, que ses parents ont tenté d'étouffer. Ils ont dit qu'elle était morte de manière accidentelle. Ils voulaient y croire et ils désiraient que tout le monde y croie aussi. Mais les rumeurs ont persisté. Les gens du coin racontaient qu'Agnes avait rapporté un grand trésor de Londres avant de mourir. Ils disaient toutes sortes de choses débiles : que des papiers secrets avaient été enterrés à côté de sa tombe, que son fantôme avait été vu près de la vieille chapelle et qu'elle pourrait revenir un jour sous la forme d'un ange de lumière pour sauver Wyldcliffe d'une terrible catastrophe. Ils disaient même que les malades pouvaient être guéris en touchant sa tombe.

Sebastian tendit la main et toucha mes cheveux.

— Quand je t'ai rencontrée, j'ai pensé que tu pourrais me guérir, toi, la fille de la mer, fit-il en souriant tristement. Saine, raisonnable Evie, tu n'aurais pas écouté toutes ces idioties, non ? Mais je me suis accroché à l'histoire du trésor. J'étais certain qu'il s'agissait du talisman, et tel un imbécile arrogant, je n'ai jamais pensé à son vrai trésor : son enfant. Une petite fille qui grandissait sur une ferme sans que personne ne la remarque, avec un petit colifichet autour du cou ; ça a suffi pour duper le grand et rusé magicien que je croyais être. Mais la nuit passée, quand j'ai touché ton collier, j'ai compris comment j'avais été trompé. Désespéré, j'ai repassé toutes les vieilles histoires, fouillant la terre pour y découvrir des indices. Je me suis forcé à faire la seule chose à laquelle j'avais eu la décence de résister : j'ai récupéré ces papiers secrets là où ses amis les avaient cachés dans un lieu sacré. Et son journal m'a tout révélé.

Maintenant, je comprenais. Il était accroché à mon cou, ce précieux talisman, transmis de mère en fille, parmi les descendantes d'Evelyn Frances Smith, l'héritage secret :

«Que jamais il ne tombe dans les ténèbres.» Tout ce que j'avais à faire, c'était le donner à Sebastian, lui donner ce qu'il avait toujours voulu, pour le sauver de son terrible destin. Peut-être que ces Insoumis le laisseraient, alors, pensai-je avec désespoir, peut-être que Sebastian pourrait retrouver une vie humaine grâce à mes dons immortels ; et que nous pourrions être ensemble...

— Tiens, dis-je. Le voici. Tu peux le prendre.

Il me regarda avec une infinie tendresse.

— Chère Evie, si seulement c'était aussi simple. Le seul fait de me trouver près du talisman m'a donné de la force et de l'énergie au cours des dernières semaines. Mais rappelle-toi ce qui s'est passé, l'autre nuit, quand j'ai essayé de le toucher. Agnes n'était pas stupide. Elle avait attaché ses pouvoirs à toi, et à toi seule. Et elle savait que si j'essayais de poser un seul doigt sur le bijou, ses pouvoirs allaient agir contre moi.

— Et pourquoi n'aurait-elle pas voulu t'aider ?

— Elle ne savait pas que j'étais déjà pris au piège à cause de ma folie. Elle pensait me protéger d'une terrible erreur en scellant le talisman. Mais il était trop tard. Je m'étais déjà remis entre les mains de mes maîtres, comme un idiot aveuglé. Elle a aussi scellé la seule chose qui aurait pu m'aider : le souvenir de son amour...

— Et ne pourrais-tu pas demander à tes... maîtres de défaire le sceau pour toi ?

— Non ! Ils sont sans pitié. Ils n'aident pas les faibles.

Une ombre de peur traversa son visage.

— Les Insoumis ont atteint l'immortalité grâce à leur art empoisonné et ils ne peuvent plus être touchés par la mort, la vérité ou l'amour. Ils règnent sur les ténèbres et ils sont terribles.

Il frissonna et serra ses mains ensemble.

Pendant un moment, j'eus l'impression de voir avec les yeux de Sebastian : des silhouettes effrayantes d'hommes vêtus de noir et de rouge, avec des couronnes en fer sur la tête. L'un deux se retourna vers moi, et je vis sa beauté ravagée, inhumaine, et je sentis que je pourrais me transformer en poussière sous son regard dévastateur. Je parvins à m'arracher à cette horrible vision et me forçai à écouter ce que me disait Sebastian.

— Mes maîtres m'ont fait comprendre qu'il n'y avait plus qu'une seule manière pour moi d'utiliser le talisman pour stopper le processus de dissipation.

— C'est quoi ? Dis-moi !

Sebastian parut plus pâle que jamais, et son souffle se transforma en un bref sanglot lancinant.

— En conquérant le talisman, en te le prenant de force et en revendiquant ma couronne d'immortalité. Et pour cela, il faudrait que je te tue.

À son air, je compris qu'il disait la vérité.

— Je ne peux plus rester près de toi, Evie. Je sais qu'au fur et à mesure que je me dissiperai vers les ténèbres, je serai de moins en moins moi-même et que la tentation de ravir le talisman montera en moi. Pour devenir un des Insoumis ou leur esclave pour l'éternité… comment être certain de ce que je vais choisir lorsque arrivera le moment final ? J'ai tellement peur de choisir ta destruction, comme j'ai détruit Agnes. Maintenant, comprends-tu pourquoi je ne peux t'aimer ? Mon amour n'a aucune valeur.

— Et que fais-tu de mon amour pour toi ? Tout ça n'aurait servi à rien ?

— Tu dois cesser de m'aimer. Ta vie est en danger, et pas seulement à cause de ce que je pourrais être tenté de faire. Il y a d'autres forces qui t'observent, avides d'avoir ce que tu possèdes. Je ne peux plus les maîtriser. Je ne suis pas le seul misérable qui est à la recherche du talisman. Tu ne dois pas rester ici. Sauve-toi. Ne retourne pas à l'abbaye… ni ce soir, ni jamais. Là-bas, c'est dangereux pour toi, tu n'y rencontreras que des ennuis. Tu n'y rencontreras que la mort.

Soudain, il me souleva et me posa sur son cheval, puis il me donna les rênes. Il attira mon visage vers lui pour un dernier baiser rempli de désespoir, puis tourna ma monture pour qu'elle se dirige vers l'autre côté de la vallée endormie, loin de l'abbaye.

— Mais Sebastian…

— Tu dois faire ce que je te dis ! Quitte Wyldcliffe maintenant, pendant que tu le peux encore. À partir de maintenant, nous ne représenterons plus rien l'un pour l'autre, Evie. Nous serons des étrangers.

Son visage semblait avoir été envahi par la mort, et sa voix avait la dureté de la glace.

— Nous devons être ennemis.

Il donna une tape sur le flanc rutilant du cheval, et le puissant animal rejeta la tête en arrière et s'élança dans les herbes. Je tirai frénétiquement sur les rênes pour l'arrêter et regardai par-dessus mon épaule.

— Sebastian ! Sebastian ! criai-je dans le vent. Où es-tu ?

Il n'y eut pas de réponse. Le sommet des collines était immense et nu ; il ne s'y trouvait pas plus d'endroits où se cacher que dans une grande étendue désertique. Sebastian s'était volatilisé. Il était parti et n'avait laissé aucune trace derrière lui sur les collines désolées. J'étais seule.

J'attendis et attendis, mais il ne revint jamais. Je laissai le cheval déambuler lentement dans n'importe quelle direction. Je n'avais plus de volonté pour prendre des décisions, bonnes ou mauvaises. Au moment où de faibles lumières commençaient à se répandre sur les landes, le cheval arriva devant les murs de l'abbaye. Je descendis, et il repartit au petit galop.

J'étais revenue là où tout avait commencé, il y a plusieurs semaines de cela. Le panneau écaillé près du portail affichait toujours son étrange message :

WYLDCLIFFE

E N T R E

OU FIL E

Je poussai la grille et entrai avec lassitude dans la seule maison que j'avais encore. Que m'importait ce qui m'attendait ici ? Sebastian était parti. Il était mon ennemi, et je me sentais déjà comme si j'étais morte.

Quarante-deux

Je descendis l'allée déserte. L'abbaye ressemblait à une grande prison dans les premières lueurs de l'aube. Si je me dépêchais, j'arriverais peut-être à revenir dans mon lit avant que ma disparition soit remarquée. Évitant la porte principale, j'avançai par le chemin qui mène aux écuries. Au moment où je passais près du potager, quelqu'un sortit de l'ombre.

— Sarah! dis-je, le souffle coupé.

— Dieu merci, je t'ai trouvée!

Elle m'étreignit rapidement, puis m'attira vers le jardin muré.

— Que fais-tu ici? demandai-je étonnée.

— Helen m'a demandé de garder un œil sur toi. Elle m'a vue au moment où elle se dirigeait vers sa retenue et a dit qu'elle était inquiète à ton sujet. Je lui ai expliqué que tu t'en faisais pour Frankie et lui ai dit de ne pas s'inquiéter. Mais ensuite, après m'être couchée, j'ai eu un étrange sentiment que quelque chose n'allait vraiment pas. J'ai eu une vision de toi perdue dans les landes. Je me suis glissée jusqu'à ton dortoir, mais tu n'y étais pas, ni Helen, d'ailleurs. Alors, je suis sortie à votre recherche. Je m'apprêtais justement à parler à mademoiselle Scratton de votre disparition.

Elle semblait angoissée.

— Alors, où est Helen ? Et toi, où étais-tu ?

— Tu te souviens que tu avais dit que je devrais essayer d'en savoir plus sur Sebastian ? dis-je avant de prendre une grande respiration. Eh bien, c'est ce que j'ai fait.

Aussi brièvement que possible, je lui exposai toute l'histoire. Je vis son expression passer de l'incrédulité au dégoût et à la pitié. Et, sous tout cela, je sentais la peur.

— Alors... c'est un fantôme ?

— Je ne pense pas, dis-je en haussant les épaules. Il est entre deux mondes. Dans les ténèbres, selon ce qu'il dit. Il n'est pas vivant, comme nous le sommes, mais il ne peut pas mourir.

— Et s'il n'obtient pas l'aide de ce talisman — ton collier —, il va devenir une sorte de démon ?

— Il semblerait que ce soit ça.

Je n'avais plus assez d'énergie pour ressentir quelque émotion que ce soit.

— Et l'autre possibilité, c'est qu'il me tue pour obtenir le talisman.

Sarah me regarda, horrifiée.

— Evie, tu dois partir d'ici.

— Et comment je devrais faire ça ? Tu veux que j'écrive à mon père «S'il te plaît, emmène-moi loin de Wyldcliffe ; mon amoureux est en fait un dangereux esprit de 150 ans » ? Il penserait que je suis devenue folle. Et puis, je n'ai nulle part où aller. Papa est à l'étranger ; la maison est louée la plupart du temps. Je n'ai pas de famille à part une vieille tante au pays de Galles, où l'on va m'envoyer pour l'été, avec un peu de chance.

— Tu ne pourrais pas faire semblant d'être malade ?

— Ce ne serait pas bon, fis-je d'une voix vide et éteinte. Je ne peux me sauver de tout cela. Il n'y a pas de fuite possible. Et je ne peux plus jamais revoir Sebastian.

J'éclatai en sanglots.

— Allez, allez, tu es épuisée. Viens, rentrons.

Elle me prit par le bras et commença à me guider vers l'intérieur de la maison, quand je sentis ses doigts s'enfoncer dans ma peau.

— Evie, regarde ! Regarde là-haut !

Sarah désigna du doigt la haute toiture en ardoise érodée. Derrière une tour pointue à l'autre extrémité de l'immeuble, il y avait la silhouette d'une fille. Et cette fois, il n'y avait aucun doute quant à son identité. Les cheveux pâles d'Helen tombaient dans son dos sur sa robe de nuit, et elle avait les bras et le visage dirigés vers le ciel, comme si elle était en adoration devant l'aurore.

— Mais qu'est-ce que… Helen ! criai-je.

— Chut, fit Sarah. Tu vas la déconcentrer. Elle risque de tomber.

Mais ce fut encore pire. Un instant plus tard, Helen s'élança du toit, les bras écartés, et plongea vers le bas. Elle tomba, aussi légère qu'une ombre, et disparut de notre vue de l'autre côté de l'abbaye.

Nous courûmes à l'avant de l'école, nos pieds volant sur le gravier.

— Je t'en prie, ne sois pas blessée, je t'en prie…, priai-je de toutes mes forces.

Tout ce que je pouvais imaginer, c'était le corps d'Helen recroquevillé sur le sol près de la porte principale. Mais quand nous arrivâmes près des marches, il n'y avait personne.

«Impossible.»

Nous nous glissâmes dans le hall d'entrée. Il n'y avait pas de feu dans le foyer de pierre et personne ne semblait encore levé. Des voix basses nous provenaient du couloir à notre gauche.

Sarah me fit signe de la suivre. Nous passâmes le plus silencieusement possible près des portraits, des murs en lambris et des portes fermées. Les voix semblaient provenir du bureau de madame Hartle, et cela ressemblait à une dispute. La porte était entrouverte. Nous nous en approchâmes discrètement et jetâmes un coup d'œil à l'intérieur de la pièce, prenant bien soin de ne pas être vues. Helen était debout devant le bureau de la directrice, silencieuse, l'air défiant, mais indemne. Comment était-il possible qu'elle se fût lancée du toit sans s'être fracassée comme une poupée de porcelaine?

Madame Hartle ne semblait pas s'intéresser à la chute d'Helen. Ses traits plutôt réguliers étaient maintenant déformés par la colère.

— Comment oses-tu faire un numéro comme ça? Tu n'as jamais pensé que quelqu'un pourrait te voir? Est-ce que tu veux que tout soit découvert?

— Ouais, c'est ce que je veux, répondit Helen. Je veux que les gens sachent ce qui se passe ici.

— Ne gaspille pas ton énergie, Helen. Personne ne te croirait. Saute encore une fois du toit et tu vas te retrouver de nouveau dans un établissement spécialisé, et ce ne sera pas un foyer pour enfants tout douillet, cette fois. Non, il vaudrait mieux pour tout le monde que tu commences à m'obéir.

— Je ne vais pas coopérer. Et vous ne pouvez m'y forcer.

La directrice parut changer de stratégie. Elle se rassit dans sa chaise ; sa colère semblait avoir été remplacée par un léger amusement,

— Je pense que tu vas te rendre compte que je le peux. Oh ! tu as réussi à tenir un bon bout de temps contre moi, mais tu ne pourras pas continuer ainsi très longtemps.

— Je peux... je vais le faire... fit Helen, mais elle semblait prête à défaillir, comme si elle manquait d'air.

— N'oublie pas, Helen, que nous sommes nombreuses, et que toi, tu es seule.

— Je préférerais mourir seule dans un fossé que d'avoir quoi que ce soit à voir avec vous !

Madame Hartle bondit de sa chaise et se plaça devant Helen, l'air sombre et le regard noir. Il y avait un étrange lien entre les deux ; elles se livraient à une sorte de lutte. Puis Helen rit doucement. Aussitôt, la main de madame Hartle administra une gifle retentissante sur la joue de la jeune fille.

— Sors d'ici ! gronda-t-elle.

Sarah me tira par la manche, et nous partîmes en courant dans le couloir. Elle commença à courir en direction de l'escalier de marbre, mais je la tirai vers le renfoncement qui menait à l'ancienne aile des domestiques. Je tentai d'ouvrir la porte nerveusement, puis nous nous retrouvâmes dans le couloir poussiéreux.

— Nous pouvons passer par ici, personne ne nous verra.

— Mais qu'est-ce qu'on fait d'Helen?

— Chut!

J'entendais des pas légers de l'autre côté de la porte. Mon cœur battait à tout rompre. J'étais certaine que c'était madame Hartle qui nous avait suivies. Puis la porte s'ouvrit, et Helen nous apparut, dans un cadre de lumière.

— Evie? Sarah? chuchota-t-elle. Êtes-vous là? J'étais tellement inquiète pour vous.

— Mais toi?

Sarah sortit du recoin où nous étions dissimulées.

— Nous t'avons vue tomber!

— Parfait. Je voulais que vous me voyiez, sinon, vous ne m'auriez jamais crue.

— Tu aurais pu te blesser, et madame Hartle ne semblait pas du tout s'en soucier, protestai-je. Et les professeures n'ont pas le droit de frapper des élèves comme ça!

— Je sais. Mais ce n'est pas seulement une professeure, fit Helen en soupirant. C'est ma mère.

Quarante-trois

Une cloche retentit, résonnant dans le couloir de l'autre côté du mur. La nouvelle journée venait de commencer.

— Il faut y aller, fit Helen sur le qui-vive. On se retrouve après le cours.

— Où?

— Dans la vieille grotte. Vous savez où c'est? Il ne faut surtout pas qu'on vous voie y aller. Et ne me parlez pas, aujourd'hui. Il vaut mieux faire comme si nous n'avions rien à voir les unes avec les autres. Elles surveillent tout le temps.

— Qui, elles?

— Je vous expliquerai plus tard. Il faut y aller.

Nous montâmes en courant les marches vers les dortoirs.

Je ne sais pas comment j'ai fait pour survivre à cette journée. Sebastian... Agnes... le talisman... Helen...

madame Hartle. J'avais l'impression d'être en train de me noyer.

Et, comble de malheur, Celeste est rentrée de l'hôpital avec une jambe plâtrée. Elle a fait son grand numéro de martyre blessée, boitant courageusement dans l'escalier de marbre, réclamant attention et sympathie. Mais quand Sophie m'a offert de me prêter un atlas en géographie, Celeste a paru stupéfaite. L'idée que son amie pouvait ne plus me détester autant qu'avant semblait la rendre furieuse, et elle s'en est prise à moi tout l'après-midi, jusqu'à m'en donner le goût de hurler : « Laisse-moi tranquille, laisse-moi tranquille… » Mais rien de ce que Celeste pouvait dire ou faire n'était aussi insupportable que mes pensées.

Dès que nous pûmes quitter la classe, je sortis de l'école et courus jusqu'au lac. Ses eaux étaient ternes et sombres, reflétant le ciel gris qui les surplombait. Une centaine de souvenirs de moments passés avec Sebastian me traversèrent l'esprit : quand nous riions, parlions, nagions, nous embrassions… tout ce que nous ne pourrions plus jamais faire. Je continuai à marcher, décidée à ne pas me laisser aller à mes larmes, et me glissai dans les broussailles jusqu'à la grotte.

— Sarah ? appelai-je d'une voix basse. Helen ?

— Ici, chuchota quelqu'un.

Je vïs le faisceau d'une lampe de poche devant moi. Je le suivis et trouvai les deux autres qui m'attendaient près des mosaïques scintillantes.

— Explique-nous ce qui s'est passé ce matin, Helen, dis-je aussitôt.

— Es-tu vraiment tombée du toit ? Et madame Hartle est-elle réellement ta mère ?

— La réponse aux deux questions est oui. Et je vais essayer de vous expliquer tout ça. Mais il est probable que vous ne me croirez pas.

— Ne t'en fais pas. Je commence à m'habituer à croire à des choses incroyables. Vas-y, raconte.

Helen se mit à parler d'une voix rapide et monotone.

— J'ai été élevée dans un foyer pour enfants et je ne savais pas qui étaient mes parents. Les gens qui s'occupaient de moi essayaient d'être aimables, mais je ne me sentais pas à ma place. J'ai acquis une réputation d'enfant difficile. Si quelqu'un voulait m'aider, je lui criais de me laisser tranquille. Alors, après un certain temps, ils ont cessé de faire des efforts. J'ai fait tant de bêtises, à l'école, que j'ai été mise à la porte de l'établissement.

Elle rougit, embarrassée. Je ne l'avais jamais entendu parler autant, jusqu'ici, mais elle continua.

— Je me suis renfermée sur moi-même. Ma vraie vie se déroulait dans mes rêves. Quand j'étais petite, je m'imaginais pouvoir voler, comme beaucoup d'enfants le font. Mais même en grandissant, je continuais à en rêver. Puis, quand j'ai eu 13 ans, je me suis mise à être somnambule parfois. Une nuit, je me suis réveillée sur le toit de ma maison. Je ne savais pas comment j'étais arrivée là. J'ai regardé vers le sol et j'ai pensé que si j'avançais d'un seul pas, je pourrais m'envoler vers un endroit différent, un endroit où je me sentirais chez moi. En même temps, une autre voix dans ma tête me disait : «Ne sois pas idiote, tu vas te tuer», mais je ne sais pourquoi, je sentais que tout allait bien se passer. Alors, j'ai fermé les yeux et j'ai avancé.

Helen ferma les yeux comme si elle cherchait à retrouver ses souvenirs.

— J'ai senti l'air passer à toute vitesse à côté de moi, et le son du vent remplissait ma tête comme un feu qui gronde. Je m'attendais à m'écraser, mais quand j'ai ouvert les yeux, je me suis rendu compte que j'avais atterri sur le sol avec la légèreté d'un chat. Et je venais de faire une chute d'environ 12 mètres. Je n'arrivais pas à le croire, alors j'ai recommencé, et recommencé encore. Chaque fois, j'atterrissais sans me faire mal. On aurait dit que je pouvais glisser sur le vent, ou que je pouvais nager dans l'air aussi facilement que dans l'eau. Je ne peux pas vraiment expliquer comment ça se passe.

Elle nous regarda, essayant d'évaluer notre réaction.

— Il y avait d'autres choses. Je me suis rendu compte que je pouvais déplacer des objets par la simple pensée. Si je voulais déplacer un livre, par exemple, je n'avais qu'à imaginer que le vent soufflait dessus, et il se transportait tout seul. Je pouvais faire naître d'un seul coup un vent violent. Je pouvais même me faire déplacer moi-même d'un endroit à un autre, par le seul pouvoir de ma pensée.

— Le pouvoir de ta pensée? dit Sarah. Que veux-tu dire?

— C'est ce que décrivait Lady Agnes, l'interrompis-je. «Je ressens, je désire, et cela se produit…» Sauf qu'elle, elle était attirée par le feu, alors que toi, c'est par l'air.

— Ouais, c'était comme ça, dit Helen. Disons que je me retrouvais enfermée dans ma chambre parce que j'avais causé des ennuis à la maison et que je voulais sortir. Eh bien, si je le souhaitais assez fort, je me retrouvais dans une sorte de… Oh! je ne sais pas, comme un tunnel de vent qui souffle. Et je ressortais de l'autre côté, à l'endroit que j'avais imaginé : le parc, dans la rue ou près du vieux canal. Personne ne semblait s'en apercevoir, ou voir ce que je faisais. Je pensais que je devais être une sorte de phénomène. Au lieu d'améliorer les choses, ça les a empirées. J'étais terrifiée à l'idée que quelqu'un puisse s'en rendre compte, qu'on allait me croire folle.

Elle leva un regard inquiet vers nous.

— J'imagine que vous pensez que je suis parfaitement cinglée, non ? Je sais comment on m'appelle ; Helen Black, la folle.

— Ce n'est pas ce qu'on pense, murmura Sarah.

— Non, répondis-je fermement, tu es notre amie.

Helen parut gênée, mal à l'aise et contente.

— Merci.

— Mais comment t'es-tu retrouvée à Wyldcliffe ?

— Il y a environ un an, une femme est venue à la maison où je vivais. Elle était très brillante, bien vêtue, pas le genre de personnes que j'avais connues jusque-là. C'était madame Hartle. Elle a raconté qu'elle était ma mère, qu'elle m'avait eue très jeune, sans être mariée. Mon père l'avait quittée, et elle n'avait pas pu s'occuper de moi. Elle s'était ensuite mariée avec un homme plus âgé qu'elle, un homme riche. Il était mort, et maintenant, elle avait un bon emploi dans une école où nous allions pouvoir vivre ensemble de nouveau. Puis elle m'a dit qu'elle savait que j'avais accès à des pouvoirs spéciaux, élémentaux, que c'était un don dans la famille, et qu'elle était la seule qui saurait me comprendre. C'était très étrange de l'entendre dire tout ça, mais j'étais tellement contente d'apprendre que je n'étais pas juste folle, et que ma mère était enfin venue me chercher.

Je ressentis une pointe d'envie. Je m'étais imaginé tant de fois que ma mère apparaitrait un jour, qu'elle me dirait : «Je ne suis pas morte noyée; tout cela était une erreur; je suis vivante…» Exactement comme la mère d'Helen était arrivée dans sa vie.

— Au départ, j'étais enchantée. Mais dès que je suis arrivée à Wyldcliffe, madame Hartle a changé. Elle a dit qu'elle souhaitait que personne ne sache qui j'étais, car ce serait mauvais pour sa réputation. On dirait simplement que j'étais une boursière, une orpheline. J'ai rapidement compris que ma mère ne s'intéressait pas vraiment à moi, mais seulement à ce que je pouvais faire. Elle voulait utiliser mes dons à ses fins personnelles.

— Mais comment se fait-il qu'elle était au courant de tes dons ? demanda Sarah.

Helen rougit, comme si les mots qu'elle allait prononcer risquaient de lui brûler la bouche.

— Ma mère — madame Hartle — est une Sœur des ténèbres, la Grande Maîtresse de l'assemblée de Wyldlciffe. Elle invoque les pouvoirs élémentaux où qu'ils se trouvent et tente de les soumettre à sa volonté et à celle de son maître.

— Qui est son maître ? demandai-je d'une voix faible.

Elle me regarda, et ses yeux pâles et brillants étaient remplis de pitié.

— Tu sais qui est son maître, Evie, n'est-ce pas ?

Oui, je le savais. Ce ne pouvait être personne d'autre.

— C'est Sebastian, c'est ça ?

— Oui, soupira Helen. Je suis désolée, Evie. Vraiment.

Quarante-quatre

L'eau dégouttait autour de la statue de Pan. On aurait dit qu'il y avait un millier d'yeux qui m'observaient dans le noir, attendant de voir ce qui allait se produire. J'avais l'impression qu'un filet invisible avait commencé à se refermer sur moi, me piégeant dans toutes les directions. Quelque chose bougea au loin, et je sursautai.

— Qu'est-ce que c'est ? demandai-je.

— Sans doute une souris ou un rat, répondit Helen. Il y a de vieux tunnels qui mènent de la grotte jusqu'à d'autres endroits sur le terrain de l'école. J'imagine qu'ils sont habités.

Je réprimai un frisson et essayai de me concentrer.

— Donc, ta mère est une des Sœurs des ténèbres ? demanda Sarah, les yeux écarquillés d'appréhension. Qu'est-ce que c'est, au juste ?

— Il existe une tradition selon laquelle les femmes se lient à un maître de la Voie mystique qu'elles nourrissent et protègent. Celui-ci tire de la force de cette communauté.

Elles peuvent être des guérisseuses, des femmes qui travaillent pour le bien, unies par des liens de loyauté et de connaissance. Mais si le maître est maléfique, leur assemblée peut se tourner vers le mal.

— Continue, dis-je rapidement, car il me fallait tout savoir, maintenant.

— Evie, les Sœurs des ténèbres de Wyldcliffe sont dangereuses. Elles n'ont pas le désir de guérir ou d'apprendre. Elles suivent un maître corrompu, se lient à lui pour des raisons égoïstes. Après que Sebastian se fut disputé avec Agnes, il a rassemblé un groupe de fidèles avec qui il a promis de partager le secret de l'immortalité s'il le découvrait. Contre quoi, elles devaient le servir inconditionnellement.

— Mais elles devraient être mortes depuis longtemps, fit remarquer Sarah.

— Les Sœurs des ténèbres ont transmis leur place dans la communauté à leurs filles, et leurs filles aux leurs. Depuis cette époque où Agnes est morte et où Sebastian est passé du côté des ténèbres, elles ont pris soin de lui et l'ont soutenu en secret. Leur principal but était de l'aider dans sa recherche du talisman.

— Mais sais-tu qui elles sont ? demanda Sarah.

— Pas avec certitude, je n'ai que des soupçons. Même lorsqu'elles font des cérémonies rituelles ou qu'elles se rencontrent, elles prennent soin de cacher leur identité. Ce pourrait être des villageoises ou des femmes de fermiers… ou bien des professeures de l'école, comme ma mère. Tout ce que je sais, c'est que ce sont des meurtrières.

Sarah et moi nous regardâmes avec hésitation. Pendant un instant, je me demandai si Helen n'avait pas inventé tout ça. Elle sentit notre doute.

— Je suis désolée, mais il vous faut connaître la vérité. Si vous ne me croyez pas, observez et écoutez. Mais ne dites rien.

Elle ferma les yeux et leva les bras, dessinant des cercles dans les airs du bout de ses doigts. Un vent froid se leva et, sans que l'on sache comment, de ce souffle apparut un globe de lumière argentée qui resta suspendu devant nos yeux. Je lançai un cri, et Sarah me serra la main. Helen psalmodiait quelque chose à voix basse, et l'étrange globe de lumière se mit à tourner de plus en plus vite, jusqu'à ce qu'apparaissent des silhouettes, comme des images vivantes, dans ses profondeurs argentées. L'une d'elles était Helen, et l'autre, sa mère, la Grande Maîtresse.

— Tu pourrais avoir une place de choix parmi nous, Helen, disait madame Hartle. Tu as un don naturel, mais tu pourrais en apprendre beaucoup plus si tu voulais me laisser t'enseigner.

— Et que pourrais-tu m'enseigner ?

— Nos rites permettent d'obtenir de grands pouvoirs, dit la Grande Maîtresse d'un ton impressionnant. Et même, pour quelques heureuses élues, la vie éternelle.

— Le seul pouvoir que je désire, c'est celui d'être moi-même. Et je veux vivre cette vie-ci librement, et non être mêlée à vos plans malsains.

— Alors, tu refuses ? Laisse-moi te dire que je peux rendre ta vie à Wyldcliffe très désagréable.

— Je ne te laisserai pas faire ! Je dirai à tout le monde qui tu es ; on va t'arrêter !

Madame Hartle eut un petit rire froid.

— Helen Black, la folle, qui se plaint de la très respectée directrice de l'internat de Wyldcliffe ? Que vas-tu leur dire, que je suis une sorte de sorcière ? Ça m'étonnerait. C'est toi qu'on voudra enfermer, et pas moi. Tu n'as pas vraiment le choix, Helen. Tu es l'une des nôtres. Il est temps pour toi d'accepter ton destin.

À ce moment-là, la scène changea. Helen était vêtue d'une longue cape avec un capuchon laissant seulement voir quelques mèches de ses cheveux lustrés. Elle était dans un lieu souterrain et sombre avec d'autres femmes, toutes vêtues de noir. Elles psalmodiaient des paroles en formant un cercle. Je vis un œil, une bouche, un bout de joue que je crus reconnaître : une enseignante, une cuisinière, une femme de ménage. C'étaient des femmes de Wyldcliffe, réunies en assemblée, et Helen était parmi eux. J'avais la bouche sèche. Je savais que je les avais déjà vues, ces terribles femmes à capuchon, ou du moins, que j'avais aperçu leurs ombres. Elles avaient voulu m'attraper la nuit où j'avais paniqué dans le lac avec Sebastian. Je voulais qu'Helen arrête. Je ne voulais pas en savoir plus. Mais je n'avais pas le choix, je devais regarder l'envoûtante sphère de lumière et la scène qui se déroulait à l'intérieur.

— Notre maître n'a pas encore trouvé ce qu'il cherche, récitait la voix de la directrice. Il commence à se dissiper, comme le veut la loi des Insoumis. Si nous ne le soutenons pas, tous nos espoirs seront perdus. Nous l'avons déjà nourri de notre force vitale. Chacune des Sœurs des ténèbres lui a donné une année de sa vie pour prolonger celle de notre maître. C'est tout ce que nous avons le droit de donner. Maintenant, nous devons trouver d'autres victimes, moins consentantes. Nous allons devenir des Voleuses d'âmes.

L'image se dissipa et fut remplacée par celle d'Helen et de sa mère qui se dévisageaient.

— Je ne te permettrai pas de faire ça! cria Helen. C'est très mal de voler des âmes; vous êtes comme des vampires...

— Effectivement, répondit madame Hartle avec un sourire méprisant. Comme les vampires sucent le sang, nous sucerons la vie de toute personne qui se trouvera sur notre chemin et nous nous en servirons pour nourrir notre Maître. Nous avons la chance d'avoir une source de jeunes vies fraîches à la portée de la main avec les élèves de Wyldcliffe. Toute fille qui sera assez stupide pour obtenir trois démérites me sera envoyée en punition, mais sa retenue ne sera pas ce à quoi elle s'attendait. Nous serons prêtes pour elle. Elle se réveillera le lendemain sans aucun souvenir de ce qui ce sera passé, mais un peu de sa force vitale aura été transférée au Maître.

— Tu es folle! Et je ne t'aiderai pas pour ça, je refuse.

De nouveau, l'image se transforma. Je vis Laura qui recevait un carton de démérite des mains de mademoiselle Raglan; puis elle frappait à la porte du bureau de madame Hartle; ensuite, elle se retrouvait endormie dans une sorte de crypte souterraine, avec des silhouettes vêtues de toges qui se balançaient et chantaient des psalmodies autour d'elle. Elle était très pâle, aussi pâle qu'une morte. Une des femmes passa devant les autres et tenta de secouer la jeune fille, mais elle ne se réveillait pas. «Laura, Laura! Bon Dieu, vous l'avez tuée...» Le capuchon de la femme tombait de sa tête. C'était Helen, et elle pleurait sans pouvoir contenir ses larmes sur le corps froid de Laura.

— Nous en avons trop aspiré, disait la Grande Maîtresse d'une voix monotone en examinant le visage de Laura. Elle ne pourra plus nous être utile. Prenez son corps et lancez-le dans le lac. Les gens croiront qu'elle s'est noyée.

— Tu ne peux pas faire ça ! cria Helen. Je te déteste, je te déteste.

J'entendis la vraie Helen émettre un long soupir tremblant. Elle laissa tomber les bras, et le globe de lumière disparut. Elle nous regarda, les yeux rougis, l'air effrayé.

— J'étais là. Je n'ai rien pu faire pour empêcher ça. J'ai vu le visage de Laura ; j'ai vu ses yeux sans vie. Je les ai vues jeter son corps dans le lac.

Elle faisait de gros efforts pour ne pas pleurer.

— Et c'est cette femme que je dois appeler ma mère ! Elle ne se préoccupait pas du sort de Laura, tout ce qui lui importait, c'était que personne ne découvre leur assemblée secrète. J'ai menacé de tout raconter à la police, mais elle a ri.

J'eus soudain de la difficulté à respirer.

— Alors, Celeste avait raison.

— Ouais, fit Helen en s'essuyant le visage de sa manche. Celeste est méchante, snob et tout ça, mais elle avait raison, dans ce cas. J'ai tenté de lui faire comprendre que Laura n'était pas morte noyée, mais elle a alors commencé à m'accuser de toutes sortes de choses, alors je me la suis fermée. Mais Celeste avait raison de m'accuser ! Je savais ce qui se passait et j'aurais dû faire quelque chose pour empêcher ça.

— Tu n'aurais rien pu faire, fit Sarah doucement.

— Au moins, je lui ai dit, à madame Hartle, que je n'allais plus jamais participer à leurs assemblées, peu importe ce qu'elle pouvait me faire. Et elle sait que je ne changerai jamais d'avis.

J'avais la nausée. C'était donc ça le lien entre Sebastian et Laura.

— Mais comment Sebastian a-t-il pu accepter des choses comme ça ? criai-je.

— Evie, je te jure qu'il n'était pas au courant. Les femmes lui avaient dit que c'était leur force vitale à elles qu'elles lui avaient donnée et que ça avait été fait de plein gré. Elles disaient qu'elles seraient amplement remboursées quand Sebastian aurait trouvé le talisman et qu'il les aurait conduites vers l'immortalité. Quand Sebastian a découvert ce qui était arrivé à Laura, il a affirmé ne plus vouloir recevoir aucune forme de nourriture de la part des Sœurs. Il a eu une grosse dispute avec ma mère. Sebastian a dit qu'il était écœuré par ce qu'elles avaient fait et qu'il valait mieux qu'il accepte sa destinée et qu'il se dissipe pour se transformer en ce qu'il devait devenir. Mais elle a crié qu'il leur avait promis l'immortalité et qu'elle le forcerait à tenir sa promesse. Depuis ce jour, les femmes de l'assemblée sont prêtes à tout pour trouver le talisman. Madame Hartle pense qu'elle peut forcer Sebastian à utiliser ses pouvoirs même s'il ne le désire pas. Plus Sebastian devient faible, moins il pourra les maîtriser.

C'était cela que Sebastian n'avait pas été capable de me dire… la destruction de sang-froid d'une jeune fille innocente. La mort d'Agnes avait été un accident terrible, mais là, il s'agissait d'autre chose. La mort de Laura était un cadeau empoisonné que madame Hartle avait offert à Sebastian. Je ne savais pas pour qui j'avais le plus envie de pleurer : Laura, Agnes ou Sebastian. Je n'avais plus de larmes pour pleurer sur mon sort.

— Evie, quand tu es arrivée à Wyldcliffe, j'ai su que tu avais quelque chose de spécial. Je ne pouvais courir le risque d'être aimable avec toi, car je ne voulais pas attirer l'attention de madame Hartle sur toi. Alors, j'ai commencé à t'épier, à te suivre la nuit, à regarder où tu allais. Je suis désolée. Je ne voulais pas me mêler de ce qui ne me regardait pas.

— Alors, c'était bien toi, ce jour-là, au manoir Fairfax?

— Ouais, répondit-elle en souriant tristement. Je me suis transportée là-bas pour te surveiller sans que personne ne le sache. Et la veille, je t'avais mis dans le pétrin parce que j'avais voulu te faire peur et te faire cesser tes rencontres nocturnes avec Sebastian. Je voulais te mettre en garde contre lui dès le début, mais je ne savais jamais qui pouvait être en train de nous écouter. De toute façon, mes efforts n'ont servi à rien. Je t'ai regardée t'enfoncer de plus en plus. Je vous ai entendues parler, Sarah et toi, du lien qu'il pourrait y avoir entre Lady Agnes et toi. Et je suis devenue presque folle d'inquiétude quand j'ai compris que tu portais le talisman.

— Comment l'as-tu su?

— J'étais dans le jardin à vous épier, la nuit où Sebastian a touché le collier. Après cela, j'étais certaine de ce que c'était. Je suis terrifiée à la pensée de ce qui pourrait arriver si ma mère ou Sebastian découvrait que tu possèdes la chose qu'ils cherchent depuis toutes ces années. Tu ne dois jamais le lui dire.

Mon cœur battait à tout rompre. Je regardai les visages pâles de Sarah et d'Helen.

— Il le sait déjà, avouai-je. Mais il a promis de rester loin de moi. Il ne le veut pas.

— Evie, tu ne peux pas lui faire confiance ! Plus il se dissipera, plus le désir de s'accrocher à la vie humaine deviendra fort, jusqu'à devenir une faim intolérable. À la fin, le désir de posséder le talisman sera plus fort que tout ce qu'il peut ressentir pour toi.

Helen me regarda avec pitié.

— À partir de maintenant, tu dois le considérer comme ton ennemi.

— Comme si je ne le savais pas. Sebastian et sa meute de Sœurs des ténèbres pourraient me tuer à tout moment. Et il n'y a rien que je puisse faire contre ça.

Mon ton désinvolte ne cachait que maladroitement ma peur.

— Oui, il y a quelque chose, fit Helen. Et je crois pouvoir t'aider.

Je levai les yeux vers elle, sentant monter une lueur d'espoir en moi.

— Il n'y a qu'une chose que tu puisses faire. Tu possèdes le talisman. Utilise-le pour libérer tes propres pouvoirs, Evie.

Ses yeux brillaient dans le noir.

— Suis la Voie mystique.

Quarante-cinq

Je regardai Helen.

— Ce doit être une blague.

— Bien sûr que non.

— Je ne veux pas être mêlée à tout ça. C'est de là que viennent tous les problèmes. De toute façon, je ne pourrais jamais faire les psalmodies, les rites, la danse autour d'un arbre de mai et tout ce qu'elles font…

— Tu veux dire tous ces trucs délirants? demanda Sarah avec l'esquisse d'un sourire.

Je lui souris faiblement à mon tour, mais ce n'était plus drôle.

— Evie, n'as-tu encore rien compris? fit Helen avec impatience. Ce ne sont pas des trucs délirants. C'est aussi réel que le sol sur lequel nous sommes assises. Et tu es déjà mêlée à la Voie mystique. C'est dans ton sang.

Je ne répondis rien. L'humidité et le froid de la caverne semblaient s'être infiltrés dans mes veines, avoir gelé mon esprit. Je ne pouvais plus penser.

— Alors, que comptes-tu faire ? Attendre simplement que l'assemblée ou Sebastian viennent te chercher ?

J'arrachai le ruban accroché à mon cou et levai le collier qui semblait si innocent.

— Je ne porterai plus ce truc. Je vais le renvoyer à Frankie...

— Et ce sera elle qui sera en danger ?

— Alors, je vais simplement m'en débarrasser. Je vais... Je vais le jeter dans le lac, ou l'enfoncer dans le puits d'une de ces vieilles mines au sommet des landes.

— Afin qu'ils puissent le ramasser n'importe quand ? Tu ne peux abandonner le talisman, et il est impossible de le détruire.

Son visage pâle semblait plus délicat que jamais quand elle se leva devant moi, me suppliant de la croire.

— Ouvre-toi les yeux, Evie. Il faut que tu apprennes à t'en servir.

— Mais je ne sais pas comment !

Helen posa sa main sur la mienne. Un éclair de lumière bleue jaillit du talisman et illumina la grotte, donnant vie aux mosaïques par des milliers de reflets.

— Tu vois ? Le talisman est prêt à reprendre vie, si tu le veux bien.

— Mais je n'ai aucun pouvoir. Je ne suis pas comme toi.

— Tu as quand même vu Lady Agnes, dit Sarah. Et tu pouvais voir Sebastian.

Je ne pouvais le nier. Je baissai les yeux vers le talisman qui reposait dans ma main. Qu'est-ce que cela allait me demander ? Agnes était morte à cause de la Voie mystique, et ça avait poussé Sebastian à sa perte. Saurais-je faire mieux ? Helen et Sarah me regardaient avec espoir. J'étais debout au bord d'un précipice, en suspension entre deux mondes.

— Peux-tu vraiment m'enseigner à le faire ?

— Je peux essayer. Certaines choses que j'ai apprises depuis que je suis à Wyldcliffe ; d'autres que je sais depuis toujours. Mais je crois que chacun a une voix à l'intérieur de soi qui lui raconte l'histoire de son pouvoir ; c'est juste que la plupart des gens ne prennent pas la peine de l'écouter. Regarde les filles de Wyldcliffe. Tout ce qu'elles souhaitent, c'est être populaire, se faire inviter aux soirées à la mode pendant les vacances. Elles n'écoutent pas ce qu'il y a à l'intérieur d'elles. Mais certaines personnes sont naturellement plus sensibles, comme toi et Sarah.

— Que veux-tu dire ?

— J'ai souvent senti ton esprit essayer d'atteindre le mien. J'ai dû travailler fort, parfois, pour te tenir à distance. Personne ne t'a montré comment transformer ton instinct en pouvoir, mais je sais que tu peux y arriver. Et Evie, tu ne peux nier ce que tu as vécu. Vous avez toutes les deux un immense potentiel pour éveiller votre véritable nature. Et la Voie mystique est une clé qui permet de libérer ce potentiel.

— Mais ce n'est pas tout le monde qui peut faire tous ces trucs de magie, la lévitation, la guérison, et tout ça, dis-je.

— Ce n'est pas de la magie ! fit-elle en riant. Ce n'est pas un conte de fées, Evie. Ce que je peux faire, et ce qu'Agnes sait faire... ça fait partie du mystère de la nature. Nous croyons posséder toutes les réponses, mais notre existence en elle-même est un miracle. Que sais-tu exactement de l'univers, des étoiles, de l'océan et de... Oh! je ne sais pas... de l'électricité, du magnétisme, de la théorie des cordes et de la physique quantique? Est-ce que tout cela n'est pas incroyable?

— C'est différent.

— Vraiment? La première fois que des gens ont dit que la terre tournait autour du soleil, et non l'inverse, ils ont été considérés comme des illuminés. Mais aujourd'hui, c'est accepté. Et c'est pareil pour ça. Un jour, les gens comprendront ce que c'est.

Elle cessa de parler, puis haussa les épaules.

— Il n'est pas question ici d'une théorie philosophique, Evie; il est question de survie. Quel autre moyen as-tu de te protéger? Agnes t'a laissé le talisman. Elle souhaitait sûrement que tu t'en serves.

— Et c'est pour ça qu'elle voulait entrer en contact avec toi, fit Sarah, sérieusement. Je suis sûre qu'Helen a raison. Tu dois l'essayer, Evie. Tu n'as qu'à laisser ton esprit s'ouvrir à ça.

Tu peux le faire, Evie; tu peux faire tout ce que tu veux.

J'eus l'impression d'entendre un faible écho de la voix de ma mère, et m'apparut alors l'idée que si j'utilisais le talisman pour m'aider moi-même, je pourrais peut-être m'en servir ensuite pour aider Sebastian. Les chances étaient très minces, mais ça me suffisait.

— D'accord, je veux bien essayer.

— Et toi, Sarah, qu'en penses-tu? Evie a besoin de tout le soutien possible.

— Bien sûr, fit Sarah en pressant ma main. Je crois au monde de l'invisible. Vous pouvez compter sur moi.

Le beau sourire d'Helen illumina son visage.

— Bien. Alors, nous devons commencer par le commencement : le Cercle. Et il nous faut des bougies.

Je cherchai à tâtons dans un renfoncement derrière la statue de Pan, me rappelant ma dernière visite. Les bougies et les allumettes qu'avait utilisées Sebastian étaient toujours là.

— C'est parfait, dit Helen.

Elle alluma les bougies, et leur chaude lumière jaune se mit à danser sur les parois de la grotte. Puis elle se mit à fouiller dans son sac et en sortit un bout de craie.

— Pose le talisman sur le sol.

Je fis ce qu'Helen me demandait. Sarah plaça les bougies tremblotantes autour du bijou. Puis Helen dessina un cercle à la craie autour de nous trois, avec le talisman au milieu.

— Ne sortez pas du Cercle, peu importe ce qui arrive. Maintenant, donnons-nous la main.

Nous nous prîmes par la main. Je me sentais idiote, comme une enfant à une fête d'anniversaire qui attend que le magicien sorte un lapin de son chapeau. Mais Helen affichait un air terriblement sérieux.

— Essayez de faire le vide dans votre esprit. Concentrez-vous sur les éléments qui nous constituent : l'air de notre souffle, l'eau de nos veines, la terre de notre corps et le feu de nos désirs.

Elle se mit à psalmodier, encore et encore, les mêmes paroles, et nous fîmes comme elle :

— L'eau de nos veines... le feu de nos désirs...

Elle leva les bras et le visage, exactement comme elle l'avait fait quand nous l'avions vue sur le toit, et parla d'une voix claire et basse :

— Nous nous présentons ici, pures en nos intentions, courageuses en notre cœur, jeunes en esprit, unies dans notre but. Nous demandons à ce que le pouvoir qui est en nous s'éveille. Nous demandons à Agnes de nous montrer la vérité de son talisman. Nous invoquons toutes nos sœurs : le vent, la terre et les mers. Nous invoquons le feu de la vie.

Encore à ce moment-là, une part de moi disait : «Il ne va rien se passer ; je ne peux faire ça… » Je n'étais pas prête à ce qui allait se produire.

Les lumières vacillèrent et se transformèrent en une lueur fantomatique. Un vent se souleva, nous entoura, gonflant nos cheveux, me coupant le souffle.

— Tendez les bras.

Tremblante, je tendis les bras devant moi, et Sarah fit de même. Une colonne d'un feu tout blanc jaillit du talisman, et de petites flammes se mirent à danser autour du cercle qu'Helen avait dessiné sur le sol. J'avais le souffle coupé. De l'eau coulait de mes mains, se déversant sur le sol comme une cascade. Je regardai Sarah. Une fine poussière se déversait des siennes. La terre, l'eau, l'air, le feu… Je vis soudain apparaître la fille en blanc au milieu de la colonne de feu. «Agnes!» criai-je au même moment où je me mis à tourner et tourner, tombant dans un autre monde…

Il n'y avait plus que du noir. C'était fini.

— Ne sortez pas du cercle !

Je clignai des yeux et les rouvris. Il ne restait que la lueur des bougies, qui brûlaient calmement. Le talisman, sur le sol, était froid et intact. Je me penchai et le ramassai, et j'entendis alors des paroles chuchotées par Agnes : « Je suis tou-jours avec toi… »

Helen effaça rapidement les traces de craie avec ses pieds. Puis elle se tourna vers nous, les joues empourprées.

— Les éléments ont parlé. La terre pour Sarah, l'eau pour Evie. J'avais imaginé que ce serait comme ça.

Elle sourit.

— Alors, maintenant, le groupe est complet. Quatre amies, quatre éléments, les quatre secteurs du cercle.

— Mais nous ne sommes que trois, dit Sarah.

— Non, dis-je en levant lentement les yeux. N'oublie pas Agnes. Elle est avec nous, elle aussi.

Maintenant que j'avais eu un aperçu de son monde, je ne pourrais plus jamais redevenir la fille que j'étais avant.

Quarante-six

Agnes.
J'avais conscience d'elle tous les jours. Elle était à mes côtés quand je marchais dans les longs couloirs résonnants de Wyldcliffe. Parfois, elle était aussi nette et réelle que les autres filles, parfois, elle n'était qu'une ombre, un soupir. Ce que m'avait dit Sebastian, et les choses qu'Helen m'avait montrées me faisaient peur, mais Agnes me donnait le courage de continuer ma vie dans ce repère de secrets malsains. Elle me donnait même la force de supporter Celeste, qui semblait plus déterminée que jamais à me causer des ennuis.

Elle devait avoir eu beaucoup de temps, couchée sur son lit d'hôpital, pour rêver à sa lamentable campagne ; à des choses stupides comme déchirer des pages de mes livres, cacher mes vêtements de sport et plein d'autres trucs qui me rendaient la vie difficile. Il ne lui suffisait pas de savoir qu'elle me détestait personnellement ; elle voulait aussi qu'India, Sophie et toutes les autres filles de son groupe me haïssent. Sophie semblait mal à l'aise, mais elle était trop faible pour dire quoi que ce soit, et elle s'est rapidement trouvée de nouveau sous la maîtrise de Celeste. Je m'en fichais. Je savais qui étaient mes amies.

— Crois-tu vraiment parvenir à me faire renvoyer avec tes petits jeux enfantins ? demandai-je à Celeste un soir où j'ai trouvé, en rentrant dans le dortoir, tous mes vêtements étendus sur le sol pour la troisième fois de la semaine.

— Non, pas avec ça, Johnson, répondit-elle. Ça, c'est juste pour t'énerver. Mais c'est amusant.

— Ça ne va pas bien dans ta tête, Celeste.

— Vraiment ? Comme c'est gentil de ta part de me le dire.

Elle éclata de rire.

— C'est toi qui ne seras pas bien dans ta tête quand tu devras faire tes bagages et partir.

Je sortis de la pièce sans rien dire. Je devais m'éloigner d'elle avant de perdre mon sang-froid. Je ne devais pas attirer l'attention sur moi... n'était-ce pas ce qu'avait dit mademoiselle Scratton, un jour ? Je descendis l'escalier de marbre en courant sans savoir où j'allais... les écuries, la bibliothèque, peu importe.

— On ne court pas dans l'escalier !

Je m'arrêtai et regardai derrière moi. C'était mademoiselle Dalrymple.

— Où te sauves-tu comme ça ?

Elle était souriante et enjouée, mais elle me regardait d'un air imperturbable, tel un serpent. Elle s'approcha, et je sentis la nausée monter en moi. J'eus l'impression que les lumières exerçaient une pression sur mes yeux et je vis soudain une tache blanche apparaître devant moi. Elle avait la forme d'une croix — non, plutôt d'une épée — et, pendant un bref instant, je vis Sebastian au loin, son beau visage tendu par la concentration, coupant l'air avec des gestes habiles, une dague en argent à la main. La dague en argent...

Je tentai de parler.

— Désolée...

— Je vous rappelle que courir dans l'escalier peut être dangereux, fit-elle d'un ton monotone. Nous n'aimerions pas qu'il vous arrive quelque chose, n'est-ce pas ? Mais, Evie, vous êtes très pâle. Est-ce que tout va bien ?

— Ça va.

— Mais votre tenue est si négligée, ma petite.

Son regard me détaillait attentivement.

— Prenez soin de bien attacher vos cheveux vers l'arrière à l'avenir. Et vous ne portez pas de bijoux, n'est-ce pas ?

Des bijoux. Mon cœur battait fort dans ma poitrine. Le sang sifflait dans ma tête.

— N-non... non... bien sûr que non.

Est-ce que j'avais devant moi une professeure qui faisait de l'excès de zèle ou une femme de l'assemblée qui cherchait le talisman ? De toute façon, j'étais coincée. Elle était si près de moi, maintenant, que je pouvais voir les veinules de ses joues et sentir le fort parfum hypnotique qu'elle portait. Il fallait que je m'échappe. Paniquée, je défis les deux premiers boutons de mon chemisier, lui montrant mon cou nu.

— Je n'ai aucun bijou. Je ne porte rien.

Le visage de mademoiselle Dalrymple se décomposa, et elle recula ; puis elle sourit de nouveau.

— Bien sûr que non. Pourquoi en porteriez-vous ?

Elle me laissa partir. Je tremblais, mais j'étais saine et sauve. Mademoiselle Dalrymple ne pouvait savoir que quelques secondes avant de descendre en courant l'escalier de marbre, j'avais obéi à une sorte de pulsion et caché mon collier dans une lézarde du mur de l'ancien escalier des domestiques. Mais je ne pourrais le laisser caché là longtemps.

— Tu dois t'améliorer avec les rites, Evie, me pressait Helen. Regarde ce qui vient d'arriver avec mademoiselle Dalrymple. Elle fait peut-être partie du groupe. En fait, j'en suis sûre. Si les femmes de l'assemblée découvrent que tu as caché le talisman, elles vont chercher à t'avoir. Et Sebastian pourrait attaquer d'un jour à l'autre.

— Il ne fera pas ça.

— Evie, tu ne peux pas en être certaine, fit Helen en soupirant. Tu dois absolument être prête à tout.

— Mais j'essaie ! Je pratique les rites avec toi et Sarah tous les jours. C'est juste que je…

— Quoi ? demanda Sarah.

— Je n'arrive à rien. Pas depuis la première fois.

Je ne sais pas à quoi je m'attendais. Peut-être que j'imaginais que j'allais pouvoir agiter une baguette et créer des miracles, faire reculer les horloges et tout réparer comme par magie. Mais ça ne se passait pas ainsi. Je ne pouvais flotter sur le vent comme Helen ou faire des guérisons comme Agnes. Je n'arrivais à rien.

J'avais réfléchi au talisman, l'avais invoqué, retourné dans mes mains et de nouveau accroché à mon cou, mais je n'avais pas réussi à le réveiller de son long sommeil. Et quand Helen dessinait le Cercle lors de nos rencontres secrètes, il ne se passait plus rien pour moi. Sarah, quant à elle, me laissait loin derrière elle. Elle savait exécuter les incantations et quand elle plaçait ses mains au-dessus d'un tas de terre que nous avions construit de façon rituelle dans le Cercle, une petite pousse verte se mettait à grandir sous nos yeux, comme dans un film passé en accéléré. Mais cela ne servait absolument à rien.

Et, encore une fois, nous en étions là, dans la grotte, essayant une fois de plus.

— Tu dois juste te faire confiance, disait Sarah. Il va finir par se passer quelque chose.

Elles me regardaient avec impatience agiter les bras comme une idiote au-dessus d'un bol d'eau, essayant de la transformer en vapeur ou d'y créer des vagues, ou de faire en sorte qu'elle devienne rose, ou quoi que ce soit d'autre...

— Ouvre ton esprit, m'encourageait Helen. Essaie de ressentir l'appel de ton élément, de maîtriser ses pouvoirs...

— Je ne peux pas!

Elle leva les yeux vers moi, l'air pensif.

— Ou tu ne veux pas.

— Je veux, je veux, criai-je. Je sais que c'est important.

— Il ne faut pas que tu le saches, mais que tu le ressentes, Evie.

Peut-être que c'était effectivement là le problème. Je ne voulais pas ressentir quoi que ce soit. La mort de ma mère, il y a longtemps déjà, avait refermé quelque chose à l'intérieur de moi. J'avais grandi en me faisant croire que j'étais forte et indépendante, que je n'avais besoin de personne, mais je voyais maintenant que j'avais simplement eu peur d'aimer, peur que la personne que j'allais aimer ne disparaisse, comme c'était arrivé avec ma mère. Puis Sebastian était venu, et j'avais laissé tomber mon armure protectrice. Je m'étais lancée tête première dans mon amour pour lui, mais il était reparti, me laissant encore plus seule qu'avant. L'homme que j'avais aimé était un assassin, un esprit errant, un damné, et il était là, quelque part, qui commençait à se dissiper. Il était mon ennemi.

J'étais si malheureuse que ça faisait mal comme si on m'avait coupée avec un couteau. Il était évident que je ne pouvais rien ressentir, que je ne le voulais pas, plus jamais.

— Evie, es-tu concentrée?

La voix d'Helen me fit sortir de mes pensées.

— Essaie encore une fois, Evie, supplia Sarah. Elles approchent, j'en suis sûre. Tu dois être capable de te défendre.

Une autre voix résonna dans ma tête, venant de très loin, aussi légère et rapide que de l'argent : « Trouve tes pouvoirs, ma sœur, trouve ta nature. »

— J'essaie, mentis-je.

Étendant les mains au-dessus du bol d'eau, je fermai les yeux et commençai une psalmodie.

L'eau.

Une seule petite goutte tombant d'une feuille sur le sol. L'océan lointain, incroyablement vaste, aussi profond et noir que l'espace entre les étoiles. Une petite brume sur les landes le matin. De la pluie qui tombe dans la terre si riche. Un ruisseau qui descend de la montagne en chantant, plus bas, toujours plus bas, jusqu'à la mer.

Je ne pouvais rien faire pour maîtriser l'eau, mais j'en rêvais. Le rêve que j'avais fait à ma première nuit à

Wyldcliffe, où une grande vague s'élevait pour tout emporter, m'avait hantée nuit après nuit. Et dès l'instant où je me réveillais et où je m'envoyais de l'eau sur le visage dans la salle de bain, j'avais conscience qu'il était impossible de vivre sans eau. *L'eau de la vie, qui nettoie, nous rafraîchit...* Les paroles d'un cantique que fredonnait Frankie me revenaient à moitié, renaissant de ma mémoire. Chaque fois que je buvais un verre d'eau tiède dans le réfectoire, je pensais à ces petits bouts d'information inutile que l'on absorbe sans s'en rendre compte.

Un fait : il y a plus d'atomes dans un seul verre d'eau qu'il y a de verres d'eau dans toutes les mers du monde. Tout ce que j'avais à faire, c'était ouvrir le robinet pour avoir accès à un miracle de la vie.

D'autres faits : la surface de la Terre est composée à 70 % d'eau; un enfant grandit dans le ventre de sa mère dans un sac d'eau; le corps humain est en bonne partie composé d'eau...

L'eau. Le monde. Un enfant. Mon corps. Mes larmes.

De l'eau pour Evie. Cette vieille envie de nager remonta en moi, mais je l'ignorai. J'avais écarté la pluie, la brume et les rêves. «Il faut que tu ressentes», avait dit Helen, mais je n'allais pas me laisser tenter. Je ne voulais rien ressentir. Mon cœur avait été tordu pour devenir aussi sec qu'un os, et c'était très bien ainsi.

Quarante-sept

— C'est donc ça, votre procession commémorative ? demandai-je. C'est une autre des traditions débiles de Wyldcliffe ?

Par un matin frisquet de décembre, nous étions allées panser Bonny et Starlight à l'écurie. Sarah cessa de brosser la robe alezane de Bonny et jeta un œil dans l'autre stalle pour s'assurer qu'il n'y avait personne.

— C'est pour Lady Agnes, répondit-elle. Au lever du soleil, le douzième jour du douzième mois, le jour de l'anniversaire de sa mort, toutes les filles de l'école doivent se retrouver dans la chapelle pour réciter des prières pour son âme. J'ai le sentiment que l'équipe de l'école aimerait bien annuler cette procession, mais c'est une condition que Lord Charles avait fait inscrire à son testament quand l'école a repris l'abbaye ; alors, ils n'ont pas le choix de s'y tenir.

— Oh !

Je ne m'attendais pas à cela. Il y avait une part de moi qui n'arrivait toujours pas à accepter qu'Agnes fût morte. Je connaissais maintenant son visage, sa voix, son sourire, qui faisaient désormais partie de moi. Je clignai des yeux, continuai de brosser la queue de Starlight, et fis un effort pour parler d'une voix égale.

— Eh bien, alors c'est une bonne chose, non? Que l'on honore sa mémoire et tout ça?

— Oui, bien sûr. C'est juste qu'il y a eu des problèmes, il y a quelques années. Une des plus jeunes est devenue hystérique et a juré avoir vu Agnes planer au-dessus de la chapelle. Toute la scène s'est transformée en une sorte de scène morbide, et les parents de la fille l'ont sortie de l'école. Depuis ce temps, les maîtresses ont peur de perdre la maîtrise de la situation. Moi aussi, je suis inquiète. Je n'arrive pas à me défaire de l'idée que l'on nous observe.

Juste à ce moment-là, quelqu'un arriva avec un seau rempli d'aliments pour les poneys. C'était le garçon que j'avais déjà vu travailler dans les écuries.

— Salut, Josh, dit Sarah avec joie. Merci de nous apporter tout ça.

Les poneys accueillirent le garçon comme si c'était un vieil ami. Il rit et posa le seau par terre. Ses vêtements étaient dépenaillés, mais il bougeait avec la grâce d'un chevalier d'expérience.

— C'est beau.

Il sourit.

— J'ai eu l'impression que Bonny traînait la patte arrière dernièrement, mais j'ai nettoyé ses sabots, et elle semble aller mieux maintenant. Je voulais juste que tu le saches.

Il me regarda avec son sourire chaleureux, mais je détournai le regard.

— D'accord, je vais observer ça, dit Sarah.

— À plus tard.

Il repartit en sifflotant joyeusement. Je continuai de m'occuper des poneys, mais mes pensées filaient à toute allure. Je ne pouvais supporter l'idée de me retrouver dans les ruines avec toutes les autres filles de Wyldcliffe, de fouler le sol où Agnes avait été, où Sebastian et moi avions un jour marché côte à côte. Mais je ne devais pas penser à Sebastian...

Peu de temps après, la procession était devenue l'unique sujet de conversation à l'école. Les uniformes étaient repassés, les chaussures polies selon les exigences de mademoiselle Scratton. Des bacs de fleurs blanches cueillies dans la serre étaient installés dans le hall principal, remplissant les couloirs de leur odeur mystérieuse et parcheminée. Le maître de musique, monsieur Brooke — l'un des rares hommes qui avaient l'autorisation de franchir le seuil de Wyldcliffe — insista pour que l'on ajoute des cours chaque matin pour que nous puissions répéter les cantiques. Je jetai un œil à Celeste et à ses amies blondes et prétentieuses et me demandai ce qu'elles diraient si elles savaient que nous allions chanter à la gloire de mon ancêtre, Lady Agnes Templeton. Je faisais désormais partie de l'abbaye, autant qu'elles. Comme Effie, j'étais ici à ma place.

Cette tradition de Wyldcliffe, je serais fière de la respecter.

Nous nous plaçâmes en file dans l'escalier de marbre, les plus jeunes devant et les aînées sur les marches du haut. Toute l'école était là, sauf Celeste, qui avait été dispensée de la cérémonie à cause de sa blessure à la jambe. Nous portions des manteaux d'hiver couleur rouge sang et tenions un lys blanc dans nos mains gantées. Des chuchotements d'excitation traversaient la foule des filles comme des flammes dansantes. Elles ne se souciaient absolument pas d'Agnes, évidemment ; la procession nocturne était simplement un événement théâtral très emballant.

On entendit le cliquetis des talons sur les carreaux blancs et noirs, et les maîtresses apparurent devant nous : mademoiselle Scratton, mademoiselle Schofield, mademoiselle Raglan, mademoiselle Dalrymple et toutes les autres. Elles étaient vêtues de leurs toges noires et tenaient des bougeoirs en argent avec de longues bougies blanches. Madame Hartle portait quelque chose qui ressemblait à un gros livre de prières et elle fronça les sourcils quand elle leva les yeux vers les rangées de filles alignées dans l'escalier. Je tentai de trouver une ressemblance avec Helen, mais même si elles étaient grandes toutes les deux, elles auraient difficilement pu être plus différentes. Le visage de madame Hartle était foncé, lisse et épais, celui d'Helen était lumineux comme celui d'un ange médiéval. Il était difficile de croire que l'une était la mère de l'autre. Pas étonnant qu'il ait été facile de garder cette information secrète.

— Silence ! cria mademoiselle Scratton.

Elle fit des yeux le tour de notre groupe.

— Elizabeth Fisher, votre manteau n'est pas boutonné.

La pauvre Elizabeth tenta maladroitement d'attacher son manteau.

— Nous marcherons de la porte principale jusqu'aux ruines de la chapelle. Je ne veux pas entendre parler. Je ne veux pas entendre ricaner. Je ne veux entendre aucune sottise. Allons-y. Monsieur Brooke, êtes-vous prêt ?

Le professeur de musique, qui semblait un peu nerveux, nous donna la note, et nous entonnâmes notre chant, nos voix résonnant, fortes et claires. Puis la directrice nous conduisit jusqu'au bas des marches de l'abbaye. Quelques rayons de soleil pourpres étaient visibles dans le ciel gris perle. Le jour se mourait. Nous avançâmes lentement, au rythme de notre chant solennel, qui flottait au-dessus des pelouses ombragées tels les chants des religieuses à une époque lointaine. Les toges noires des maîtresses s'agitaient dans le vent cinglant, et j'étais heureuse de porter un gros manteau.

La procession longea le lac et remonta jusqu'aux ruines. Là, le silence se fit, et nous restâmes en cercle autour du monticule vert de l'autel. Les colonnes et les arches brisées de l'ancienne église brillaient dans la lumière des bougies. L'endroit ressemblait à une scène qui attendait que quelque chose se produise. Madame Hartle tendit le livre à mademoiselle Scratton, qui entonna une sorte de prière, sa voix se laissant emporter par le vent.

— «L'homme qui est né d'une femme n'a que peu de temps à vivre et est empli de tourments. Il surgit et est coupé comme une fleur... Au milieu de la vie, nous sommes dans la mort...»

Ces paroles me traversèrent. Je regardai chaque fille monter sur le monticule et y déposer une fleur en chuchotant les mots : «À la mémoire d'Agnes.»

— «Quiconque vit et croit en moi ne mourra jamais. Le dernier ennemi qui sera détruit, c'est la mort...»

C'était mon tour. Je marchai lentement. C'est là qu'elle avait été étendue dans la mort, tuée par l'homme que j'aimais. Dans un éclair, je revis tout : la lutte dans le noir, la robe pâle d'Agnes, la fureur dans les yeux de Sebastian et l'horrible regret éternel…

— Pour Agnes, dis-je.

Puis je me rappelai l'autre victime silencieuse de ce lieu hanté, et j'ajoutai dans ma tête : « Pour Laura. »

Je me retournai et regardai avec étonnement les rangées de filles qui m'observaient. J'avais oublié que je n'étais pas seule. On entendait toujours la voix sèche de mademoiselle Scratton en bruit de fond.

— « Nous te remercions humblement, car tu as délivré notre sœur Agnes des misères de ce monde souillé par le péché. »

Et soudain, cela arriva : un cri déchira l'air immobile de la nuit.

— Regardez ! Regardez par là !

La panique se propagea dans les rangs de filles.

— Juste là !

Des doigts étaient pointés et des yeux levés en direction d'une arche déchiquetée qui avait déjà contenu la fenêtre donnant à l'est. Une silhouette vêtue d'une robe blanche planait, menaçante, le visage recouvert d'un long voile flottant. Elle fondit sur les filles terrifiées, et les cris se transformèrent en tempête.

— C'est elle ! C'est Lady Agnes !

Les filles se ruèrent dans une grande confusion, faisant tomber les bougies et écrasant les fleurs.

— Les filles, arrêtez ! criait mademoiselle Scratton d'une voix désespérée, mais personne ne l'écoutait.

Tout le monde courut, autour de moi, mais je restai immobile, aussi immobile que la directrice, qui ressemblait à une statue sculptée sous l'arche, son regard noir et triomphant fixé sur moi.

Plus tard, lorsque nous fûmes toutes rentrées, je dus rester debout devant tout le monde pendant que madame Hartle montrait un paquet de draps et de chemises de nuit qui avaient été installés de façon à terrifier une foule de jeunes filles.

— Evelyn Johnson, dit-elle froidement. Votre nom est inscrit sur tous ces objets. Votre geste de ce soir montre non seulement un immense manque de considération pour les autres et un flagrant mépris des traditions de Wyldcliffe, mais aussi une immense stupidité. Comment pensiez-vous vous en tirer avec cette farce idiote?

Je fixai le sol des yeux et ne répondis pas. Il était facile de deviner que c'était l'œuvre de Celeste. Elle avait utilisé des choses m'appartenant pour arranger une version d'Agnes en épouvantail qui avait suffi à terrifier les plus jeunes et avait gâché la procession. C'était elle qui l'avait fait, mais je savais que ce serait moi qui allais encourir le blâme. Celeste allait s'en tirer, mais pas moi. Et avant même que madame Hartle ne continue, je savais déjà ce qui m'attendait.

— Votre dossier à l'internat est très mauvais. Vous avez déjà reçu deux démérites depuis le début du trimestre. Vous allez maintenant en obtenir un troisième. Votre comportement est honteux. Les membres du conseil d'établissement pourraient vouloir réviser votre situation ici. Entretemps, vous viendrez me voir pour votre retenue et votre punition.

Il ne faut pas que vous receviez un autre démérite, Evie. Je sentis la nausée monter en moi quand je me souvins de ce qu'avait dit mademoiselle Scratton. Savait-elle quelque chose ? Je levai le regard vers les rangées d'yeux curieux, me fixant sans pitié comme le soir de mon arrivée à Wyldcliffe. Helen me vit et se retourna, mais Sarah me rendit mon regard ; elle semblait sur le bord des larmes. Je ne voyais mademoiselle Scratton nulle part.

— Ce sera tout. Les filles, je suis désolée que la célébration de ce soir ait été gâchée par un membre indigne de notre communauté. Montez toutes directement vous coucher. Evie, suivez-moi.

Je la suivis en silence. J'avais l'impression que tout, depuis le début, menait à ce moment. J'étais entre les mains de la directrice et j'étais tout à fait seule.

Quarante-huit

C'est le moment.

Je suis dans le bureau de madame Hartle. Je repense à ma première journée à Wyldcliffe, il y a de cela plusieurs mois. Mais j'ai changé. Je suis une autre personne, même si madame Hartle est toujours aussi mystérieuse et sinistre que la première fois que je l'ai rencontrée. J'ai peur. Maintenant, comme Helen, j'ai peur de la directrice. Elle marche en rond dans la pièce, prenant des objets au passage, feuilletant des livres, m'ignorant, me faisant attendre.

Enfin, elle se tient devant moi et me regarde d'un œil noir, puis elle parle.

— Je sais tout de vous, Evie. Je sais qui vous êtes. La première fois que nous nous sommes rencontrées, j'avoue avoir été surprise par votre ressemblance avec le portrait de celle que nous appelons la traîtresse.

Son regard se tourne vers un coin de la pièce. J'y vois un tableau que je n'avais pas remarqué avant où je reconnais la fille aux longs cheveux roux...

— Ne l'appelez pas ainsi! Agnes était fidèle à la Voie mystique. C'est vous qui l'avez transformée en quelque chose de mauvais.

— Agnes était une idiote, dit madame Hartle calmement. Elle n'aurait jamais dû remettre ses pouvoirs à une simple fille qui ne connaît rien à l'art. Mais nous allons bientôt vous délivrer de ce fardeau. Donnez-moi le talisman.

— Je ne sais pas de quoi vous parlez.

— Je ne pense pas que vous puissiez le dissimuler plus longtemps. Ma folle de fille a déjà divulgué votre secret. Oh! ce n'était pas voulu, mais vous étiez comme des enfants qui jouent avec des allumettes quand vous avez essayé les rites. J'ai très vite été au courant de vos tentatives peu convaincantes d'invoquer les Pouvoirs. La Grande Maîtresse en voit plus que ce que vous vous imaginez. Vos misérables essais m'ont conduite directement à vous. Et maintenant, j'ai trouvé ce que je cherche depuis si longtemps.

— Mais le talisman n'est pas bon pour vous, me risqué-je à dire. Je suis la seule à pouvoir m'en servir.

— Vous! Ne vous faites pas d'illusions. Vous n'avez aucun pouvoir. Vous n'avez pas essayé assez fort, n'est-ce pas, Evie? Et maintenant, vous allez être détruite par votre cher Sebastian.

Je sens du mépris dans sa voix quand elle prononce son nom. Cela me remplit de colère.

— Il ne vous obéira pas, il ne me fera pas de mal. Il est votre maître, pas votre serviteur.

Son visage s'empourpre.

— Celui qu'on appelle notre Maître nous a trahies. Il a refusé notre aide et maintenant, il est en train de se dissiper rapidement. Mais nous ne laisserons pas faire cela. Il nous a promis l'immortalité, et il doit tenir sa promesse. Maintenant qu'il est faible et que nous sommes fortes, nous allons lui apporter le talisman et le forcer à s'en servir.

Elle tend la main.

— Donne-le-moi maintenant. Je le veux.

Les choses se clarifient dans ma tête. Sebastian a refusé leur aide. Cela signifie qu'il préfère se dissiper plutôt que de me faire du mal. Il ne veut pas que je meure. Il n'est pas mon ennemi ; il ne le sera jamais. Ma peur disparaît comme un rêve. Je me sens forte, plus forte que madame Hartle ne le sera jamais. Je sais ce que je dois faire.

Je dénoue le ruban autour de mon cou. Le collier brille innocemment, c'est un joli colifichet, rien d'autre. Je le laisse tomber dans la main tendue de madame Hartle.

Un éclair de lumière bleue illumine la pièce. Elle recule en titubant, puis s'effondre sur son bureau. Je saisis le talisman à l'endroit où il est tombé. La directrice a été soufflée, assommée, mais seulement pour un bref instant. Je dois partir avant qu'elle ne reprenne ses esprits. Je dois mettre le talisman en lieu sûr.

Je cours vers la porte et l'ouvre d'un coup. Deux femmes en toge noire et portant un masque font office de gardes. Elles plongent pour m'attraper. Je referme la porte et la verrouille, les mains tremblantes. Je suis prise. Madame Hartle gémit et s'agite. Désespérée, je cours vers la fenêtre. Elle est petite, haute et grillagée. Je frappe sur la vitre, mais il est impossible de me sauver.

— Je t'en prie, Agnes, aide-moi.

Je sanglote. Je suis debout à côté de son portrait. Ses yeux gris fixent les miens. Je tends la main et touche le tableau, et le bout de mur lambrissé sur lequel il se trouve s'ouvre comme une porte.

Je vois un passage qui descend vers le bas et disparaît. Je me souviens qu'Helen m'avait parlé d'un dédale de tunnels sous l'abbaye. Peut-être que c'est là que cela va me mener, mais il y fait si noir et c'est si étroit. Les femmes dans le couloir tambourinent contre la porte ; la directrice lève lentement la tête. Je dois me sauver. Sans y penser davantage, j'entre dans le passage et ferme la porte secrète derrière moi, dans un clic sonore. Me voilà enfermée.

J'avance d'un pas chancelant, aveugle, trouvant mon chemin à tâtons contre les murs froids et humides. La noirceur est totale, si totale que je peux la sentir dans ma gorge. Chaque pas hésitant me mène plus loin dans les profondeurs.

« Tu peux y arriver, Evie ; continue, un pas à la fois. »

J'entends des voix ; il y a quelqu'un derrière moi, j'entends le bruissement de jupes.

« Continue. »

Mais je me sens prisonnière du poids de la terre qui m'entoure et des ténèbres devant mes yeux. Je ne peux plus respirer ; je suffoque dans un tombeau en attendant la mort.

C'est alors que de ma mémoire monte une voix aiguë et claire comme celle d'une fille, chaude et douce comme celle d'une mère.

La nuit est noire, mais le jour vient
Dors mon bébé, et ne crains rien…

Une faible lueur argentée apparaît. Je comprends qu'elle est émise par le talisman. Je le tiens délicatement dans ma main, et il se met à briller comme une étoile.

Je ne suis plus seule. Agnes est avec moi. Je vais trouver le chemin pour sortir d'ici. Je ne sais comment, mais je vais réussir à survivre à cette nuit.

J'ai erré longtemps dans le dédale, zigzaguant, allant d'un côté et de l'autre dans des passages sans fin, tournant en rond, me cognant contre des culs-de-sac. Mais maintenant, je crois être arrivée quelque part. Cet endroit me paraît plus grand, comme une vaste caverne. Mes pas résonnent. Je comprends, sans savoir comment, que je me trouve sous la chapelle en ruine, et que quelque part au-dessus de moi, les étoiles scintillent.

Je m'immobilise. J'entends des bruits au loin. Des pas. Puis une légère brise traverse la caverne souterraine, et je sens une odeur de campanules…

— Helen! Helen, c'est toi?

Le faisceau d'une lampe de poche m'aveugle, et je suis soudain transportée par la chaleur des étreintes de Sarah et d'Helen, qui pleurent et rient tout à la fois.

— Comment avez-vous pu me retrouver?

— J'ai pensé que ma mère pouvait t'avoir emmenée ici, répond Helen. C'est ce qu'elle a fait avec Laura. Comment as-tu pu te sauver d'elle?

— Elle a essayé de me prendre le talisman, mais elle n'a pas pu. Elle va sûrement essayer encore, et je ne sais pas si je pourrai l'en empêcher, cette fois.

— Elle va demander aux autres membres de l'assemblée de l'aider, dit Helen anxieusement. Il ne faut pas qu'elles nous attrapent ici.

— Je peux vous conduire vers la sortie, dit Sarah. Nous sommes venues par le tunnel qui part de la grotte, Evie. Retournons là-bas.

Sarah balaie l'endroit où nous nous trouvons du faisceau de sa lampe de poche, et je vois que nous sommes dans une crypte basse et assez vaste avec un plafond voûté. Plusieurs passages semblent se croiser ici. À une extrémité, on voit une table de pierre, une sorte d'autel. Juste derrière, il y a un passage bas, que nous empruntons en courant. Bien vite, nous entendons des bruits de pas devant nous, puis une psalmodie, comme un grondement de tonnerre.

— Reculons! chuchote Sarah. Il faut trouver une autre issue. Les femmes se rassemblent. Elles s'en viennent!

Nous retournons sur nos pas, mais une foule de femmes portant toges et capuchons est déjà en train d'envahir la crypte par tous les côtés. Elles n'ont aucune personnalité individuelle, aucun signe distinctif, ce n'est qu'une immense présence anonyme. Leur psalmodie augmente en crescendo. Certaines d'entre elles tiennent des torches à la lumière vacillante. Elles nous voient à la lueur des flammes rouges, et elles lancent un grand cri en nous encerclant, affamées qu'elles sont d'obtenir le talisman. Il y en a beaucoup trop. Nous sommes coincées et impuissantes.

Une grande silhouette vêtue de noir entre, et les Sœurs des ténèbres se séparent pour laisser approcher leur Grande Maîtresse. Elle porte une dague en argent. Le silence se fait.

— J'ai dit que vous alliez me donner le talisman, et vous le ferez. Il y a ici une personne à qui vous ne pouvez le refuser. Faites-le entrer!

Les femmes frissonnent et soupirent au moment où une silhouette voûtée est transportée, puis installée sur une chaise sculptée.

— Sebastian? dis-je en chuchotant.

Aucune réponse. Tout ce que j'entends, c'est l'horrible lamentation de l'assemblée.

— Sebastian, Lord Sebastian! hurlent-elles. C'est le moment! Respectez votre serment!

La forme affalée se met à bouger dans la chaise et lève la main. Les femmes cessent de parler, leur râle bruit comme des feuilles sèches avant une tempête. Je dois avoir mal compris, absolument rien compris. Sebastian a décidé de travailler avec ses Sœurs, après tout. Il est là pour réclamer son dû. C'est le talisman qu'il veut, pas moi.

Il se lève et marche vers moi, lentement, hésitant. Ses yeux sont creux et rougis, sa respiration difficile. Il est en train de se dissiper. C'est en train de se passer, exactement comme il l'avait dit. On ne pourra y échapper, personne d'entre nous. Je ne peux supporter la vue du visage défait de Sebastian. Je ne pourrai supporter de le voir m'arracher le talisman. Je ne pourrai supporter de le voir en extraire mon cœur. C'est terminé, enfin. Je ferme les yeux.

Il tend la main, et je m'arme de courage devant son attaque, mais tout ce qu'il fait, c'est toucher une mèche de mes cheveux.

— Je t'aime, toi, fille de la mer, chuchote-t-il.

Il se retourne vers les femmes qui attendent et crie, avec ses dernières forces :

— Ne vous approchez pas! Si vous lui faites du mal, vous serez anéanties.

La Grande Maîtresse crie :

— Ne l'écoutez pas. Prenez-les tous les deux !

Elles avancent telle une vague noire, et quelqu'un me parle d'une voix aussi claire que l'aurore : « Héritage des filles de notre maison, que jamais cela ne tombe dans les ténèbres. Tu peux y arriver, Evie. Tout t'est possible, ma sœur. »

Je sais ce que je dois faire. Sebastian s'est effondré par terre. Plus rapide que l'éclair, je me penche et dessine du bout des doigts autour de nous deux un Cercle que je vois clairement dans ma tête. De petites flammes blanches s'élèvent et courent autour du cercle. Je pose ma main sur le talisman suspendu à mon cou et l'invoque du plus profond des secrets de mon esprit. *Je pense, je ressens, je désire…* Une lumière blanche éblouissante emplit soudain la crypte et fait reculer la Grande Maîtresse et ses disciples.

— Je vous ordonne… crie-t-elle, mais je lui ris au nez.

Je ne vivrai pas selon ses règles. Dans la confusion générale, j'aperçois Helen et Sarah. Je les attrape par la main et les tire dans mon Cercle. Mon esprit se vide complètement. Je commence une psalmodie :

— L'air de notre souffle, l'eau de nos veines, la terre de notre corps et le feu de nos désirs, venez à nous, maintenant.

Sarah et Helen se joignent à moi.

— L'eau de nos veines… le feu de nos désirs…

Nous nous tenons par la main, mais il manque quelque chose, le quatrième quartier du Cercle. J'ouvre les yeux, et elle est là : Agnes, vêtue de blanc, qui me sourit.

Je cesse de combattre ma destinée. *Je pense, je désire, je ressens…* Oh oui, je ressens, et ça ne me fait plus peur. J'aime sans aucun regret. L'amour est la seule chose qui compte, maintenant : mon amour pour Sebastian et mon amour tout aussi précieux pour Sarah et Helen. Et, en fin de compte, je me tourne vers Agnes, mon ancêtre, mon amie, ma sœur mystique.

Je lui tends la main. Elle la prend, et nous sommes complètes. Helen lève les bras vers le ciel invisible qui brille loin au-dessus de nous, et Sarah s'agenouille et pose les mains sur le sol. Mais Agnes et moi demeurons debout, Sebastian étendu à nos pieds. Ses lèvres sont desséchées. Il gémit :

— De l'eau…

De l'eau. Bien sûr. L'eau de la vie.

Tout ce qui m'entoure se dissipe comme un brouillard. Je me vois marcher sur les landes. Sebastian est avec moi. Mes sœurs sont avec moi, Helen, Sarah et Agnes… Je monte plus haut, marchant sur la terre verte et solide. Ma mère est là. «Evie, ma chérie», me dit-elle. Je suis emportée par une grosse vague d'amour. Frankie est là. «Il y a des choses pires que la mort.» Elle sourit. «Adieu, mon agneau.» Puis ils disparaissent tous, et je continue de grimper seule, très haut, là-haut, au sommet de l'ancienne butte, où se trouvait le fort, avant, une tour de terre sous les étoiles. Je regarde vers le bas et je vois chaque ruisseau, chaque filet d'eau dans la sombre vallée. Je vois le lac ; l'océan noir à l'horizon. Et, enfin, je me connais moi-même. C'est le moment, et le pouvoir d'être moi-même est à l'intérieur de moi. Les étoiles se sont enfuies, la nuit est terminée et, quand je lève la main, l'eau m'obéit et se soulève en une immense vague.

J'ouvre les yeux. Dans la crypte, il y a un grondement et un tremblement. Pour la première fois, je vois la peur dans le visage de la Grande Maîtresse pendant que ses fidèles se détournent d'elle, paniquées. Le sol craque, les murs se lézardent, le vent souffle dans les ténèbres, et l'eau arrive. Elle ne peut entrer dans notre cercle, mais elle traverse le reste de la crypte telle une mer en ébullition. Et j'ai l'impression que nos ennemies sont emportées comme de petits galets sur la rive.

Quarante-neuf

L'inondation soudaine de l'ancienne cave sous les ruines était explicable : c'était un accident exceptionnel qui avait changé le cours de l'eau issue du lac et l'avait envoyée dans un des nombreux canaux qui avaient été construits il y a très longtemps. Un accident, rien d'autre. Évidemment, il n'y avait pas d'autre explication possible.

Nous avons gardé pour nous ce que nous savions. Nous nous étions sauvées du torrent en sortant par le tunnel menant à l'ancienne grotte. J'avais laissé Sebastian à cet endroit, en boule dans son manteau sous la statue de Pan. J'avais mouillé ses lèvres avec l'eau de la source, embrassé ses mains et lui avais promis de revenir. Mais quand j'étais revenue, le lendemain, il était parti. Helen et Sarah m'avaient aidée à le chercher dans le dédale souterrain, mais nous n'avons retrouvé aucune trace de lui. Il n'y avait aucun signe de l'assemblée non plus. L'eau avait été absorbée par le sol et avait laissé une odeur fétide de boue et de vase, et j'avais peur de rencontrer des corps de femmes noyées sans nom, enroulés dans leurs toges et les yeux vides. Mais il n'y avait rien. Elles s'étaient sauvées.

Il semblait n'y avoir personne de blessé, mais quelque chose avait changé. Le lendemain de l'inondation, nous avons ressenti un étrange soulagement. Je savais que je devais avoir peur que la Grande Maîtresse m'attaque de nouveau, mais la journée avait passé doucement, comme une sorte de salle d'attente entre une bataille et la suivante. C'est alors que, au moment où nous étions debout pour les prières après le dîner, mademoiselle Scratton avait fait cette annonce :

— Il est de mon pénible devoir de vous annoncer que madame Hartle est portée disparue. On ne l'a plus revue depuis la fin de la procession hier soir. Si l'on ne sait pas où elle se trouve, je peux néanmoins vous rassurer en vous disant que les autorités ne croient pas qu'elle soit morte. Prions pour que notre directrice revienne parmi nous le plus rapidement possible.

La nouvelle avait causé tout un émoi. C'était un bon sujet de bavardage et d'inquiétude. Il n'y avait jamais eu d'affaire de ce genre dans toute l'histoire de Wyldcliffe. Pour nous, c'était différent. Helen était devenue silencieuse, des larmes de douleur auxquelles personne ne prêtait attention coulaient sur ses joues. C'était cette folle d'Helen Black, après tout… Nous étions les seules à savoir pourquoi elle pleurait, déchirée entre l'amour et la haine.

L'annonce de mademoiselle Scratton n'était pas la seule nouvelle. Plus tard, au cours de la soirée, j'avais reçu un appel du centre de soins pour m'annoncer que Frankie était décédée. À l'aube, m'avait-on dit. Juste au moment où le jour se levait. Très paisiblement, avait-on ajouté. Je n'ai pas pleuré. En touchant le collier d'argent sous mon chemisier, j'ai dit :

— Je suis contente de lui avoir fait mes adieux.

La gentille infirmière de l'école qui m'avait fait le message m'a regardée d'un air étrange, murmurant que ce devait être tout un choc...

Nous devons tous mourir. Je pense que Frankie sentait que je n'étais plus seule et qu'elle pouvait me laisser continuer sans elle. Je n'ai pas pleuré. *Dieu ne reprend pas la vie... Au revoir, ma chérie.*

Au revoir.

Les jours suivants se sont déroulés avec une extrême lenteur. Je passais mon temps avec Helen et Sarah, me demandant ce qui allait se produire maintenant. Avions-nous vraiment détruit la Grande Maîtresse ? Ou était-elle quelque part à attendre le bon moment et à rassembler ses forces pour la prochaine attaque ?

Pendant que toute l'école attendait de recevoir des nouvelles, c'est mademoiselle Scratton qui a pris la relève. Elle s'occupait de tout, protégeant les élèves de l'intrusion des journalistes et des questions de la police. Elle allait de classe en classe pour s'assurer que tout se déroulait comme d'habitude et que Wyldcliffe survivrait. Si je ne m'étais pas souvenu des visages masqués que j'avais vus dans la crypte, si je ne savais pas qu'il ne fallait faire confiance à aucune femme vivant à l'abbaye, sa présence calme m'aurait réconfortée.

Nous avions gagné la première bataille. Je savais, toutefois, que si Celia Hartle avait réellement disparu, ou si elle était morte, une autre Grande Maîtresse allait bientôt sortir de l'ombre pour diriger l'assemblée. Comme un chien affamé parti à la chasse pour trouver un bout de viande, ces femmes n'allaient pas abandonner leur quête du talisman. Nous avions réussi une fois à leur tenir tête, mais tant qu'il se trouvait à mon cou, j'étais en danger, aussi longtemps que Sebastian était là, quelque part, à leur donner de l'espoir.

Sebastian. Mon début et ma fin. Un garçon que je n'étais pas censée rencontrer avait changé ma vie. Et maintenant que j'avais tendu les bras et que j'avais touché le talisman avec mon esprit, je savais que je ne pourrais plus jamais revenir en arrière. Sans savoir comment j'allais y arriver, j'ai fait le vœu de maîtriser tous les secrets qu'Agnes m'avait légués et de veiller sur le destin de Sebastian. Je n'allais pas le laisser se dissiper dans de grands tourments pour mon bien. Je devais le retrouver, avant qu'il ne soit trop tard, parce que la seule chose à laquelle je pouvais encore m'accrocher, c'étaient les dernières paroles qu'il m'avait dites.

« Je t'aime. »

Il n'y a pas de plus grand pouvoir que cela, pas de mystère plus profond.

Le vent mordant de décembre soufflait sur les terres de l'abbaye. C'était la fin du trimestre. Papa avait réussi à obtenir un congé pour que nous puissions passer les Fêtes ensemble.

À la maison, nous avons marché sur la plage tous les jours, regardé les vagues vertes rouler comme des dauphins, silencieux dans notre tristesse commune d'avoir perdu Frankie. J'essayais fort d'être la fille qu'il avait laissée en septembre, mais il sentait bien que je n'étais plus pareille.

— Pauvre Evie, dit-il. Ça n'a pas été facile.

— Non. Mais ça va. Je m'en tire.

Il m'a prise dans ses bras.

— Je sais. Mais tu seras contente de retourner à Wyldcliffe. Tu as des amies, là-bas, non ?

J'ai hoché la tête. Les mots n'étaient pas appropriés. Oui, j'avais des amies. Oui, je voulais retourner de Wyldcliffe. Mes amies m'y attendraient.

Mes amies. Mes sœurs.

Mon amour.

À propos de l'auteure

Gillian Shields a passé son enfance à errer dans les landes du Yorkshire et à rêver aux sœurs Brontë. Après des études à Cambridge, à Londres et à Paris, elle est devenue professeure. Elle a enseigné dans un pensionnat pour jeunes filles ainsi que dans une école de théâtre située dans un orphelinat victorien où l'on raconte que, la nuit, les pleurs du fantôme d'une jeune fille se font entendre. Gillian a écrit *Immortalité* avec le désir de célébrer la force du premier amour, la puissance de l'amitié entre filles et l'envoûtant mystère que représente le passé.

Quand le cœur dit d'avoir confiance…
mais que la tête conseille la fuite.

Tome 2

Extrait du tome 2

Je m'appelle Evie Johnson. J'ai 16 ans et je suis une élève boursière de l'école de l'Abbaye de Wyldcliffe. Eh oui! le célèbre internat dans les landes désolées, où le vent soupire sur les collines et où les bruyères fleurissent sous le ciel vaste et agité. Tout le monde a déjà entendu parler de Wyldcliffe. Tout le monde me considère comme chanceuse.

Qu'y a-t-il d'autre qu'il vous faudrait savoir? Matières favorites : histoire et anglais. Sport préféré : natation. J'adore les plats italiens, le chocolat chaud et le bruit des vagues sur la rive. Rien de plus ordinaire. Sauf que mon amoureux, Sebastian, est mort.

Sebastian James Fairfax. Dix-neuf ans, cheveux foncés, yeux bleus, sourire d'ange, poète, philosophe; mon premier, mon unique amour... le beau, le très beau Sebastian.

Quand je dis qu'il est *mort*, je ne parle pas d'un tragique accident de voiture ou d'une terrible maladie. Non, c'est quelque chose d'autre, quelque chose de si singulier que vous ne pourriez même pas l'imaginer. Sebastian est mort, et pourtant, Sebastian est vivant. Sebastian m'aime, et pourtant, il est mon ennemi. Je suis seule, mais j'ai mes amies... mes sœurs.

Parfois, je dois me rappeler que tout ce qui s'est passé au cours du dernier trimestre est vrai, et que mon aventure n'est pas terminée. Je dois continuer, jusqu'à la toute fin, peu importe ce qui se passera. Je dois croire que Sebastian ne me trahira pas.

Il existe différentes sortes de trahisons. Il y a les petites : les paroles mesquines, le rire quand quelqu'un a le dos tourné, les mensonges insignifiants. Et il y a les trahisons qui brisent le cœur, qui détruisent des mondes et transforment la belle lumière du jour en âcre poussière.

Un

Les vacances étaient terminées. Par la fenêtre de notre maison, on pouvait voir une aube hivernale, grise et froide. Les bouts dénudés des rosiers qui poussaient un peu au hasard dans le jardin de Frankie étaient recouverts de givre. Le lendemain, je ne me réveillerais pas dans cette chambre familière, avec le cri des mouettes qui tournoyaient au-dessus de la baie. Demain, tout serait différent. Je serais de retour à l'école. Je serais revenue à Wyldcliffe.

Ma valise était remplie de cadeaux que mon père m'avait maladroitement et tendrement forcée à accepter. Je ne voulais rien, mais il avait insisté. Alors, en plus de mon uniforme scolaire, de mes cahiers et de mes vêtements d'éducation physique, mes bagages contenaient aussi un nouvel appareil photo et une tenue d'équitation très chère pour les leçons d'équitation qu'il m'avait convaincue de suivre lors de la rentrée scolaire.

C'était comme s'il avait voulu adoucir la peine que j'avais eue à fêter un premier Noël sans Frankie. La seule mère que j'avais connue, Frankie, était ma grand-mère chérie qui s'était occupée de moi depuis que j'étais bébé. Mais elle n'était plus là, et papa essayait de m'acheter un peu de réconfort pour m'aider à traverser mon deuil. Il y a à peine un an, la mort de Frankie m'aurait complètement affligée. Mais Wyldcliffe m'avait transformée. J'étais plus forte, désormais ; je n'étais plus une simple petite écolière. Wyldcliffe m'avait fait découvrir la peur, le danger et la mort.

Elle m'avait fait découvrir l'amour.

Les funérailles de Frankie avaient eu lieu quelques jours avant Noël, dans l'église située sur le cap, avec en toile de fond les soupirs de la mer au pied de la falaise. Je n'avais pas pleuré. Je me sentais plus calme que jamais, dans mon cercle de silence, comme si l'attroupement de personnes venues offrir leur soutien, avec les voisins, le pasteur, les cantiques et les fleurs n'avait rien à voir avec Frankie et moi. Elle était partie, comme un oiseau s'envolant à l'aurore, et tout le reste n'était qu'un rituel pour apaiser les gens qu'elle avait laissés derrière. Mais papa était très ébranlé. Après, quand tout le monde était reparti en murmurant des clichés et des condoléances, il s'était mouché et avait essuyé ses yeux rougis à la manière du soldat bourru qu'il prétendait être, puis avait dit :

— Désolé, Evie, mais cela a fait remonter des souvenirs de Clara… de ta mère… Désolé.

Il se souvenait des funérailles de ma mère, qui avaient eu lieu 15 ans auparavant. Moi, évidemment, je n'en avais aucun souvenir. Je n'étais qu'un bébé quand elle était morte.

— Désolé, avait dit papa, je suis tellement désolé.

Puis il m'avait chargée de cadeaux dont je ne voulais pas vraiment. Et les jours avaient passé, remplis de tendresse et de chagrin, jusqu'à ce que vienne le temps pour moi de retourner à l'école et de laisser les mouettes, les falaises et la mer derrière moi, encore une fois.

Mes valises étaient prêtes, et les vacances étaient terminées. Je retournais là-bas.